Jane Johnson

Herr der Masken

Jane Johnson

Herr der Masken

Aus dem Englischen
von Ilse Rothfuss

Ravensburger Buchverlag

Bibliografische Information der Deutschen Nationalbibliothek:

Die Deutsche Nationalbibliothek verzeichnet diese Publikation
in der Deutschen Nationalbibliografie.
Detaillierte bibliografische Daten sind im Internet
über http://dnb.d-nb.de abrufbar.

1 2 3 4 5 14 13 12 11 10

Die englische Originalausgabe erschien 2010
unter dem Titel „Maskmaker"
bei Scholastic Ltd.

Umschlagillustration: David Wyatt
Redaktion: Claudia Scharf

Printed in Germany

ISBN 978-3-473-34781-0

www.ravensburger.de
www.janejohnson.eu

Inhalt

Prolog

Mit weit gespannten Flügeln glitt die Eule wisperleise durch die Nacht. Unter ihr reckten sich die silbrigen Buchen des Churnock-Waldes dem Mondlicht entgegen. Und darunter, tief unten, lagen die Tropfsteinhöhlen, deren verzweigte Gänge weit in die Erde hinabreichten. Die schlohweiße Eule lebte im Wald, aber der, dem sie diente, hauste in der Dunkelheit, in einem Labyrinth aus verzwirbelten Kalksäulen und Tropfsteinzapfen aus uraltem Gestein.

Lautlos wie ein Geist flog die Eule dahin. Die Beute, an der sie vorüberkam, behielt sie dabei stets im Blick – die Wühlmaus unter der Hecke, die Feldmaus am Rand des Wiesenpfads, die Ratte, die über einen Hof huschte. Doch nie ließ sie sich von ihrem Auftrag ablenken. Das Fressen konnte warten. Es waren noch viele Stunden, bis die Sonne über dem Bergkamm im Osten heraufstieg.

Und weiter ging es, im Geisterflug über die Hügel hinweg, wo Steinkreise und Wächtersteine von geheimnisvollen alten Kulturen zeugten, über kleine Wäldchen und Täler, über Flüsse und Bäche.

Als sie über den Hof der Jaggards segelte, streifte sie mit gleichgültigem Blick die Maschinen, die im Hof vor sich hin rosteten, die leeren Hühnergehege und die ungemähten Felder. Der Bauer war jetzt im Dunklen Königreich. Das wusste die Eule genau, schließlich hatte sie selbst geholfen, ihn dort abzuliefern. Seine Frau warf sich unruhig im Schlaf hin und her, träumte von ausgefallenen Zähnen und grauen Haaren. Bald würde sie ihrem Mann folgen. Der Sohn hatte seit Monaten nicht mehr richtig geschlafen; in einem der oberen Zimmer brannte Licht.

Über der Stadt Bramstock begann die Eule zu kreisen. In Wohnsiedlungen war ihre Aufgabe immer am schwierigsten. Eigentlich sollten ihr Katzen und Straßenhunde zur Seite stehen und durch die Stadt patrouillieren. Aber in letzter Zeit waren immer weniger Katzen bereit, die gefährliche Bürde zu tragen, und die Hunde waren mit ihren Revierkämpfen beschäftigt.

Träume schwebten durch die Dunkelheit, und die Eule nahm jeden Traum, der sie streifte, in sich auf.

In einem Wohnblock direkt hinter dem Industriegebiet, in dem jetzt mehr Wohnungen leer standen als vermietet waren, träumte ein junger Mann immer wieder von einem schrecklichen Autounfall. In der Wohnung unter ihm wurde ein Mädchen im Traum gejagt. Sie rannte durch einen Flur mit geschlossenen Türen, um ihrem Verfolger zu entkommen. Keine der Türen ging auf. Ihre Füße zuckten im Schlaf, als wollte sie ihrem Albtraum davonlaufen.

Giles Russell träumte von Hundebissen, Janice Horne vom Ertrinken. In einer teuren Wohngegend in der Nähe des Parks lief Douglas Grant rastlos in seinem Wohnzimmer herum: Er war aus einem Traum aufgeschreckt, der so schlimm war, dass er Angst hatte, wieder einzuschlafen und weiterzuträumen. Ein Monster war über ihn hergefallen, so viel wusste er noch. An den Rest wollte er sich lieber nicht erinnern. Kurz darauf hatte sein Sohn Andy im Schlaf geschrien. War der Albtraum etwa ein Zimmer weitergewandert, um den nächsten Träumer heimzusuchen?

Nebenan schluckte der Unternehmer Horace Rose bereits die zweite Schlaftablette, um endlich Ruhe zu finden. Aus dem Gästezimmer, in dem seine Frau schlief, weil sie sein ständiges Hin- und Herwälzen nicht mehr ertragen konnte, drang ein Stöhnen.

Doch der Auftrag der Eule lag anderswo. Sie überquerte die Victoria Gardens und das vornehme alte Villenviertel Porchester Terrace mit seinen Erkerfenstern und gepflegten Vorgärten. Jenseits davon lag der ärmere Teil der Stadt.

Das Gedächtnis der Eule reichte weit zurück, und sie erinnerte sich an eine Zeit, als hier noch keine Häuser standen und ringsum nur Wald war. Erst später siedelten sich Menschen an. Sie kamen von Osten und waren durch

Stammeskriege aus ihrer alten Heimat vertrieben worden. Die Siedler brachten ihre Bräuche und religiösen Kulte mit, Sonnentänze und Opferzeremonien, Steinkreise und Beschwörungsrituale, und bald folgten ihnen andere, tanzten um Maibäume und trugen traditionelle Masken.

Immer mehr Völker zogen vorüber, Welle um Welle, eine große, lärmende Menschenflut. Und mit ihnen kam der Städtebau, dann die Eisenbahn und schließlich die Autos, die zu jeder Tages- und Nachtzeit über die Erde rasten, die Luft verschmutzten und alles vergifteten.

Es war Zeit, dass das alles aufhörte. Zeit, dass diese einst so schöne Gegend wieder den Geschöpfen der Nacht gehörte und für immer in friedvolles Dunkel versank.

Die Eule spielte eine wichtige Rolle in diesem großen Plan. Und fand endlich, was sie gesucht hatte. Zufrieden beobachtete sie zwei erschöpfte Straßenhunde, die mit gesenkten Köpfen das Niemandsland am Rand der Siedlung durchquerten. Wieder ein paar Albträume erfolgreich abgeliefert, dachte sie, segelte über den größten Häuserblock und konzentrierte sich auf die schlafenden Bewohner. Endlich war sie am Ziel und konnte ihre unsichtbare Fracht auf den Weg bringen …

Cadence Wave wälzte sich unter ihrer Decke und küsste im Traum einen Jungen. Er war groß und attraktiv und hatte unwiderstehliche schwarze Augen. Sie wusste nicht, wie er hieß, doch das war ihr egal. Er küsste gut, und sie war sechzehn und frisch verliebt. Sie tanzten eng umschlungen. Nach einer halben Ewigkeit veränderte sich die Musik und zog Cadence in einen dunkleren Rhythmus hinein. Schließlich blickte sie zu ihrem Tanzpartner hoch, aber er hatte sich in ein grässliches Monster verwandelt, dem Flammen aus Mund und Augen schlugen.

Bestürzt wandte die Eule ihr flaches weißes Gesicht zum Fenster. Ihr Auftrag war verpatzt. Denn in dem Zimmer neben dem stumm schreienden Mädchen lag der kleine Bruder ungestört. Er schlummerte sanft und friedlich, ein Lächeln um die Lippen, als hätte ihm jemand einen guten Witz erzählt.

Während die Nachtluft um sie strich, kehrte die Eule auf weiten Schwingen in den Wald zurück. Sie hatte sich auf eine sorglose Jagd gefreut, auf kleine, warme Geschöpfe, die in ihren Krallen zappelten, auf das Blut, das ihr in den Schnabel rann. Stattdessen stieg eine namenlose Angst in ihr auf, als sie sich der Schattenwelt ihres Auftraggebers näherte.

Kapitel 1

Jamie Wave

Träume.

Jeder träumt, heißt es, sogar Babys und Hunde. Manchmal erhascht man beim Aufwachen noch den Zipfel eines Traums, einen hellen, leuchtenden Traumsplitter, eine Art Schnappschuss. Ein winziges Detail, das mit aus dem Schlaf auftaucht. Das kann ein Blatt sein, das im Wind hin und her tanzt, der Ruf eines Vogels, den man noch nie zuvor gehört hat, ein Auto, das lautlos vorüberfährt, weil seine Reifen einen halben Meter über dem Boden schweben.

Manche Träume sind jedoch so lebendig, dass man sich noch lange nach dem Erwachen daran erinnert. Und es gibt Träume, die einem wirklicher erscheinen – und viel, viel spannender – als das eigene Leben. Die sind gefährlich. Sie schleichen sich in das Herz des Träumers wie falsche Freunde. Wie ein flackerndes Irrlicht im Sumpf entführen sie ihn an seltsame dunkle Orte, um ihn dann seinem Schicksal zu überlassen.

In der Stadt Bramstock brach eine wahre Traumepidemie aus.

Als Jamie Wave eines Morgens in die Schule kam, standen alle beisammen und schnatterten aufgeregt miteinander.

„Was ist denn los?", fragte er.

„Wir vergleichen unsere Träume", erklärte Jinny Briggs, ein Mädchen mit blitzenden Augen und Haaren so orangerot wie das Innere einer Flamme. „Johnny hatte eine Band und hat vor Hunderten von Leuten in einem Club gesungen ..."

Alle lachten, denn Johnnys Stimme war krächzig und heiser. Als Mr Doherty, der Musiklehrer, erklärt hatte, dass Johnny jetzt in den Stimmbruch kam, hatte prompt einer aus der Klasse dazwischengerufen: „Aber seine Stimme ist doch schon kaputt!"

„Und Linda hat geträumt, dass sie nachts im Mondschein im See geschwommen ist."

„Zur Geisterstunde mit klappernden Knochen", kicherte jemand. Linda war wirklich rappeldünn.

„Und ich war ein Pirat", erzählte Jack Cole. „Ich war ganz schwarz angezogen und hab mit dem Schwert gekämpft. Und ich bin mit einem Messer zwischen den Zähnen die Takelage raufgeklettert und hab dem Käpt'n geholfen, nach den Sternen zu navigieren."

Niemand konnte sich Jack in der Takelage vorstellen, so unsportlich, wie er war. Wenn sie in der Turnhalle am Seil trainierten, hing er einfach nur da und zappelte mit den Beinen wie eine Fliege im Spinnennetz.

Wayne hatte in der Nacht einen vergrabenen Schatz in einer großen dunklen Höhle gefunden, und Tessa war eine Katze gewesen.

„Ich hab mich schon immer gefragt, was unser Kater macht, wenn Mum ihn abends aussperrt. Jetzt weiß ich es. Ich bin die ganze Nacht mit ihm und ein paar anderen Katern herumgestreunt. Wir haben Mäuse gejagt und die Mülltonne von Mrs O'Shea umgeworfen. Und dann haben wir den Mond angesungen."

Das konnte Pete übertrumpfen: Er war im Traum auf dem Mond *gewesen*.

„Echt? Und wie hast du das gemacht?", fragte Jamie neugierig.

Jamie wollte immer alles ganz genau wissen. Für ihn war die Welt voller Wunder. Und „auf den Mond" klang ausgesprochen spannend. Blöd nur, dass man dafür durch das schwarze All fliegen musste – Jamie hatte nämlich Angst im Dunkeln. „Warst du in einem Raumschiff oder in einer fliegenden Untertasse oder so?"

„Nö, ich bin einfach losgeflogen", erklärte Pete grinsend. „Ich hab die Arme ausgebreitet und bin in die Luft gezischt. Erst bin ich eine Weile im Zimmer rumgesaust und dann aus dem Fenster raus und im ganzen Viertel rumgekurvt. Ich hab den Leuten in die Wohnungen geguckt, und dann bin ich zum Mond hochgeflogen."

„So'n Traum ist doch voll verschwendet an dich, du mickriger Zwerg! Wenn ich das geträumt hätte, wär ich sofort zum Fenster von Cadence Wave geflogen und hätte zugeguckt, wie sie sich auszieht."

Das war Michael Rose. Er gehörte zu einer Clique von älteren Jungen, die jedem das Leben zur Hölle machten, der irgendwie anders war. Auf Pete hackten sie herum, weil sein Dad im Gefängnis saß, und auf Tessa, weil sie die abgenutzte Schuluniform ihrer älteren Schwester tragen musste. Und manchmal machten sie auch Jamie fertig, weil ... Jamie wusste eigentlich gar nicht so genau, warum.

Er wollte gerade den Mund aufmachen, um seine Schwester Cadence in Schutz zu nehmen, als Jinny ihm zuvorkam. „Mann, bist du kindisch", sagte sie zu Michael Rose und warf ihm einen eisigen Blick zu. Dann drehte sie sich zu Jamie um. „Und du, Jamie, was hast du geträumt?"

„Ja, ey, was träumt so'n bescheuerter Sozialhilfeempfänger wie du?", feixte Michael Rose. Er wandte sich an Klappe, den Anführer der Bande: „Dass er sich die Haut weiß machen lässt wie Michael Jackson, was, Klappe?"

Klappe war der Schlimmste von allen. Er hieß eigentlich Freddy, aber niemand redete ihn mit seinem richtigen Namen an, weil alle Angst hatten, verdroschen zu werden. Er hatte ein Wieselgesicht mit bösen kleinen schwarzen Augen und dicken Knackwurstlippen. „Nö, der hat geträumt, dass er 'nen Dad hat", spottete Klappe. „Und sein Dad war der König unter dem Hügel."

Jeder in Bramstock kannte die Sage vom „König unter dem Hügel“ und seinem Elfenreich. Er stahl Kinder aus ihren Betten oder lockte sie in seine Höhle, um sie dort gefangen zu halten. Es gab Leute, die schnell auf Holz klopften, wenn sie seinen Namen erwähnten, aus Angst, dass er sonst kommen und sie holen würde.

Als Klappe fertig gesprochen hatte, trat betretene Stille ein. Alle wussten, dass Jamie Waves Vater verschwunden war.

„Hör einfach nicht hin, Jamie“, sagte Jinny und lächelte Jamie freundlich zu. „Das sind doch nur Idioten.“ Sie starrte Klappe und Michael Rose an, und ihre blauen Augen funkelten vor Zorn. Die beiden starrten zurück, aber als sie sahen, dass Jinny sich nicht einschüchtern ließ, stolzierten sie davon.

Ganz schön mutig für so ein zierliches kleines Mädchen, dachte Jamie.

Jinny hakte sich bei ihm ein. „Also, jetzt sag schon, was du gestern Nacht geträumt hast, Jamie.“

„Nichts.“

„Wie – nichts? Das gibt's doch gar nicht.“

„Doch.“ Jamie grinste. „Ich hab echt nichts geträumt.“

„Du meinst, du kannst dich nicht erinnern, was du geträumt hast?“

„Nein, ich hab einfach nichts geträumt. Ich träume eigentlich nie.“

Alle starrten ihn an.

„Aber du musst doch träumen! Jeder träumt!"

„Ich nicht." Jamie zuckte die Schultern. „Und du, Jinny? Was hast du geträumt?"

Jinny errötete. Gerade wollte sie antworten, als die Glocke zum Unterrichtsbeginn läutete. Alle drängten ins Schulgebäude.

„Ich hab von dir geträumt", flüsterte Jinny. „Von dir, Jamie Wave." Aber ihre Worte gingen im Lärm unter.

In der Pause stand Jamie gedankenverloren auf dem Schulhof, als jemand von hinten angerannt kam, ihn heftig in die Kniekehle trat und dadurch zu Fall brachte. Jamie lag am Boden und kam sich vor wie der letzte Trottel.

„Na, Sozialschmarotzer, was hast du heute für uns?" Klappe und Michael Rose starrten auf ihn herunter.

„Nimm ihm die Tasche ab", sagte Klappe.

Wumm! Jamies Tasche flog um und ihr Inhalt verteilte sich über den Hof. Klappe kickte die Bücher und Stifte in eine Pfütze, dann packte er Jamies verbeulten CD-Player.

„He!", schrie Jamie. „Den könnt ihr nicht haben!" Es war ein Geschenk von seiner Mum. „Tut mir leid, dass es kein iPod ist, Liebes", hatte sie mit einem schiefen Lächeln gesagt. Und Jamie hatte lachen müssen, weil seine Mum so ahnungslos war: Was nützte ihm ein iPod ohne Computer? Und einen Computer konnten sie sich nicht leisten.

Klappe machte jetzt den CD-Player auf und nahm die CD heraus. „Würg – *Blue Flamingo* – so'n Schrott!"

„Nein!" Jamie rappelte sich erschrocken auf, aber er war zu langsam.

Klappe ließ seine Lieblings-CD über den Pausenhof segeln wie eine fliegende Untertasse, sodass die silbrige Oberfläche in allen Farben des Regenbogens schillerte.

Zähneknirschend sammelte Jamie seine Sachen wieder ein. Auch das Englischheft war in eine Pfütze gefallen, und der rote Einband war vollgesogen mit dunklem Schlammwasser. Das bedeutete, dass er seinen Englischaufsatz noch mal neu schreiben musste.

Direkt vor den Füßen von Michael Rose sah er sein geliebtes Zeichenheft liegen. Heute Nachmittag hatte Jamie Kunst bei Miss Lambent. Die ganze Woche hatte er Skizzen für das Projekt gemacht, an dem sie gerade arbeiteten. Michael Rose bückte sich nach dem Heft. Wenn er es aufschlug, würden sie ihn auslachen oder die Seiten herausreißen. Oder wahrscheinlich beides.

Jamies Knie zitterten. Warum war er nur so ein Feigling? Schließlich nahm er seinen ganzen Mut zusammen und sagte: „He!"

Klappe schielte zu ihm herüber. „Was sagste, Sozialhilfeempfänger?"

„Gib mir meine Sachen zurück!"

„Und was krieg ich dafür?"

Jamies Gedanken rasten. Was sollte er ihnen geben? Er

hatte doch nichts, nichts, was er entbehren konnte. „Ich … äh … ich bring dich zum Lachen."

„Pah!", schnaubte Michael Rose. „Wenn ich lachen will, brauch ich bloß dein hässliches Gesicht anzugucken."

„Halt die Schnauze." Klappe trat vor. „Na los, Schlaffi." Er reckte sein Kinn vor und starrte Jamie herausfordernd an. „Dann bring mich doch zum Lachen."

So wie er aussah, würde er sich eher die Zunge abbeißen, als irgendetwas komisch finden. Jamie räusperte sich und sprudelte den erstbesten Witz hervor, der ihm in den Sinn kam, und das war leider nicht gerade der beste.

Jamie hatte Hunderte von Witzen in seinem Kopf gespeichert, Witze und Rätsel und Wortspicle und anderen Nonsens. Vielleicht war das der Grund, warum er nicht träumte: Fantasie braucht Raum, um sich zu entfalten, und Jamies Gehirn war schon brechend voll.

„Zwei P-Papageien gehen zum Zelten und schlagen die Heringe ein. Sagt der eine zum anderen: ‚Komisch, hier riecht's so nach Fisch.'"

Klappe starrte ihn an. „Na und?", sagte er schließlich. „Wo soll da der Witz sein?"

„Na, wegen des Zeltherings", sagte Jamie. „Es riecht nach Fisch."

Die beiden lachten nicht.

Michael Rose tat so, als wollte er Jamies CD-Player zertrampeln.

Schnell redete Jamie weiter: „Okay, okay, wo wohnen Katzen?"

Sie warfen ihm einen misstrauischen Blick zu. Offensichtlich dachten sie, dass Jamie sie für dumm verkaufen wollte. Wobei sie Jamie dazu gar nicht brauchten: Dumm waren sie von allein.

„Also, jetzt sag schon", drängte Klappe schließlich. „Wo wohnen Katzen?"

„Im Miezhaus."

Um Klappes Mundwinkel zuckte es. „Der ist gut", sagte er schließlich. „Im Miezhaus ..." Er verstummte. „So wie du, Sozialhilfeempfänger. Ich lache noch nicht, ich grinse nur. Los, tritt drauf, Rosy."

Jamie wühlte verzweifelt in seinem Witzevorrat. „Zwei k-kleine S-Sardinen treffen sich im Ozean."

„Was hat er gesagt?", fragte Michael ‚Rosy' Rose stirnrunzelnd.

„Irgendw-was von z-zwei k-kleinen S-Sardinen auf dem Ozean", sagte Klappe. Erbarmungslos äffte er das leichte Stottern nach, das Jamie manchmal überfiel, wenn er nervös war.

„Also, zwei Sardinen treffen sich im Ozean", wiederholte Jamie. Er artikulierte sorgfältig jede Silbe, ohne ein einziges Mal zu stottern. Dann holte er tief Luft und rasselte schnell den Rest herunter: „Sagt die eine: ‚Hi!' Und die andere: ‚Wo?'"

Jamie beobachtete Klappes Gesicht. Zuerst erschienen

ein paar ratlose Dackelfalten auf seiner Stirn, dann weitete sich sein Mund zu einem Grinsen, und schließlich warf er den Kopf zurück und brüllte vor Lachen.

Er stieß Michael Rose mit dem Ellbogen an. „Hai", sagte er und grinste triumphierend, als ob er sich den Witz ausgedacht hätte. „Ein Hai – verstehste? Der eine sagt ‚Hai' und der andere ‚Wo'!"

Michael Rose verzog das Gesicht. „Ach so, klar", brummte er, aber so wie er aussah, hatte er gar nichts kapiert.

„Hai! Das ist gut!" Klappe streckte die Hand aus und boxte Jamie kumpelhaft gegen die Schulter. „Glück gehabt, Schmarotzer: Du hast mich zum Lachen gebracht. Kannst echt froh sein, sonst hätten wir dich verprügelt, was, Rosy?"

Michael Rose verzog einen Augenblick enttäuscht das Gesicht. Dann gähnte er, als hätte er eine Woche lang nicht mehr geschlafen. „Ja, klar."

Und dann stolzierten die beiden davon, um sich ein anderes Opfer zu suchen.

Kapitel 2

Miss Lambent

„Masken“, sagte Miss Lambent. „Heute basteln wir Masken.“

Sie ging in der Klasse herum und verteilte weiße Baumwollschürzen. Irgendwo ganz hinten im Raum entstand ein Tumult, kaum dass sie vorbei war. Zwei Jungen verprügelten sich mit ihren Schürzen, indem sie sie wie Peitschen durch die Luft sausen ließen.

Miss Lambent drehte sich um. „Alan, Michael“, sagte sie ruhig. „Das reicht.“ Unter dem Blick ihrer goldenen Augen hörten die beiden sofort auf und banden sich brav die Schürzen um.

Alles an Miss Lambent schien golden: ihre Haut, so durchsichtig wie Porzellan; das lange Haar, schimmernd wie Sonnenlicht; die Augen, goldbraun wie Karamell. Sie war schlank, aber trotzdem sah sie unglaublich stark aus. Wie ein Baum, der alles ertragen und überdauern kann, dachte Jamie. Als könnte sie fünfhundert Jahre lang die schlimmsten Stürme und Unwetter und Feuersbrünste überleben.

Jamie konnte nicht sagen, ob sie schön war oder nicht,

er wusste nur eins: Wenn sie ihn anlächelte oder ihn vor der Klasse einen Witz erzählen ließ, wurde ihm ganz warm ums Herz. Dann hätte er alles für sie getan. Das war bei keinem anderen Lehrer in der Schule so.

Er dachte an Mr Martin, der ihn über seine lange Nase hinweg immer nur missbilligend ansah. Dabei schniefte er laut, als wollte er damit andeuten, dass Jamie nach altem Käse roch. Oder Mr Reynolds, der ihm immer die schwierigsten Fragen stellte. Wenn Jamie dann eine falsche Antwort gab (was ziemlich oft der Fall war), seufzte Mr Reynolds und verdrehte die Augen. Klar, dass sich Jamie dann wie ein Idiot vorkam.

Mrs Hobb starrte ihn manchmal ganz komisch an und schaute dann schnell weg. Und Mrs Willis ließ ihn am liebsten vor die Tafel treten und etwas vor der ganzen Klasse aufsagen, obwohl sie wusste, dass er dann zu stottern anfing.

„Masken", wiederholte Miss Lambent und setzte sich an das Lehrerpult. „Wer kann mir etwas über Masken erzählen?" Sie lächelte aufmunternd.

Helen Russell hob die Hand: Sie wusste immer alles. Auch Jinny Briggs meldete sich und gleich darauf Jamie.

„Jinny?"

„Die Leute tragen Masken, um sich dahinter zu verstecken", sagte Jinny.

„Und warum machen sie das? Was meinst du, Jamie?"

„Als eine Verkleidung – weil sie nicht wollen, dass man

sie erkennt. Oder vielleicht sind sie auch mutiger, wenn niemand ihr Gesicht sehen kann."

Miss Lambent legte den Kopf schief. „Das ist eine sehr interessante Antwort, Jamie. Aber wer würde denn sein Gesicht verstecken wollen? Was meint ihr?"

„Ein Bankräuber!", rief Andy Grant.

„Der Elefantenmann!" Michael Rose verzerrte sein Gesicht zu einer hässlichen Grimasse und schwenkte seinen Arm vor der Nase wie einen Rüssel.

„Das Phantom der Oper!"

„Jemand, der eine Schönheitsoperation braucht", sagte Linda Myhill, die mit ihren zwölf Jahren bereits ihren ersten OP-Termin plante.

„Jemand, der auf einen Maskenball geht."

„Oder jemand, der sich verstellen will ..."

„Jemand, der total hässlich ist ..."

„So wie Jamie Wave!", rief Angela Horne.

„Wer andere als hässlich bezeichnet, ist selbst hässlich, und zwar innerlich", erwiderte Miss Lambent scharf und starrte Angela durchdringend an. „Ach übrigens, Angela – kann es sein, dass du geschminkt bist?"

„Ja, Miss Lambent", murmelte Angela mit knallrotem Gesicht. Jemand kicherte.

Die Lehrerin sah Angela lange an, dann wandte sie sich wieder der Klasse zu. „Schminke ist auch eine Art Maske, nicht wahr? Etwas, hinter dem man sich versteckt. Mit Kosmetik kann man viel Hässliches kaschieren. Ein guter

Make-up-Künstler kann auch das hässlichste Gesicht schön erscheinen lassen. Oder ein schönes Gesicht verunstalten, sodass es absolut hässlich wird. Masken sind etwas Doppeldeutiges, versteht ihr? Wer von euch kann mir sagen, was damit gemeint ist?"

Eine ganze Weile blieb es still. Alle wussten natürlich, was „doppeldeutig" hieß, aber wie sollten sie es in Worte fassen? Niemand wollte etwas Falsches sagen, schon gar nicht, wenn Miss Lambent in dieser Laune war.

Jamie konnte die Spannung irgendwann nicht mehr ertragen und hob die Hand. „E-etwas, das v-vielleicht gut erscheint, aber schlecht ist? Oder umgekehrt?"

Miss Lambents Lächeln wärmte ihn wie eine Badewanne voll Sonnenlicht. „Ganz richtig. Habt ihr das alle gehört? Jamie Wave weiß etwas Wichtiges über die Welt: dass nicht immer alles so ist, wie es aussieht. Der Schein trügt manchmal, und es kann schwierig sein, gut und böse zu unterscheiden. Besonders wenn die Leute ihr wahres Ich verbergen. Wenn sie Masken tragen, wie kann man dann seinen Augen trauen? Wie soll man wissen, wer die Menschen wirklich sind?"

Sie schaute die Schüler der Reihe nach an. Ihr Blick ruhte einen Moment auf Gillian Gough, bevor er zu Michael Rose weiterwanderte, der den Mund aufsperrte, als wollte er Fliegen fangen.

Endlich sah sie wieder Jamie an und sagte mit weicherer Stimme: „Aber Masken können einem auch Sicherheit geben. Sie können sogar lebensrettend sein. Eine Gasmaske schützt vor tödlichen Giftgasen, und ein Schweißer trägt eine Stahlmaske gegen den gefährlichen Funkenregen. Und dann gibt es noch eine ganz andere Art von Masken, die als Schutzschild gegen ganz andere Gefahren dienen.

Letzte Woche habt ihr selbst Masken entworfen. Sie sollten jemanden darstellen, den ihr bewundert und dem ihr nacheifert. Und diese Woche nehmen wir ein paar von euren Zeichnungen als Vorlage und basteln richtige Masken daraus. Also, lasst mal sehen, was ihr euch ausgedacht habt."

Tessa McIntosh hatte einen Mond im Profil gemalt, einen anmutigen, lächelnden Halbmond. „Weil meine Mum immer sagt, dass der Mond über uns wacht, wenn wir schlafen."

Jack Cole hatte einen berühmten Fußballer gezeichnet. „Weil ich genauso sein will wie er – reich und erfolgreich."

„Und mit einem Supermodel verheiratet!", fügte Wayne Hunt hinzu.

Jinny hatte eine Rose mit einem Gesicht darin gezeichnet. „Weil meine Großmutter Rosen züchtet und sich immer über Rosen freut, obwohl sie krank ist und kaum noch schlafen kann."

Andy Grant hatte ein Monster gezeichnet. Es hatte blutige Reißzähne und Schlangenhaare und finstere

Bleistiftkrakel als Augen. Miss Lambent verzog missbilligend das Gesicht. „Wie kommst du denn auf so was, Andy?“

Andy zuckte die Schultern. „Weiß nicht, Miss.“

Die Lehrerin sah ihn einen Augenblick prüfend an. „Hast du vielleicht Albträume?“

Andy riss erschrocken die Augen auf, als ob sie seine Gedanken gelesen hätte, dann nickte er ganz leicht.

Miss Lambent faltete seine Skizze zusammen und legte sie beiseite. „Wir wollen doch nicht, dass die dunklen Geschöpfe der Nacht uns bis in den hellen Tag hinein verfolgen oder, Andy?“

Jamie hatte einen Tiger gezeichnet. Er hatte viel Zeit darauf verwendet und mehrmals neu angefangen. Sein Tiger hatte eine große, rostrote Schnauze und eine breite Stirn, von der schwarze Streifen ausgingen. Sie umrandeten die leuchtend goldenen Augen und verloren sich im langen weißen Fell der Wangen.

Jamie hatte ihn so lebendig gestaltet, wie er nur konnte. Er wollte gern wie ein Tiger sein: furchtlos und stolz. Aber wenn er das sagte, wäre es zugleich ein Eingeständnis, wie schwach und ängstlich er in Wahrheit war.

„Weil Tiger so gut im Jagen sind und ganz allein zurechtkommen. Ihre Streifen sind eine super Tarnung, und man kann sie im Dschungel kaum sehen. Deshalb sind sie eben auch so gute Jäger. Und sie sind tapfer und treu und verteidigen ihre Jungen bis zum letzten Atemzug", sagte er, als er gefragt wurde, warum er einen Tiger gezeichnet hatte.

Miss Lambent schaute zuerst ihn an, dann seine Zeichnung. Schließlich ging sie zu Alan Giles' Bild weiter, drehte sich aber noch einmal um. Jamie hätte schwören können, dass sie ihm über die Schulter zuzwinkerte. So als hätte sie alles genau gesehen und verstanden, was er war und was er sein wollte.

Kapitel 3

Masken machen

Miss Lambent wählte sechs Zeichnungen für die kommende Woche aus, und Jamies Tiger war eine davon. Für jede Maske wurde eine Gruppe eingeteilt, die daran arbeiten sollte. Jamie kam mit Jinny zusammen und zu seinem Entsetzen mit Michael Rose. Er konnte nicht verstehen, warum Miss Lambent ausgerechnet ihn in seine Gruppe gesteckt hatte – das fand er irgendwie nicht in Ordnung.

Als Erstes mussten sie Gipsverbände in kleine Streifen schneiden. Dann füllten sie eine Schüssel mit warmem Wasser und weichten die Streifen darin ein. Weil es Jamies Zeichnung war, wurde die Maske auf seinem Gesicht modelliert.

Er nahm auf einem Stuhl Platz, und Jinny setzte ihm eine Duschhaube auf, damit kein Gips in seine Haare kam. Es war nicht schwer, die Haube über Jamies kurz geschnittenes, drahtiges schwarzes Haar zu ziehen. Jinny musste kichern, weil Jamie so komisch aussah. Fast wie ihre Oma, wenn der Friseur ins Haus kam, um ihr eine frische Dauerwelle zu machen. Zum Schluss rieb Jamie sich noch Vaseline ins Gesicht, damit die Maske nicht an der Haut festklebte.

„Mach die Augen zu", sagte Michael Rose und fügte grinsend hinzu: „Falls du dich traust."

Jinny runzelte die Stirn: Was sollte das denn heißen?

„Vielleicht hat er Recht", sagte sie zu Jamie. „Mach lieber die Augen zu, sonst kriegst du noch das ganze Zeug rein, das brennt bestimmt wie verrückt."

Jamie schloss die Augen. Die ersten nassen Gipsstreifen klatschten auf seine Stirn, und sie fühlten sich kalt und klamm und eklig an wie Leichenfinger. Dann kamen Wangen und Kinn an die Reihe. Ein besonders großes Stück wurde ihm auf den Mund geknallt. Es schmeckte wie eine Mischung aus Kreide und Desinfektionsmittel, und Jamie spuckte es schnell aus. „Iiiih!"

„Doch nicht so", sagte Jinny zu Michael Rose. „Du musst Löcher für den Mund und die Nase und die Augen lassen."

Jamie spürte den sanften Druck von Jinnys Fingern, als sie ihm die Gipsstreifen aufs Gesicht drückte. Sorgfältig strich sie sie glatt, unter den Augen und um die Nase herum. Nach einer Weile fühlte er sich in die Zeit zurückversetzt, als seine Schwester ihn als Versuchskaninchen für ihre selbst zusammengerührten Quarkmasken benutzt hatte. Cadence hatte ihm eingeredet, dass seine Haut hinterher makellos glatt und schön sein würde, aber stattdessen war er mit hässlichen Pusteln übersät.

„Ich kann doch nicht wissen, dass du allergisch gegen Erdbeeren bist", hatte sie gejammert.

Seine Mum war fast ausgeflippt und wollte ihn sofort ins Krankenhaus bringen. Aber sein Dad hatte sie beschwichtigt und gesagt, so eine lächerliche Erdbeerallergie würde Jamie schon nicht umbringen. Und er hatte darauf bestanden, eine halbe Stunde lang abzuwarten, ob die Pusteln nicht vielleicht von selbst verschwanden. Es hatte einen schrecklichen Krach deshalb gegeben. „Du bist nicht mehr der Mann, den ich mal geheiratet habe", hatte Jamies Mutter gebrüllt und war in Tränen ausgebrochen.

Ein paar Monate später war sein Vater dann verschwunden. Und das Schlimme war, dass Jamie sich schuldig fühlte. Er wusste genau, dass sein Dad seinetwegen gegangen war.

„Dad wollte nie ein zweites Kind", hatte Cadence ihm eines Tages unter die Nase gerieben. „Er war glücklich, solange wir zu dritt waren. Ich war ihm nämlich genug. Dich kann er sich einfach nicht leisten, schon gar nicht, seit er nicht mehr in der Mine arbeitet."

In der Mine hatte ihr Vater die letzten zehn Jahre geschuftet, tief unter der Erde. Er war jeden Morgen vor Sonnenaufgang aus dem Haus gegangen und erst in der Dunkelheit wieder zurückgekommen. Doch dann wurde das Bergwerk geschlossen, wie so viele andere Betriebe in der Gegend. Sein Vater hielt es nicht mehr aus, nur noch zu Hause eingesperrt zu sein. Er schlief den ganzen Tag und ging abends allein weg. Das machte Jamies Mum so wütend, dass es ständig Streit gab. Und irgendwann war er schließlich ganz verschwunden.

Cadence war ein schönes Mädchen – das sagten alle –, groß und blond, im Gegensatz zu Jamie, der klein und dunkel war. Niemand hätte sie für Geschwister gehalten, aber Mrs Wave erklärte alles damit, dass manchmal ein Kind nur die Gene der Mutter und das andere die des Vaters erbt. Jamie kam dann wohl eindeutig nach seinem Dad.

Er liebte seine Schwester, obwohl sie hundsgemein sein konnte. In letzter Zeit wurde sie immer schlimmer. Sie hatte tiefe Ringe unter den Augen, die ihrer Schönheit schadeten, und wurde schnippisch und abweisend. Dabei hatten sie sich früher so gut verstanden. Jamie kam es vor, als hätte man ihm seine wahre Schwester weggenommen und durch eine scheußliche Kopie ersetzt.

„Mmmmpff!" Er bekam plötzlich keine Luft mehr. Als Jamie die Augen aufriss, grinste Michael Rose schadenfroh auf ihn herunter.

„Geh weg da", sagte Jinny wütend und stieß Michael beiseite. „Du hast ihm ja die ganze Nase mit dem Zeug zugestopft!"

Der Gips wurde allmählich hart, und es wurde heiß unter der Maske. Seine Haut juckte, die Gipsform drückte gegen seine Nasenlöcher und quetschte ihm die Wangen.

Und wenn er nun für immer darin feststeckte? Panik stieg in ihm auf. Was, wenn die Maske nicht mehr abging? Miss Lambent würde doch nicht zulassen, dass einem ihrer Schüler etwas zustieß, oder?

Kaum war Jamie dieser Gedanke durch den Kopf geschossen, da stand wie durch Zauberei die Lehrerin vor ihm. Jamie überlief ein Schauer. Natürlich war sie nur deswegen wie aus dem Nichts aufgetaucht, weil Jamie mit der Maske nun mal nicht sehen konnte, was sich seitlich von ihm abspielte. Gruselig war es trotzdem.

„Das sieht toll aus, Jinny und Michael! Gute Arbeit." Miss Lambent beugte sich vor und tippte gegen die Maske. „Fast hart. Noch ein paar Minuten vielleicht."

Dann ging sie weiter.

Michael Rose streckte herausfordernd sein Kinn vor. „Falls du glaubst, du kannst dich hinter deiner Tigermaske verschanzen, bist du auf dem Holzweg. Ich krieg dich schon, Sozialschmarotzer!"

Jinny funkelte ihn an. „Wie kannst du so was Gemeines sagen?"

„Wieso? Ich sag zu dem Assi, was ich will", schnaubte Michael Rose verächtlich. Er kam aus einer Familie, die in Geld schwamm. Seinem Vater hatte die Mine gehört, in der Jamies Dad und viele andere gearbeitet hatten. Er hatte sie dann geschlossen und seinen Betrieb nach Osteuropa verlegt, wo die Löhne viel niedriger waren als hier.

„Geld bedeutet gar nichts", sagte Jinny wütend. „Es kommt nicht darauf an, was man hat, sondern wer man ist. Und du bist ein Idiot!"

„So was wie den wollen wir hier nicht", zischte Michael mit hassverzerrtem Gesicht.

„Und so 'nen Blödmann wie dich will erst recht keiner, damit du's weißt!", fauchte Jinny zurück.

Michael hob drohend die Hand.

Das war zu viel für Jamie. Er sprang hoch und stürzte sich auf Michael. Ein seltsames Geräusch kam hinter der Maske hervor – fast wie ein Brüllen. Es schwoll an, wurde lauter und lauter und erfüllte schließlich das ganze Klassenzimmer.

Alle rissen die Augen weit auf und erstarrten vor Schreck. Jemand schrie, und Tessa McIntosh brach in Tränen aus. „Hilfe, Hilfe", heulte sie, als ob ein echter Tiger im Klassenzimmer wäre. „Lasst ihn ja nicht zu mir!"

Jamie Wave stand stocksteif da. Er lauschte auf das Echo des Gebrülls, das in seinem Kopf widerhallte.

Jinny starrte ihn an. Alle starrten ihn an.

Hatte *er* etwa dieses Geräusch gemacht? War dieses gewaltige Brüllen tatsächlich aus seinem Mund gekommen? Das konnte doch nicht sein!

Miss Lambent war blitzschnell an seiner Seite. „Jinny, hilf Jamie, die Maske abzusetzen, und stell sie zum Trocknen beiseite. Und du, Jamie, gehst zur Toilette und wäschst dir das Gesicht." Dann wandte sie sich an Michael Rose.

„Was bist du nur für ein aufgeblasener, eingebildeter Snob?“, zischte sie. Ihr Gesicht war ganz weiß vor Zorn.

Als sie sich wieder Jamie zuwandte, zeigte ihr Michael Rose den Stinkefinger. Ohne den Kopf zu drehen, sagte Miss Lambent: „Mit dir wird es ein böses Ende nehmen, wenn du dich nicht änderst, Michael Rose.“

Sobald Jinny ihm die Maske abnahm, fühlte sich Jamie schutzlos und verletzlich. Als ob er sich am Strand umgezogen und ihm jemand sein Handtuch weggerissen hätte, sodass er jetzt nackt und zitternd dastand.

Er stürzte ins Jungenklo. Dort betrachtete er lange sein Gesicht im Spiegel. Komisch sah es aus mit dieser feinen, glänzenden zweiten Haut aus weißem Puder und Vaseline. Er erkannte sich kaum wieder.

Auf einmal stand Klappe da. Jamie hatte ihn nicht kommen hören.

„Wenn ich du wäre, würde ich es so lassen“, sagte er. „Dann hast du fast 'ne normale Hautfarbe, so wie alle anderen.“

Kapitel 4

Tiger

„Klopf, klopf!"

Keine Antwort. Nur dumpfes Schweigen hinter Cadences Zimmertür. Jamie presste sein Ohr an die Holztäfelung.

„Cadence?"

Immer noch nichts.

Er wiederholte etwas lauter: „Klopf, klopf!"

Ein müder Seufzer ertönte, dann fragte seine Schwester pflichtschuldig: „Wer ist da?"

Jamie grinste. „Theo."

Pause.

„Theo wer?"

„Tee oder Kaffee?"

Cadence stöhnte. „Oh, Mann, ist das lahm, Bruderherz. Oberlahm. Und wegen so was weckst du mich auf? Wie spät ist es überhaupt?"

„Nach acht."

„Iiih. Warum hast du mich nicht früher geweckt?"

Hektische Bewegung entstand im Zimmer: das Rascheln der Bettdecke, Füße, die auf den Boden tappten, und schließlich wurde die Tür aufgerissen. Cadence stand vor ihm, die blonden Haare wirr und zerzaust. Ihr Gesicht war noch ganz zerknittert vom Kopfkissen und unter den Augen hatte sie dunkel verschmierte Wimperntusche.

Jamie betrachtete sie kritisch. „Du siehst aus wie ein Panda."

Cadence seufzte genervt und schubste ihn aus dem Weg. „Was weißt du denn schon? Du hast doch keine Ahnung – von gar nichts."

Jamie ging in die Küche und suchte nach etwas Essbarem zum Frühstück. Die Cornflakes-Packung war leer, und Brot war auch keines da, geschweige denn Milch oder Saft. Am Ende fand er zwei trockene alte Kekse, eine Dose Himbeerlimo und einen Apfel mit einer weichen, angefaulten Stelle. Sorgfältig schnitt er das faulige Stück und das Kerngehäuse heraus und legte die Apfelschnitze zu den Keksen auf den Teller.

Saubere Gläser waren auch keine mehr da, also nahm er eins von der Spüle, wo sich das schmutzige Geschirr türmte, und goss den Inhalt der Dose hinein. Es war eine giftig funkelnde rote Flüssigkeit, wie ein Hexentrank. Nicht gerade das nahrhafteste Frühstück der Welt (Jamie Oliver, der Starkoch, würde einen Anfall bekommen, wenn er es sehen könnte), aber es hätte schlimmer sein können.

Da kam Cadence frisch geduscht in die Küche. Sie ließ

den Heißwasserhahn eine Minute lang warm laufen, dann hielt sie einen Becher darunter und brühte sich eine Tasse schwarzen Instantkaffee auf.

Jamie schaute ihr eine Weile zu und fing wieder an: „Klopf, klopf!"

Cadence plumpste neben ihn auf die Bank. „Nicht schon wieder! Wer ist da?"

„Buddha."

„Buddha wer?"

Jamie grinste von einem Ohr zum anderen. „Butta mir'n Toast."

„Heiliger Strohsack!", stöhnte Cadence, ein Ausdruck, den auch ihr Vater immer sagte. „Deine Witze werden immer schlimmer. Kaum zu glauben, aber wahr."

Jamie zuckte mit den Schultern. „Tut mir leid." Er sah seine Schwester an. Ihr Gesicht war jetzt sauber, und er konnte sehen, dass das Dunkle um ihre Augen tiefe Erschöpfungsringe waren und keine verschmierte Wimperntusche. Er schob ihr seinen Teller hinüber. „Hier, du kannst was von meinem Frühstück haben, wenn du willst."

Cadence schenkte ihm ein schwaches Lächeln. „Nein, danke, hab keinen Hunger." Sie griff über den Tisch und nahm sich das Zigarettenpäckchen, das ihre Mutter am Abend zuvor liegen gelassen hatte. „Model-Frühstück", verkündete sie und zündete eine Zigarette an.

Jamie rümpfte die Nase. „Klopf, klopf!"

„Oh, Mann – schon wieder. Wer ist da?"

„Mrs Rosberg."

Mrs Rosberg war ihre Nachbarin, eine zaundürre Bohnenstange, die immer damit prahlte, dass sie früher mal gemodelt hatte. Jetzt sah sie allerdings aus wie ein Zombie mit ihrer bleichen, schlaffen Haut voller Runzeln und Furchen.

Jamie stützte einen Ellbogen auf den Tisch und äffte Mrs Rosberg nach, indem er die Lippen kräuselte und an einer imaginären Zigarette zog. Es sah so gruselig echt aus, als er Cadence von unten herauf anschielte, dass seine Schwester trotz ihrer schlechten Laune lachen musste.

„Okay, du hast gewonnen", sagte sie und legte ihre Zigarette weg.

„Sie hat einen Mund wie ein Katzenpopo."

„Igitt!", kreischte Cadence. „Aber Mrs Rosberg ist ja auch uralt. Ich hab auf jeden Fall nicht die Absicht, so lange zu leben. Zumindest nicht hier. Kein Wunder, dass die Leute abhauen. Es ist alles so deprimierend."

Jamie schaute sie erschrocken an. „Aber du willst doch nicht abhauen, Cadence, oder?"

Cadence wich seinem Blick aus. „Es muss doch was Besseres als Bramstock geben, Mann. Manchmal träume ich …" Sie ließ ihren Satz unvollendet und lachte freudlos. „Ach, vergiss es", sagte sie und stand vom Tisch auf.

Heute war der Tag, an dem sie ihre Masken bemalen und ausschmücken sollten. Die Gipsformen waren gut durchgetrocknet und lagen mit dem Gesicht nach unten auf Styroporkissen auf dem Fenstersims. Jamie erkannte seine Maske sofort, ohne dass er den Namen auf der Rückseite lesen musste. Sie hatte etwas an sich, was er nicht benennen konnte, etwas Lebendiges, als hätte sie über Nacht einen ganz eigenen Charakter angenommen. Jamie hörte wieder das Brüllen, das in der letzten Kunststunde so unerwartet aus ihm herausgebrochen war. Ein Schauer lief ihm über den Rücken.

Michael war an diesem Tag nicht in der Schule, und Jamie und Jinny konnten ungestört an dem Tiger weiterarbeiten.

„Krass, der sieht vielleicht wild aus", sagte Jinny und drehte ihn ganz vorsichtig in den Händen, als ob er sie beißen könnte.

Jamie hatte einen Streifen getigerten Kunstpelz dabei, den er von einem alten Schal seiner Mutter abgeschnitten hatte. „Dein Vater hat mir das Ding mal zum Geburtstag geschenkt, hat mir nie gefallen", hatte seine Mutter behauptet, als sie ihm den Schal gab. Jamie wusste, dass das gelogen war. Dann war seine Mum in ihr Zimmer gegangen, um sich hinzulegen, wie so oft in letzter Zeit.

„Das hier ist für die Tigermähne", sagte Jamie jetzt. „Und das hier für die Schnurrhaare ..." Er schnitt einen Sicherungsdraht in schnurrhaargroße Stücke. Jedenfalls stellte Jamie sich die Schnurrhaare eines Tigers in etwa so lang vor. Er war noch nie nahe genug an einen Tiger herangekommen, um das zu überprüfen. Und wenn, dann wäre es vermutlich das Letzte gewesen, was er in seinem Leben zu sehen bekommen hätte – das und eine Menge Zähne.

Das Gesicht des Tigers bemalten sie orange, schwarz und weiß und seine Nase in einem matten Dunkelrosa. Jamie ließ die Spitzen der scharfen weißen Zähne zwischen den schwarzen Lippen hervorblitzen. Dann steckten sie ihm die Drähte ins Maul und klebten den weißen Fellstreifen um den Kopf. Mit einem breiten Filzstift malte Jamie schwarze Streifen hinein, und Jinny schnitt zwei kleine runde Ohren aus Pappe aus und klebte sie in das Fell. Da war er nun und starrte sie aus leeren Augen an.

„Probier sie doch mal an", sagte Jamie. Er konnte es kaum erwarten, die Maske aufzusetzen, aber aus Höflichkeit wollte er Jinny den Vortritt lassen, weil sie so viel mitgeholfen hatte. Außerdem wollte er sehen, wie der Tiger aussah, wenn man ihn aufhatte. Es gab ja keine Spiegel im Kunstsaal.

Jinny warf einen ängstlichen Blick auf die Maske und schüttelte den Kopf. „Ach nein, Jamie, das ist deine Maske. Du musst sie als Erster aufprobieren."

„Es heißt, dass Masken ein besonders enges Band zu dem knüpfen, der sie geschaffen hat", sagte Miss Lambent leise. Wie immer stand sie ohne jede Vorwarnung neben ihnen und strahlte Jamie an, als sei es das Normalste auf der Welt, so etwas zu behaupten.

Jamie hob die Tigermaske hoch und spürte ein seltsames Kribbeln in den Händen. Er sah sich in der Klasse um. Tessa McIntosh trug ihre Mondmaske und schwebte kichernd durchs Zimmer wie eine Ballerina. Alan Giles hatte seinen Piraten auf und stieß wilde Schreie aus. Dann stürzte er sich mit Wayne Hunt in einen imaginären Schwertkampf. Alle schienen eine Menge Spaß zu haben.

Jamie setzte die Maske auf.

Im selben Moment sauste das Klassenzimmer von ihm weg und erschien ihm so fern und winzig, als würde er es durch das falsche Ende eines Teleskops betrachten. Eine schwüle Hitze hüllte ihn ein. Er schnappte nach Luft, und plötzlich war der Gestank von Farbe und Klebstoff verschwunden. Stattdessen roch es nach feuchter Erde und Dschungel.

Ein durchdringender, süßlicher Eisengeruch stieg ihm in die Nase. Er machte ihn entsetzlich hungrig, so hungrig wie noch nie in seinem Leben. Und dort, direkt vor ihm, war etwas Helles, Gepunktetes. Das Wort „Chital" schoss ihm durch den Kopf, und er hatte keine Ahnung, was es bedeuten sollte, denn ein Teil von ihm war immer noch Jamie Wave, dem das Wort überhaupt nichts sagte.

Er spürte, wie er sich sammelte. Seine Muskeln spannten sich und er sperrte seinen Kiefer auf. Viel weiter, als ein Menschenmund jemals aufgehen dürfte. Dann setzte er zum Sprung an, und seine Zähne fassten etwas Warmes, Weiches, das sich unter ihm wand und zappelte. Eine heiße Flüssigkeit schoss ihm in den Mund: hmm, köstlich! Krachend ließ er seine Kiefer zuschnappen, zerriss und zerfleischte. Dann verwirrten sich seine Gedanken.

Als er wieder zu sich kam, schaute er auf ein kleines Kitz hinunter, dessen Kopf seitlich verdreht war. Blut quoll aus der zerfetzten Kehle hervor. Etwas in Jamie schreckte vor dem Anblick zurück: Hatte er das getan? Hatte er dieses zarte Geschöpf zerrissen und sterbend am Boden liegen lassen?

Doch ein anderer Teil von ihm platzte fast vor Stolz und Triumph. Er konnte es kaum erwarten, sich den Bauch vollzuschlagen und die Beute mit seiner Familie zu teilen …

Kapitel 5

Blut

„Jamie!"

Er drehte den Kopf weg von dem betörenden Blutgeruch. Jetzt witterte er noch etwas anderes. Ganz in der Nähe waren ein paar bleiche, aufrecht gehende Tiere. Zweibeiner, menschliche Wesen.

Die Nase des Tigers-der-Jamie-war bebte. Menschen waren normalerweise nicht gefährlich. Manchmal aber hatten sie Feuerstöcke dabei, die einen Tiger von den Füßen reißen, ja sogar einen Elefanten fällen konnten. Er schüttelte sich und wich zurück. Ihre Gegenwart würde die Aasfresser auf Distanz halten, und später, wenn sie fort waren, konnte er zurückschleichen und das Kitz holen. Irgendwann gingen sie immer weg: Das hier war nicht ihr Territorium.

Einer der Zweibeiner war ganz nah an ihn herangetreten. Jetzt streckte er auch noch die Hand aus. Der tiefblaue Himmel, der durch das Blätterdach schimmerte, kippte abrupt, als die Maske zur Seite rutschte, und mit ihr verschwand das Gefühl von Macht und Selbstvertrauen. Die Gerüche des Dschungels wichen dem vertrauten Klassenzimmermief, obwohl zwei, drei magische Sekunden lang alles viel intensiver und deutlicher zu sehen war als sonst. Er roch die Farben, den Ton und den Kleber, die Papierrollen im Schrank, ja, sogar das Wasser im Waschbecken ganz hinten im Saal. Er nahm Jinnys Pfirsichshampoo wahr, eine Mischung aus süß und fruchtig und chemischen Stoffen. Er roch das Waschpulver, mit dem ihr Pulli gewaschen war, den Apfel, den sie in der Pause gegessen hatte und dessen Duft noch immer in ihrem Atem hing. Etwas weiter entfernt machten sich andere Gerüche bemerkbar: Alan Giles' Schweiß, der Käsegestank von Peter Flynns Turnschuhen. Aber am allerdeutlichsten nahm er Miss Lambent wahr.

Für sein Tiger-Ich roch sie wie ein Baum, der innen vermodert und von Termiten zerfressen war; wie etwas längst Totes und zu Staub Zerfallenes. Er konnte sich keinen Reim darauf machen. Dann fiel die Maske vollends von ihm ab, und plötzlich war er wieder Jamie Wave, der mitten im Klassenzimmer stand und von allen angestarrt wurde.

„Alles in Ordnung, Jamie?", fragte Miss Lambent und hob die Tigermaske auf. In ihren Händen sah sie wie eine harmlose Bastelarbeit aus Gips und Fell aus, und mehr war sie ja auch nicht. Etwas von der Farbe war durch das Mundloch gesickert und hatte den weißen Gips auf der anderen Seite leuchtend rot gefärbt.

Miss Lambents Augen blitzten, und ihre Wangen

waren ganz rosig. Sie sah irgendwie komisch aus – so aufgewühlt.

Neben ihr stand Jinny Briggs. Sie beobachtete ihn argwöhnisch, wippte auf den Fußballen und wirkte fluchtbereit, so als erwartete sie, dass sich Jamie jeden Moment auf sie stürzen würde. Die anderen in der Klasse hielten Abstand und sahen ziemlich verstört aus.

„Ich glaube, du hast dir auf die Zunge gebissen, Jamie", sagte Miss Lambent. Sie zog ein kleines weißes Stofftaschentuch hervor und gab es ihm.

Jamie tupfte seinen blutenden Mund ab. Das Taschentuch verströmte denselben Modergeruch, der ihm vorher entgegengeschlagen war, wenn auch viel schwächer.

„Komm mit", sagte Miss Lambent und nahm ihn am Arm, „das müssen wir abwaschen."

Sie drehte sich zur Klasse um, und obwohl das Ganze nur eine Sekunde dauerte, schien sie jeden der Reihe nach anzusehen. „Wir haben nur noch fünf Minuten bis Schulschluss, Kinder. Ihr könnt schon mal eure Plätze aufräumen, und wenn es läutet, geht ihr leise und ruhig nach Hause, habt ihr verstanden? Ich wünsche euch ein schönes Wochenende. Und habt keine Albträume."

Dann führte sie Jamie auf den Flur hinaus.

Lange Zeit später, als alles vorüber war, wusste jeder in der Klasse seine eigene Version der Geschichte zu erzählen. Jeder hatte die Ereignisse etwas anders in Erinnerung. Die Erlebnisse waren verschwommen: Niemand wusste noch genau, was Miss Lambent gesagt hatte oder wer damals alles dabei gewesen war und welche Masken sie getragen hatten. Doch für alle blieb es immer der Tag, an dem die Legende von Jamie Wave, dem Helden von Bramstock, ihren Anfang nahm …

Im Augenblick fühlte sich Jamie Wave allerdings gar nicht wie ein Held. Er war verlegen und schämte sich ein bisschen vor den anderen. Wie konnte er sich nur auf die Zunge beißen, ohne es zu merken, und dann auch noch so fest, dass alles vollgeblutet war? Das Blut hatte nicht nur die Maske völlig besudelt, sondern jetzt auch Miss Lambents Taschentuch. Es schmeckte scharf in seinem Mund, mit einem metallischen Beigeschmack, und drehte ihm fast den Magen um.

Miss Lambent führte Jamie an den Schülertoiletten vorbei in Richtung Lehrerzimmer. Musste er jetzt zum Direktor? Würde es Ärger geben? Würde ihn Mr Jellicoe bestrafen – würde er vielleicht sogar aus der Schule fliegen?

Jamie musterte Miss Lambent verstohlen. Wütend sah sie nicht aus. Im Gegenteil – als sie seinen Blick auffing, schaute sie ihn mit ihren goldenen Augen freundlich an und lächelte aufmunternd.

„Ich bringe dich nur ins Krankenzimmer“, sagte sie sanft.

Dort setzte sie ihn auf die Couch. Sie feuchtete einen Stapel Papiertücher im Waschbecken an und tupfte seinen Mund ab. „Du liebe Güte", sagte sie fröhlich. „Wie das blutet! Tut es weh?"

Jamie dachte darüber nach und stellte verwundert fest, dass er überhaupt nichts spürte. Konnte man sich so fest auf die Zunge beißen, ohne dass es wehtat? Wohl kaum. Er schüttelte den Kopf und sagte: „Nein, Miss."

Miss Lambent runzelte die Stirn. „Zeig mal!"

Gehorsam legte er den Kopf zurück und öffnete den Mund.

„Das ist aber komisch", sagte sie. „Ich kann überhaupt nichts sehen." Es klang nicht verblüfft oder verwirrt, sondern irgendwie – triumphierend. Dann knipste sie die Taschenlampe aus.

Jamie machte den Mund wieder zu.

„Sag mir, was passiert ist, als du die Maske aufgesetzt hast, Jamie Wave", flüsterte die Lehrerin. „Ich glaube nämlich nicht, dass das dein Blut ist. Wenn du mich fragst, ist das überhaupt kein Menschenblut."

Kapitel 6

Eine Einladung

Jamie erzählte Miss Lambent alles, woran er sich erinnerte: wie er plötzlich in eine völlig fremde Umgebung versetzt worden war, von der brütenden Hitze und den Gerüchen eines fremden Kontinents. Als er das Antilopenkitz erwähnte, geriet er ins Stottern. Er wurde rot, als wäre er am Tod des armen Tierchens schuld. „Ich w-weiß, das k-klingt verrückt", sagte er zum Schluss und verstummte.

Miss Lambent beugte sich zu ihm vor. „Ich finde es überhaupt nicht verrückt, Jamie. Ich glaube, du hast eine ganz besondere Gabe. Und zwar abgesehen vom Witzeerzählen."

Sie tupfte sein Gesicht mit ein paar frischen Papiertüchern ab, und diesmal blieben sie weiß. „Na also", sagte sie. „Ist schon wieder gut. Kannst du dich erinnern, ob du schon früher mal eine Maske getragen hast?"

Jamie runzelte die Stirn. Als kleiner Junge war er auf Kostümfesten gewesen, aber meistens als Cowboy oder Feuerwehrmann oder Bauarbeiter, und da hatte er nur Kostüme und Plastikhüte angehabt, aber keine Masken.

An Halloween hatte er sich ein paarmal ein Leintuch umgehängt und war als Gespenst gegangen. Und einmal hatte Cadence ihm eine lange orange Perücke und einen spitzen Hexenhut aufgeschwatzt und ihm die Zähne mit einem Stift schwarz gefärbt. An eine Maske konnte er sich jedoch nicht erinnern. Er schüttelte den Kopf.

„Hier, nimm das", sagte Miss Lambent und holte eine kleine weiße Visitenkarte aus der Tasche.

Jamie nahm sie, drehte sie um und las:

Der Maskenladen
27 May Street
Bramstock

„Die Gegend ist mittlerweile ein bisschen heruntergekommen, aber den Laden gibt es schon sehr lange dort. Sehr, sehr lange. Es war einer der ersten Läden in Bramstock. Ich habe nur sehr selten Besucher dort. Wirst du kommen?"

„W-wann?" Die Einladung machte ihm plötzlich Angst.

„Morgen?"

Samstag war immer der Tag gewesen, an dem Jamies Familie in den großen modernen Supermarkt ins Einkaufszentrum am anderen Ende der Stadt gefahren war. Aber in letzter Zeit kam es nur noch selten vor, dass seine Mum sich zu einer solchen Aktion aufraffen konnte.

„Komm, wann immer du willst. Ich bin den ganzen Tag da, bis es dunkel wird."

Jamie hätte am liebsten gleich einen Rückzieher gemacht. Es war eine komische Vorstellung, einen Lehrer außerhalb der Schule zu treffen. Das passte irgendwie nicht, es war, als ob man mitten auf der Straße über ein Rhinozeros stolpern oder ein Krokodil in der Badewanne antreffen würde. Und nach dem seltsamen Erlebnis mit der Tigermaske hatte er fürs Erste genug von Masken.

Was hatte Miss Lambent gesagt? Dass das Blut an seinem Mund kein Menschenblut war? Der Gedanke gruselte Jamie, es war eine seltsame Mischung aus Angst und Faszination, gegen die er nicht ankam. Wie wenn man eine fiese Schürfwunde untersuchte, obwohl man schon vorher wusste, dass einem schlecht werden würde beim Anblick der ganzen Schmutzteilchen im rohen, blutenden Fleisch.

Jamie spürte Miss Lambents Blick auf sich. Sie wartete auf eine Antwort. Ängstlich schaute er hoch, und tausend Zweifel schossen ihm durch den Kopf, bis ihn eine dunkle, namenlose Panik erfasste.

„Okay, ich komme morgen Nachmittag. Bevor es dunkel wird."

Er wollte wieder zu Hause sein, bevor die Sonne unterging. Seit sein Dad verschwunden war, hatte er Angst im Dunkeln. Jamie wusste selbst nicht genau, warum. Es war, als hätte sein Vater die Nacht in Schach gehalten und zu einer sicheren Zeit gemacht. Das Gefühl der Geborgenheit war mit ihm verschwunden, und Jamie ließ nachts sogar seine Nachttischlampe brennen, auch wenn Cadence ihn deswegen auslachte.

„Ja, komm, bevor es dunkel wird", wiederholte Miss Lambent und sah ihn durchdringend an.

Und damit war der Pakt geschlossen. Etwas in der Welt hatte sich verändert – etwas Winziges, Unmerkliches und doch zugleich Gewaltiges. Die Entscheidung war gefallen und sie sollte große Ereignisse nach sich ziehen.

Miss Lambent lächelte. Ihre Augen richteten sich wie Scheinwerfer auf ihn, groß und glänzend. „Gut, dann bis morgen, Jamie."

Am nächsten Morgen klopfte Jamie zuerst bei Cadence, dann bei seiner Mutter an die Zimmertür. Er fragte beide, ob sie eine Tasse Tee wollten, bekam aber keine Antwort.

Auch gut, dachte Jamie, als er die Küche betrat. Denn das Chaos dort war schlimmer als je zuvor. Okay, unordentlich war es immer, aber diesmal traf Jamie fast der Schlag. Auf der Spüle stapelte sich das schmutzige Geschirr. Teller und Tassen waren zu wackligen Türmen ineinandergestellt, und im Spülbecken badeten verdreckte Töpfe in einer Wanne voll Schmutzwasser. Offensichtlich hatte Cadence oder seine Mutter eine größere Putzaktion geplant, und dann war ihr die Puste ausgegangen.

Leere Pizzakartons und volle Aschenbecher standen auf dem Tisch herum, der Boden war mit alten Zeitungen übersät und die Mülltonne quoll über und stank wie die Pest.

Jamie hatte gar nicht bemerkt, wie übel die Zustände in seinem Zuhause geworden waren. Höchste Zeit, dass etwas passierte. Aber wo sollte er anfangen? Das alles war wie ein unüberwindlicher Berg. Es erdrückte ihn.

Eins nach dem anderen, flüsterte eine Stimme in seinem Kopf. Das hatte seine Mum gesagt, als sein Dad verschwunden war. Es reicht, wenn man einen Schritt nach dem anderen macht, hatte sie mit einem tapferen Lächeln verkündet, das aber schnell wieder erloschen war.

Jamie krempelte die Ärmel hoch.

„Du bist ein Engel."

Seine Mum lehnte in der Tür und beobachtete ihn. Jamie hatte keine Ahnung, wie lange sie schon da war. Vor lauter Geschirrklappern und Wasserplätschern hatte er sie nicht kommen hören. Sie sah blass und erschöpft aus.

„Sollen wir nicht mal rausgehen?", schlug er vor und trocknete sich die Hände an seiner Jeans ab. „Ein bisschen frische Luft schnappen, vielleicht im Park oder so?"

Seine Mum verzog das Gesicht. „Ich bin zu müde", sagte sie und gähnte demonstrativ.

Jamie seufzte. Er hatte es versucht. „Also gut, aber darf ich dann allein los?"

Mrs Wave schaute ihn ratlos an. „Was für einen Tag haben wir denn heute? Musst du nicht in die Schule?"

„Heute ist Samstag", sagte Jamie langsam. Er hasste es, wenn seine Mum so war. „Wochenende."

Und prompt gingen ihre Mundwinkel nach unten. Am Wochenende waren sie früher alle zusammen gewesen, die ganze Familie, hatten auf dem Sofa gesessen, alte Filme angeschaut und Spiele gemacht.

Plötzlich streckte Jamies Mutter die Hand aus, packte sein Handgelenk und drückte es so fest, dass er stöhnte. „Geh nicht weg, Jamie! Versprich mir, dass du mich nie verlassen wirst!"

Am späten Nachmittag schlich Jamie aus der Wohnung und nahm den Bus in die Stadt. Seine Mutter war auf dem Sofa eingeschlafen.

Es gab keinen Bus in Richtung May Street, denn dieser Stadtteil war ziemlich verlassen. Jamie spazierte am Einkaufszentrum und am Kriegerdenkmal vorbei und ging dann die ganze High Street hoch. Ein Ramschladen reihte sich hier an den nächsten, Ein-Pfund-Läden, Schlüsseldienste, Schuster. Der ehemalige Filmpalast, das Grand Cinema, war wohl zwischendurch eine Spielhalle gewesen. Doch selbst die hatte dichtgemacht, wie das große Vorhängeschloss belegte, und die ehemals knalligen Werbeposter hingen nun verblichen und zerfleddert in den Schaukästen.

Die May Street war die nächste rechts. Es war eine düstere Straße, dunkel und feucht, als hätte sie jeden Sonnenstrahl verschluckt, der sich hineinverirrte, und brütete jetzt gekränkt vor sich hin, weil das wirkliche Leben anderswo ablief.

Am liebsten wäre Jamie umgekehrt und ins Stadtzentrum zurückgegangen. Doch die Visitenkarte, die Miss Lambent ihm gegeben hatte, lastete bleischwer in seiner Tasche, und er musste das jetzt irgendwie durchziehen. Er nahm die Karte heraus und starrte sie zum hundertsten Mal an, obwohl er ganz genau wusste, was daraufstand.

„Nummer siebenundzwanzig ..."

Jamie schaute auf die zugenagelten Ladenlokale, konnte aber nirgendwo eine Hausnummer entdecken. Vielleicht weil die Häuser nicht zugeben wollten, dass sie hierhergehörten, in diese trostlose, verkommene Gegend. Er ging weiter, und seine Schritte hallten auf dem Pflaster wider. Er kam an verlassenen Autos vorbei, zwei davon waren ausgebrannt, an verrosteten Blechbüchsen, einem Schutthaufen und alten Zeitungen, die der Regen aufgeweicht und in Matsch verwandelt hatte. Vorsichtig umging er eine große Pfütze und blieb abrupt stehen. Jemand beobachtete ihn. Seine Nackenhärchen sträubten sich, als striche ihm ein eisiger Finger über die Haut.

Langsam drehte er sich um. Da! Im staubigen Fenster zu seiner Linken stand eine blasse, reglose Gestalt. Jamie starrte eine Sekunde wie gebannt darauf, bis er begriff, dass es nur eine hölzerne Schneiderpuppe war, die in einem verlassenen Stoffladen vor sich hin staubte. Mit klopfendem Herzen ging er weiter.

Dann berührte ihn etwas.

Jamie sprang fast in die Luft vor Schreck. Er schaute auf den Boden. Dort, mitten auf dem Gehweg, saß eine schwarze Katze und sah ihn mit riesigen orangegelben Augen an. Jamie mochte Katzen nicht besonders, vielleicht weil ihr Blick immer so herablassend war, dass man sich wie der letzte Trottel vorkam. Die Katze miaute und rieb sich noch einmal an seinen Knöcheln.

„Geh weg!", fuhr Jamie sie an, und die Katze wandte sich prompt ab und spazierte die May Street hinunter, fast, als ob sie auf ihn hörte (was Katzen sonst nie tun).

Als Jamie ihr nicht folgte, blieb sie stehen und blickte zurück, wie um zu sagen: „Jetzt komm schon, Jamie Wave, beeil dich ein bisschen!"

Widerstrebend ging Jamie ungefähr hundert Meter weiter. Und plötzlich setzte sich die Katze auf eine Türschwelle, putzte sich Pfoten und Gesicht und starrte ihn abwartend an.

Die Katze saß vor dem Haus mit der Nummer 27. Auf einem Schild über der Tür stand in verblassten goldenen Schriftzügen: „Der Maskenladen".

Im Schaufenster waren, wie zu erwarten gewesen war, Masken ausgestellt. Hunderte von Masken, die leeren Augenhöhlen alle erwartungsvoll auf Jamie gerichtet.

Die Katze stand jetzt auf, als wollte sie Jamie auffordern, die Tür zu öffnen.

Jamie raffte seinen ganzen Mut zusammen und legte die Hand auf den Knauf, der sich mühelos drehte. Knarzend ging die Tür auf. Die Katze huschte blitzschnell zwischen seinen Beinen hindurch und verschwand im Dunkel. Jamie folgte ihr beklommen.

Kapitel 7

Der Maskenladen

Jamie hatte fest damit gerechnet, dass Miss Lambent ihn im Laden erwarten würde. Aber seltsamerweise war niemand da. Nur die Masken. Endlose Reihen von Masken starrten aus leeren schwarzen Augenhöhlen auf ihn herunter. Es war wie in einer Katakombe, in der die Schädel von Toten aufbewahrt wurden – unwirklich, wie in einem Traum. Einem Albtraum vielmehr.

Selbst die Katze war verschwunden.

Sein Blick irrte sich in den Regalen umher und blieb immer wieder hängen. Er entdeckte elegante weiße venezianische Halbmasken, wie man sie bei Mitternachtsbällen trägt, wenn man sich unerkannt ins Vergnügen stürzen will. Es gab aber auch hässliche Monstergebilde, die nur dazu dienten, kleine Kinder – oder Erwachsene – an Halloween zu erschrecken. Und Gummikopfmasken mit den Gesichtern bekannter Politiker für Kostümpartys oder Banküberfälle. Eine Elvis-Presley-Maske neigte sich Margaret Thatcher zu, als seien sie in ein angeregtes Gespräch vertieft. Neben Ronaldinho, dem Fußballer mit den komischen Hasenzähnen, saß Micky Maus, und in einer Ecke thronten Harry Potter und Osama bin Laden neben Tom und Jerry und Zinédine Zidane. Schräg gegenüber schmiegten sich Hannibal Lecter und Madonna vertrauensvoll aneinander. Es gab Masken von Superman und Batman, von Spiderman und Wolverine, von Bart Simpson, Mohammed Ali und David Beckham – oder war es Brad Pitt?

Alle waren ordentlich auf den Wandregalen aufgereiht. Und hier und da klaffte eine Lücke; dort war wohl eine Maske verkauft oder ausgeliehen und nicht zurückgegeben worden. In manchen Regalen standen Masken aus alten Kulturen, indische und afrikanische, Maori- und Aztekenmasken, der Kopf eines ägyptischen Pharaos, ein Indianerhäuptling mit prachtvollem Federschmuck und eine Wikingermaske mit Hörnern am Helm. Der Kopf von Ganesha, dem Elefantengott, hielt Hof mit Frankenstein, William Shakespeare und Darth Vader. Es gab die üblichen Karnevalsmasken – Feuerwehrleute und Cowboys, Gorillas und Dinosaurier, eine Zauberermaske mit hohem, spitzem Hut und einem langen grauen Bart.

Bei vielen wusste Jamie gar nicht, was sie darstellen sollten. Einige sahen selbst gebastelt aus wie seine Tigermaske, andere wirkten ehrwürdig und so alt wie die Berge. Sein Blick streifte weiter: über die antike griechische Kriegermaske mit einem Helmbusch aus Pferdehaar, über die farbenprächtigen Tierköpfe und den gruseligen Zombie, dem Würmer aus dem Mund krochen. Über allem thronte der Grüne Mann, eine keltische Sagengestalt, dessen Gesicht und Bart aus Blättern und Vögeln gestaltet waren, die sich kunstvoll ineinanderschlangen.

Und alle starrten auf Jamie herunter und warteten.

Es war stickig in dem Raum und drückend wie vor einem Gewitter, und plötzlich wollte Jamie nur noch weg, raus aus dem Laden und an die frische Luft. Er wollte die May Street hinaufrennen, in den erstbesten Bus springen und nach Hause fahren. Dann würde er sich mit seiner Mutter vor den Fernseher knallen und irgendwelche harmlosen Spielshows anschauen. Er drehte sich um und ging zur Tür zurück. Aber als er die Hand ausstreckte, konnte er den Knauf nicht finden; und die Tür ging nicht auf, als er dagegendrückte.

Hinten im Laden rührte sich etwas. Jamie fuhr herum, und da stand Miss Lambent vor ihm. Sie hielt ein zerfleddertes altes Buch an die Brust gedrückt, als hätte Jamie sie beim Lesen gestört. Miss Lambent legte das Buch auf die Theke und kam zu ihm herüber.

„Bitte, Miss, ich hab gemacht, was Sie gesagt haben, und bin hergekommen, aber jetzt will ich wieder nach Hause", sagte er und kämpfte gegen die Panik an, die in ihm aufstieg.

„Nun, das wird wohl nicht möglich sein", erwiderte Miss Lambent sanft. „Jetzt, wo du hier bist, gibt es nur einen Weg hinaus. Du musst dir eine Maske aussuchen, Jamie."

Jamie wollte sich keine Maske aussuchen. Es waren so viele, und alle starrten ihn an. Schaudernd dachte er daran, was mit der Tigermaske passiert war, und plötzlich wurde ihm schwindelig. Vielleicht sollte er einfach irgendeine nehmen, dann würde sie ihn gehen lassen …

In Jamies Kopf drehte sich alles, während seine Augen über die Regale wanderten.

Nimm mich, nimm mich …
Nein, mich …
Willst du einen Tag lang ein mächtiger Zauberer sein?
Komm, reite mit mir über die Ebenen …
Mein Tanz wird dich verzaubern …
Spürst du die Flammen?
Willst du wissen, wie es ist, berühmt und mächtig zu sein?
Hast du schon mal Menschenfleisch probiert?

Wenn Jamie unglücklich war, rettete er sich mit Witzen. So konnte er die schlimmen Dinge, die ihm zustießen, besser ertragen. Als sein Dad verschwunden war, hatte er seiner Mum und Cadence pausenlos Witze erzählt. Seine Mum hatte nicht oft gelacht, und Cadence hatte nur gestöhnt und die Augen verdreht, aber wenigstens hatten sie ihm zugehört.

Doch jetzt fiel ihm kein einziger Witz ein, so sehr er sich auch den Kopf zerbrach. Oder vielmehr schossen ihm massenhaft Bruchstücke von Witzen durch den Kopf, kunterbunt durcheinander und immer mit den falschen Pointen.

Wofür steht MARY? Zwei Würstchen in einer Bratpfanne. Mein Hund hat keine Nase. Wie killt man einen Zirkus? Sagt der eine zum anderen, Mann, ist das heiß hier, und der andere sagt ... Warte an der Bushaltestelle. Klopf, klopf! ... Was riecht da so? Sie hat keine Beine. Nichts: Er hat nur ein bisschen gewinselt. Grässlich ... Aaah! Eine sprechende Wurst! Was sagt die Traube, wenn der Elefant auf sie tritt?

„Nein!", schrie Jamie Wave, und der Schweiß brach ihm aus.

Miss Lambent wandte sich an die Masken und ermahnte sie streng: „Jetzt erschreckt ihn doch nicht so! Seid still und lasst ihn selbst aussuchen."

Komisch, dachte Jamie. Warum redet sie mit den Masken wie mit lebenden Wesen? Ihm fiel auf, wie blass die Lehrerin war. Nur zwei knallrote Flecken zeichneten sich auf ihren Wangen ab.

„Such dir eine Maske aus, Jamie", wiederholte Miss Lambent. „Bitte. Ich bin auf dich angewiesen." Sie hielt inne und senkte ihre Stimme beinahe zu einem Wispern. „Und nicht nur ich, sondern die ganze Stadt."

Jamie starrte sie an und merkte, dass ihm übel wurde. Am besten brachte er die Sache so schnell wie möglich hinter sich, dann konnte er nach Hause gehen und alles vergessen. Mit dem Mut der Verzweiflung streckte er die Hand aus, packte die erste Maske, die ihm in die Finger kam, und drückte sie an sich.

Miss Lambent strahlte. „Gut gemacht", lobte sie ihn. „Du bist ein tapferer Junge – so tapfer wie ein Tiger. Weißt du, warum ich dich für diese Aufgabe ausgesucht habe, Jamie?"

Jamie schüttelte den Kopf. Was denn für eine Aufgabe?, dachte er.

„Wegen der Maske – der Tigermaske, die du gemacht hast. Du hast ein großes Herz und großen Mut wie ein Tiger, auch wenn du es selbst noch nicht weißt, oh ja! Und du wirst deinen Mut auch brauchen, glaub mir, und noch viele andere Fähigkeiten. Jetzt sag mir, Jamie, fühlst du dich so mutig wie ein Tiger?"

Jamie schüttelte wieder den Kopf. „Nein, gar nicht. Oder hat ein Tiger auch manchmal weiche Knie?"

Miss Lambent lächelte. „Wahrhaftigkeit und Mut, Humor und Bescheidenheit – das ist der Stoff, aus dem Helden gemacht sind. Obwohl ich sagen muss, dass die meisten berühmten Helden, denen ich begegnet bin, nicht besonders witzig waren. Ich kann mich jedenfalls nicht erinnern, dass König Arthur jemals einen Witz gemacht hätte, und schon gar nicht der alte Merlin. Na, und Sir Francis Drake war der größte Langweiler aller Zeiten."

Jamie riss die Augen auf. „Was? Die haben Sie alle gekannt?", rief er und biss sich sofort auf die Lippen.

Was für eine dumme Frage! König Arthur, Merlin, der Zauberer, und Francis Drake waren doch alle längst tot – seit vielen Jahrhunderten. Nicht mal seine Oma war alt genug, um die zu kennen.

„Bevor du deine Maske aufsetzt, Jamie", sagte Miss Lambent und beugte sich verschwörerisch zu ihm vor, „werde ich meine abnehmen. Das bin ich dir schuldig. Aber du musst mir versprechen, dass du keiner Menschenseele ein Sterbenswörtchen verrätst."

„Großes Ehrenwort – ich schwöre es bei allem, was mir …"

Miss Lambent legte warnend einen Finger auf die Lippen. „Psst, Jamie – sonst hört dich noch jemand und nimmt dich beim Wort …"

Hä? Was meinte sie nur? Jamies Herz setzte einen Schlag lang aus. Aber es wurde noch viel seltsamer. Verwirrt schaute er zu, wie Miss Lambents schlanke Finger zwischen ihren Haarwurzeln herumtasteten, als suchten sie etwas. Und so war es auch.

Vorsichtig hob die Lehrerin einen Zipfel von etwas Blassem, Rosafarbenem, Elastischem an und schälte es von ihrer Stirn ab. Etwas wie Plastik oder Latex. Was zum Teufel …

Jamie stockte das Blut in den Adern: Unter der blassen, makellosen Gummimaske kam ein Gesicht zum Vorschein, das einem Albtraum entsprungen schien.

Kapitel 8

Der Spiegel

„So, nun weißt du Bescheid", sagte Miss Lambent und nahm ihre lange blonde Perücke ab.

Ihr Kopf sah aus wie ein Totenschädel mit silbergrauen, platt gedrückten Löckchen. Die faltige Haut klebte an ihrem Gesicht wie dünnes weißes Krepppapier, das jemand zu einer Kugel zusammengeknüllt und dann notdürftig glatt gestrichen hatte. Nur ihre schönen goldenen Augen blieben so klar und klug, wie er sie in Erinnerung hatte.

„So, nun weißt du es", wiederholte sie, „es ist nicht immer alles, wie es scheint. Aber so wie du mich jetzt siehst, bin ich wirklich. Außer dir kennt niemand diese Wahrheit über mich; zumindest niemand in dieser Welt. Und ich hoffe, dass mein Geheimnis bei dir gut aufgehoben ist."

Jamie brachte kein Wort hervor. Er nickte langsam. Das würde ihm sowieso kein Mensch glauben.

„Warum tragen Sie eine Maske?", fragte er und vergaß vor Schreck zu stottern. Obwohl ich auch eine Maske tragen würde, wenn ich so aussehen würde, fügte er in

Gedanken hinzu. Die Gestalt vor ihm war nicht nur ur-uralt, sie hatte auch kaum noch Leben in sich. Es war, als hätte jemand ihre ganze Kraft mit einem Strohhalm ratzekahl ausgesaugt.

„Das ist eine sehr lange und sehr seltsame Geschichte", erwiderte Miss Lambent. „Und jetzt ist nicht der richtige Zeitpunkt, sie dir zu erzählen. Vielleicht später, wenn du zurückkommst ... Fürs Erste musst du nur wissen, dass ich mich verstecke – vor jemand ... jemand Schrecklichem, der mich am liebsten tot sähe."

Jamie blieb der Mund offen stehen. Wer sollte Miss Lambent umbringen wollen? Und auf welche ihrer beiden Gestalten hatte er es abgesehen – auf die Kunstlehrerin oder diese alte Frau hier? Diese ururalte Frau ...

Miss Lambent schüttelte den Kopf, als hätte sie die Frage in seinen Augen gelesen. „Nicht jetzt", sagte sie. „Mit der Zeit wird dir alles klar werden. Aber nun will ich dir erst mal deinen Gehilfen vorstellen."

Sie drehte sich um. Hinter ihr tauchte die schwarze Katze auf, die vor Jamie in den Laden gehuscht war. Mit einem geschmeidigen Satz sprang sie auf die Ladentheke und starrte Jamie aus ihren orangefarbenen Augen an. Dann sagte sie: „Guten Tag, Jamie Wave. Ich bin Jasper. Es freut mich sehr, dich kennenzulernen."

Jamie fiel fast um vor Schreck. „Die redet ja!"

Das Fell der Katze sträubte sich. „Na und? Du redest doch auch! Außerdem bin ich keine Sie, sondern ein Er.

Wie würdest du es finden, wenn ich von dir als Mädchen sprechen würde? Das ist ausgesprochen unhöflich, also wirklich."

Miss Lambent lachte und ließ ihre Hand über den Kopf und die Schulter des Katers gleiten, dann weiter über seinen Rücken nach hinten bis zur Schwanzspitze.

Jasper blinzelte genießerisch.

„So, und jetzt verzeihst du ihm, Jasper. Es war nicht böse gemeint. Er war nur überrumpelt." Sie wandte sich wieder an Jamie, der große Augen machte. „Jasper begleitet dich auf deiner Reise. Er wird dir dabei helfen, das zu finden, was du suchst."

Jamie sah den Kater zweifelnd an, und der Kater starrte reglos zurück, ohne ein einziges Blinzeln, als hätte er keine Lider oder wüsste nicht, wie man sie gebraucht. Am Ende wandte Jamie den Blick ab; er fühlte sich mehr wie eine Maus als ein Tiger. „Und was suche ich?"

„Das wird sich weisen", versicherte Miss Lambent. „Jetzt sehen wir uns erst mal die Maske an, die du ausgewählt hast."

Jamie drehte das Ding, das er an sich gedrückt hielt, langsam um. Im ersten Moment wusste er nicht, was es darstellen sollte. Es war ganz aus Stoff, von einer dunklen blauschwarzen Farbe mit einem seltsamen metallischen Schimmer. Ratlos drehte er die Maske hin und her, bis ihm aufging, dass es eine Art Turban sein musste. Das Tuch war groß genug, um Kopf und Stirn zu verhüllen, und wurde um das ganze Gesicht geschlungen, sodass nur ein schmaler Schlitz für die Augen frei blieb.

Wer trägt denn so was Komisches?, dachte Jamie. Obwohl es eine gute Tarnung war, das musste er zugeben. Unter dieser Maske würde ihn niemand erkennen, auch wenn er in der Schule ziemlich auffallen würde ...

„Kommt mit", sagte Miss Lambent und streckte ihre Hand aus.

Jamie nahm sie zögernd. Miss Lambent führte ihn durch den Perlenschnurvorhang in ein Hinterzimmer, und die Katze folgte ihnen auf leisen Sohlen.

Hinter dem Vorhang lag ein winziger Raum, der aussah wie das Innere eines schwarzen Wandschranks. Der Raum war ganz leer, abgesehen von einem deckenhohen Spiegel. Und es war dunkel hier drin. Dunkel und stickig. Jamies Herz klopfte schneller. Er hasste enge, dunkle Räume.

„Setz die Maske auf", sagte Miss Lambent mit leiser, beschwörender Stimme.

Jamie wollte kein Feigling sein und gehorchte. Blitzschnell verschlang ihn der staubige Stoff. Er fühlte sich heiß und fremd und kratzig an und es war so dunkel darunter, dass Jamie die Hand nicht vor den Augen sehen konnte.

Miss Lambent zupfte ein bisschen an der Maske herum und rückte sie zurecht. Und plötzlich passte sie wie angegossen, als wäre sie mit seiner Haut verschmolzen.

Jamie sah jetzt scharf und deutlich durch die Augenschlitze. Trotzdem war es ein seltsames, ja, unheimliches Gefühl – als wäre er in einer Höhle eingesperrt.

„So, jetzt passt es", sagte Miss Lambent schließlich. Sie trat zurück und sah ihn bewundernd an. „Ein richtiger Tuareg."

Jamie runzelte die Stirn unter seinem Turban. Was war das denn, ein Tu-a-reck?

„Das wirst du bald sehen", sagte Miss Lambent lächelnd. „Und jetzt rein mit dir." Sanft schubste sie ihn auf die schwarze Wand zu.

Rein? Aber wohin? Jamie blickte sich um. Er konnte nichts entdecken, was nach einem Durchgang aussah. Er drehte sich um, weil er dachte, dass vielleicht irgendwo eine Tür versteckt war. Nichts. Er drehte sich nach links: wieder nichts, nicht der kleinste Spalt in dem glatten schwarzen Gips. Also blieb nur …

Der Spiegel. Ein Spiegel mit einem ungewöhnlichen Rahmen aus geschwärztem Silber, verziert mit Kringeln und Schleifen und seltsamen Zeichen.

Aber es war ein Spiegel. Jamie konnte sich selbst darin sehen – und erkannte sich kaum wieder, so seltsam sah er aus! Dann fiel ihm auf, dass Miss Lambent nicht im Spiegel erschien – nur eine verschwommene Silhouette von ihr.

Ein schrecklicher Gedanke durchzuckte ihn: War sie vielleicht ein Vampir, wenn sie kein Spiegelbild warf?

Das würde auch erklären, warum sie so fasziniert von dem Blut gewesen war, das durch die Tigermaske aus seinem Mund gequollen war. Hatte sie ihn hierhergelockt, um ihre Fangzähne in seinen Hals zu bohren und ihm das Blut auszusaugen?

Mit klopfendem Herzen stand Jamie da, alle Muskeln gespannt, damit er sich notfalls blitzschnell an seiner Lehrerin vorbeizwängen und hinausstürzen konnte. Wenn er sie kräftig genug wegstieß, dann …

Plötzlich erregte etwas anderes seine Aufmerksamkeit. Der Spiegel begann zu schillern und seine Farbe zu verändern. Fasziniert starrte Jamie hinein, und jetzt sah er Meersand und Steine und einen tiefblauen Himmel.

Ohne es zu merken, machte Jamie Wave einen Schritt nach vorn und trat in die fremde Landschaft …

Die Hitze, die ihm entgegenschlug, raubte ihm fast den Atem. Gleißendes Licht blendete seine Augen. Dann merkte Jamie, dass sich die Welt bewegte, und zwar auf eine höchst merkwürdige Weise. Es ging ruckartig voran, in seltsamen kreisenden Bewegungen, sodass Jamie rückwärts-, vorwärts-, seitwärts- und wieder rückwärtsgeschleudert wurde. Er kam sich vor wie auf dem Rummelplatz in einem defekten Fahrgeschäft, das nur noch ganz, ganz langsam lief. Wenn er sich einfach der Bewegung überließ, war es eigentlich ganz angenehm. Träumte er?

Mühsam riss Jamie die Augen auf und bekam prompt eine Ladung Sand hinein. Nein, das konnte kein Traum sein. Ganz deutlich spürte er die scharfen Körner, die an seinen Augäpfeln scheuerten. Es war ein scheußliches Gefühl, schlimmer als Seife in den Augen, ja, sogar schlimmer als eine Tracht Prügel von Klappe.

Jamie blinzelte und blinzelte, bis ihm die Tränen über das Gesicht liefen. Der Stoff, der seinen Kopf umhüllte, wurde feucht. Instinktiv griff Jamie nach oben und zog das Tuch ein Stück hoch, sodass der Augenschlitz jetzt noch enger war. Wenigstens hatte er nun den Sand herausgeweint und konnte wieder sehen – auch wenn er das Gefühl hatte, durch einen Briefkastenschlitz zu spähen.

Was er sah, war vor allem Sand. Tonnenweise Sand. Nicht in sanften Wellen geriffelt, wie er ihn von den Sommerferien am Strand kannte, sondern zu riesigen Hügeln und hohen Dünen aufgeworfen.

Wieder wurde Jamie vorwärtsgeschleudert, und die Umrisse einer fernen Gebirgskette zeichneten sich undeutlich vor dem blauen Himmel ab. Dann noch ein Ruck, und als er die Augen nach unten richtete, blickte er auf die großen, platten Füße einer riesigen Kreatur mit gespaltenen Hufen. Jetzt merkte er auch, dass er hoch oben in der Luft thronte.

Jamie litt unter Höhenangst, seit er denken konnte. Ihm wurde einfach schwindlig. Dass er im dritten Stock lebte, war kein Problem, solange er sich nicht über den

Balkon beugte und auf die Straße hinunterschaute. Aber einmal – mit ungefähr sieben Jahren – hatten sie einen Schulausflug zu einer Burg in der Nähe gemacht. Sie waren auf den Burgfried geklettert und hatten über die Zinnen hinuntergeschaut. Und plötzlich war Jamie so schwindlig geworden, dass er sich hinlegen musste. Klar, dass ihn alle ausgelacht hatten.

So weit oben war er jetzt zwar nicht, aber die schaukelnde Bewegung machte sein Schwindelgefühl fast noch schlimmer. Wo war er eigentlich? Und wem gehörten diese riesigen Füße?

„Du sitzt auf einem Kamel", verkündete eine Stimme dicht an seinem Ohr. „Und du bist in der Wüste. Genauer gesagt, in der Sahara, weit unten im Süden von Algerien."

Jamie drehte den Kopf in die Richtung, aus der die Stimme gekommen war. Direkt hinter ihm saß der schwarze Kater aus dem Maskenladen!

„Jasper", half ihm der Kater auf die Sprünge. Er sprach seinen Namen überdeutlich aus.

Jamie zuckte zurück, so heftig, dass er beinahe von seinem komischen Sitz herunterfiel. Ein Sattel – ja, das musste ein Sattel sein. Ein Kamelsattel. Nicht sehr bequem, obwohl er mit einem leuchtend roten Wollteppich gepolstert und mit bunten Bändern und Metallbeschlägen geschmückt war, die in der Sonne funkelten. Das Tier mit den großen Füßen, auf dem er ritt, schaukelte jetzt besonders stark. Jamie packte schnell die Sattelknäufe und hielt sich mit aller Kraft daran fest.

„Wieso bin ich in der Wüste und reite auf einem Kamel?“, jammerte er los. Die Worte, die aus seinem Mund kamen, hörten sich völlig unverständlich an, wie eine fremde Sprache. Redete er etwa Kätzisch? Die ganze Situation war so absurd, dass ihm langsam alles möglich erschien.

„Nimm es einfach hin, wie es ist, und hör auf, dich zu wundern“, riet ihm der Kater. „Es wird noch viel seltsamer.“

Jamie konnte nicht erkennen, ob der Kater beim Reden den Mund bewegte, auch wenn er noch so genau aufpasste.

„Es ist so …“, erklärte der Kater fröhlich. „Sobald die Masken der Weißen Frau in der Nähe sind, kannst du mich sprechen hören. Und ich kann deine Gedanken lesen. Also pass auf, was du denkst! Und um deine Frage zu beantworten: Du bist hier in der Wüste, um etwas zu finden. Etwas ganz Bestimmtes, das die Weiße Frau haben will.“

Tausend Fragen schossen Jamie durch den Kopf. Doch bevor er auch nur eine davon stellen konnte, geschah etwas Unglaubliches und all seine Fragen waren auf einmal wie weggeblasen.

Kapitel 9

Die Wüste

Wie aus dem Nichts tauchten drei andere Kamele neben seinem auf. Es waren riesige Tiere, von einer etwas dunkleren Farbe als der Sand. Majestätisch schritten sie in ihrem unnachahmlichen Gang dahin. Jetzt wusste Jamie auch, warum Kamele oft als „Wüstenschiffe" bezeichnet werden. Auf dem Rücken dieser Tiere saßen die merkwürdigsten Gestalten, die er je gesehen hatte.

Das Erste, was ihm dazu einfiel, waren die Weihnachtskarten auf dem Kamin zu Hause: die Heiligen Drei Könige auf ihrem Weg nach Bethlehem, um dem Jesuskind Geschenke zu bringen. Die Reiter hier waren genauso prächtig gekleidet. Sie trugen allerdings keine Kronen, sondern gewaltige, leuchtend blaue Stoffturbane, die nur ihre blitzenden Augen frei ließen. Und ihre Gewänder waren nicht bunt, sondern ganz in Schwarz- und Blautönen gehalten. Silberne Amulette – große Quadrate, mit winzigen Ornamenten geschmückt – baumelten an Lederschnüren über ihrer Brust. Und auf dem Rücken hatten sie etwas Schmales, Langes hängen, das verdächtig nach einem Schwert aussah. Schwerter! Jamies Herz setzte fast aus, als die drei Reiter ihre Köpfe nach ihm umwandten und ihn anstarrten. Er wusste nicht, ob ihre Blicke nur neugierig oder feindselig waren – er konnte ja ihre Gesichter nicht sehen.

Jetzt lenkte der Anführer sein Kamel dicht an Jamie heran. Jamie klammerte sich noch fester an den Sattelknauf.

Der Mann neigte den Kopf. „Sei mir gegrüßt, Reiter-von-weit-her", sagte er. „Wir haben dich erwartet."

So zumindest hörte Jamie es in seinem Kopf. Die Worte des Reiters klangen anders, aber irgendwie verstand er sie. „Ehrlich?", fragte er verblüfft und vergaß vor lauter Überraschung zu stottern.

„Nun kann es keinen Zweifel mehr geben, dass unser Plan gesegnet ist. Mein Name ist Ali ag Ibuschi. Und das hier sind meine Hauptmänner, Anan ag Brahim und mein Bruder Salim ag Ibuschi."

„Neige den Kopf", zischte der Kater plötzlich. „Und sag deinen Namen."

Jamie neigte den Kopf. „Mein Name ist Jamie Wave", sagte er schnell.

„Nur Jamie Wave?", fragte der Anführer. „Das ist wahrhaftig ein seltsamer Name. Hast du keinen Vater, Reiter-von-weit-her? Oder sind wir nicht würdig, mehr über deine Herkunft zu erfahren?"

„Der Name deines Vaters", zischte Jasper wieder. „Los, sag ihn schnell, oder sie machen Hackfleisch aus uns."

Jamie wurde feuerrot unter seinem Turban. Wie bescheuert war er eigentlich? Er schaffte es doch glatt, drei furchterregende Nomadenkrieger zu beleidigen, noch ehe er sie überhaupt kennengelernt hatte! „Mein Vater heißt Tom … Thomas Wave“, sagte er hastig. „Aber er ist nicht mehr bei uns.“

Daraufhin führten die Männer eine Reihe von komplizierten Bewegungen mit ihren Händen aus, als wollten sie einen aufgebrachten Wespenschwarm oder sonst etwas Unerfreuliches abwehren.

„Der Verlust eines Vaters ist in der Tat etwas sehr Schmerzliches. So bist nun du der Anführer deines Stammes, Jamie ag Tom-Thomas. Der Häuptling des großen Wave-Stammes.“

So hatte Jamie das noch nie betrachtet. Er war doch eigentlich der Jüngste in der Familie. Aber seine Mum und Cadence schafften es ja irgendwie nicht, ihr Leben in den Griff zu bekommen …

„Ja, das bin ich wohl“, sagte er zögernd und wechselte schnell das Thema. „Aber was habt ihr mit ‚unser Plan‘ gemeint?“

Ali lachte. „Oh, der Plan!“, rief er. „Der wird dir gefallen! Wir werden unsere Nachbarn besuchen.“

Jetzt lachten auch die anderen beiden.

Nachbarn besuchen? Was war daran so toll? Na, zumindest klang es nicht gefährlich.

„Ja“, sagte Salim. „Ein kleiner *Rezzu*.“

Er sagte eindeutig „Rezzu", doch Jamie verstand „Überfall".

„Ein Überfall?", wiederholte er ungläubig. Das konnte doch nur ein Missverständnis sein.

„Ja, ein Überfall. Diese Unwürdigen haben uns letzte Woche ein paar Kamele gestohlen, und die werden wir uns zurückholen. Und noch etwas anderes dazu."

„Aber was?", fragte Anan. „Was können wir nehmen, das ihnen zur Schande und uns zur Ehre gereicht?"

„Ja, was nur? Es wäre wohl kaum der Mühe wert, für ein paar armselige Ziegen so weit zu reiten!"

„Ihre Frauen?", fragte Salim hoffnungsvoll. „Wie man hört, soll der Häuptling eine schöne Tochter haben."

„Tsts", machte der Bruder missbilligend. „Frauen bringen nur Streit und Zank. Und sie schwatzen und nörgeln und jammern, bis man sich wünscht, die Ohren mögen einem abfallen. Das ist keine gute Idee."

Jasper flüsterte Jamie etwas zu.

Jamie starrte den Kater an. „Ich will aber kein Schwert!", zischte er.

„Ein Schwert!", schrie Anan, der das letzte Wort aufgeschnappt hatte. „Ein Schwert für den jungen Reiter!"

„Oh gewiss", verkündete Ali ag Ibuschi, und seine Augen blitzten aus dem Turbanschlitz. „Ein Schwert soll er haben, und zwar das allerbeste – das Schwert von Mokhtar ag Badi höchstpersönlich. Ja, dem Reiter-von-weit-her gebührt das Schwert des Häuptlings. Ein wohlverdienter Lohn für die lange Reise, die er auf sich genommen hat, um unser Talisman bei diesem Überfall zu sein!"

Jamie verzog verzweifelt den Mund, sagte aber nichts. Ein Schwert war wirklich das Letzte, was er wollte. Er hatte keine Ahnung, wie man damit umging. Außerdem war es bestimmt gefährlich, das Schwert eines Häuptlings zu erbeuten.

„Oh ja", stimmte Salim zu. „Und es ist nur recht und billig, dass der Reiter-von-weit-her das Schwert selbst erobert. Er muss ein sehr tapferer junger Mann sein, wenn er in seinem jugendlichen Alter bereits den *Tagelmust* trägt."

Jamie verstand das Wort auf Anhieb: Tagelmust war der Schleierturban.

„Nun denn! Eine Prüfung! Eine Prüfung für den Reiter-von-weit-her."

Die Männer waren begeistert. Sie schnalzten mit der Zunge, um ihre Kamele anzufeuern, und galoppierten johlend voraus. Eine gewaltige Sandwolke zog hinter ihnen her. Jamies Magen krampfte sich vor Angst zusammen. Einen Augenblick wurde ihm so übel, dass er sich fast übergeben musste. Aber das war keine gute Idee, wenn man unter einem Tagelmust steckte. Am liebsten hätte er sich den Turban vom Kopf gerissen, um ihnen zu zeigen, dass er nur ein kleiner Junge war, ein ganz gewöhnlicher Junge, egal, was Miss Lambent dazu sagte.

„Mach das bloß nicht", sagte Jasper streng. „Was auch passiert! Wenn du deine Maske verlierst, kommst du nie wieder in den Maskenladen zurück."

Jamie blickte auf Jasper hinunter, der ihn mit seinen bernsteinfarbenen Augen anstarrte. Um die Mundwinkel des Katers zuckte es, als müsste er sich das Lachen verkneifen. Jamie wandte wütend den Kopf ab. Er wusste doch, warum er Katzen nicht leiden konnte.

„Ach, du gewöhnst dich schon noch an mich", versicherte der Kater.

„So wie man sich an eine hässliche Warze gewöhnt?", erwiderte Jamie.

Der Kater blinzelte. „Kein Grund, gleich so grob zu werden. Ich wollte dich nur warnen, dass du ohne die Maske nie wieder nach Bramstock zurückkommst."

„Ach, irgendwie kommt man immer zurück", sagte Jamie. Wo war Algerien noch mal? Er erinnerte sich dunkel, das Land auf einer Afrikakarte gesehen zu haben, aber mehr fiel ihm nicht dazu ein. „Notfalls nehm ich ein Flugzeug!"

Jasper öffnete sein Maul und zeigte zwei Reihen scharfer weißer Zähne und eine breite rosa Zunge. Seine Augen verengten sich zu belustigten Schlitzen, und auf einmal fing er an zu zittern und zu beben.

Ob er krank war? Jamie runzelte die Stirn, aber dann merkte er, dass das verflixte Tier ihn auslachte.

„Lach du nur", rief er wütend. „Ich finde schon jemand,

der mir nach Hause hilft." Jamie ließ sich seinen Optimismus nicht nehmen, trotz allem, was ihm und seiner Familie in letzter Zeit passiert war.

Der Kater hörte endlich auf zu lachen. „Da könntest du aber lange durch die Wüste marschieren. Und dann müsstest du dich als blinder Passagier auf ein Schiff schmuggeln. Ein Piratenschiff vermutlich, das auf dem Weg nach England wäre, um Gefangene für den weißen Sklavenhandel zu machen. Und falls du das überleben würdest, müsstest du an Land schwimmen und von dort aus noch einen weiten Weg zu Fuß zurücklegen. Und das nur, um am Ende festzustellen, dass es das Bramstock, das du kennst, gar nicht gibt. Und dich selbst auch nicht."

Jamie starrte den Kater an. „So ein Quatsch", sagte er. „Wie kann es mich nicht geben?"

Der Kater zuckte mit den Schultern, was nicht leicht ist, wenn man sich gleichzeitig im Gewand seines Gesprächspartners festkrallt, um nicht vom Kamel zu stürzen. „Hm, da ist was dran", gab er nach einer Weile zu. „Verzwickte Sache ... Jedenfalls musst du wissen, dass wir das Jahr 1663 schreiben, du wirst also so schnell kein Flugzeug finden." Jasper legte den Kopf schief und rechnete nach. „Ich schätze, du müsstest ungefähr dreihundert Jahre auf die nächste Mitfluggelegenheit warten. Vielleicht ein paar Jahre mehr oder weniger. Aber was sind schon ein paar Jahre unter Freunden?"

„Wir sind keine Freunde", gab Jamie schroff zurück.

„Noch nicht."

„Nie im Leben."

„Da wäre ich mir an deiner Stelle nicht so sicher."

Jamie dachte nach, während sein Kamel hinter den drei Nomadenkriegern herzuckelte. Er steckte in einem anderen Jahrhundert fest, und die Maske war seine einzige Garantie, dass er je wieder in sein eigenes zurückkommen würde. Das konnte doch nicht wahr sein, oder?

Wahrscheinlich würde er jeden Moment vom Kamel stürzen und feststellen, dass er zu Hause aus dem Bett gefallen war und alles nur geträumt hatte. In Bramstock gingen ja genug verrückte Träume um.

„Ach ja, übrigens", sagte der Kater und schaute zu ihm auf. „Was die Träume angeht ..."

Jamie starrte Jasper kalt an. „Ich mag es nicht, wenn du meine Gedanken liest", sagte er unfreundlich.

„Dann denk eben nicht so laut", entgegnete Jasper milde. „Also, diese Träume: Die haben einen Grund."

„Welchen denn? Dass man vor dem Schlafengehen Käse gegessen hat oder so?"

Der Kater verdrehte die Augen. „Das ist Altweibergeschwätz. Obwohl ich zugeben muss, dass es alte Weiber gibt, die eine ganze Menge wissen. Ich hatte in meinem Leben schon mit vielen zu tun. Oder soll ich lieber sagen, in meinen sieben Leben? Aber Scherz beiseite, diese Träume lassen sich erklären. Und nicht nur die Träume, sondern auch das spurlose Verschwinden der Leute."

Jamie starrte ihn an. „Das Verschwinden? Was? Wie mein Vater?"

Jasper wandte den Blick ab. „Vielleicht."

„Sag mir sofort, was du weißt oder …"

„Oder was?"

Während Jamie noch überlegte, was er dem Kater androhen sollte, um ihn zum Sprechen zu bringen, ertönte vorn ein Schrei. Gleich darauf sah er, wie die drei Reiter von ihren Kamelen sprangen. Und ohne auf Jamies Proteste zu achten, rannte sein Kamel hinter ihnen her. (Was wenig überraschend ist: Kamele sind sehr eigenwillige Geschöpfe mit einer äußerst starken Persönlichkeit, die nur machen, was sie wollen, und sofort beißen und spucken, wenn ihnen etwas nicht passt.) Nur mit größter Mühe konnte Jamie sich auf dem Sattel halten.

„Komm näher, Reiter-von-weit-her, und sieh dir das an!"

Salim kniete im Sand, und Anan und Ali spähten ihm über die Schulter.

Jamies Kamel bremste so abrupt, dass er mit voller Wucht im Sattel hin und her geschleudert wurde. Jasper machte derweil einen Luftsprung, um nicht zerquetscht zu werden, und landete dann wieder mit einer aufreizenden Lässigkeit auf allen vieren, wie nur Katzen es können. Das Kamel ging jetzt vorn in die Knie und legte sich hin, sodass die Welt um Jamie herum auf einmal stillstand.

Ganz vorsichtig, für den Fall, dass sich das Kamel plötzlich wieder erhob, stieg Jamie ab. Im nächsten Moment wäre er fast wieder in den Sattel gesprungen, so glühend heiß war der Sand.

„Autsch!" Jamie schaute an sich hinunter: Kein Wunder, er war barfuß! Wo waren seine Turnschuhe geblieben, seine kostbaren Nikes? Und wo in aller Welt war seine Lieblingsjeans? Er trug – na ja, ein Kleid. „Gewand" war wahrscheinlich der richtige Ausdruck, aber für ihn sah es mehr wie ein Kleid aus. Gut, dass Klappe ihn so nicht sehen konnte! Das würde er nicht überleben.

Die Überraschung war ihm offenbar anzumerken, denn Salim blickte vom Boden auf und sagte: „Ja, erstaunlich, nicht wahr? Sie sind schnell vorangekommen. Hier, siehst du?" Er zeigte auf etwas, was wie ein Haufen schmutziger Kiesel aussah. „Hier sind vor drei Tagen acht Männer mit zwölf Kamelen vorbeigekommen."

Wie bitte? Jamie fühlte sich an Mr Reynolds' mysteriöse Matheaufgaben erinnert – eine von der Sorte, die er nie begreifen würde.

Salim hielt einen Kieselstein hoch. „Das hier sagt mir, dass es unsere Kamele waren, die hier vorbeigekommen sind."

Jamie machte große Augen. Wie konnte er das an einem Stein ablesen?

„Vielleicht ist es an der Zeit, eine Pause einzulegen und Tee zu trinken", schlug Ali vor.

Jamie runzelte die Stirn. Sehr merkwürdig: Tee in der Wüste.

Er hob einen der schmutzigen Kieselsteine auf und wog ihn in der Hand. Er fühlte sich heiß und trocken an und viel leichter, als er erwartet hatte. Er las noch einen auf.

„Ein Mann der Wüste, wahrhaftig", sagte Anan. „Seht nur, wie er bereits Nahrung für das Feuer sammelt. Danke, Reiter-von-weit-her, lege es in die Mulde hier, die ich gegraben habe."

Die drei Nomaden gingen weg, um das Teegeschirr aus den Satteltaschen zu holen. Jamie und Jasper blieben zurück. Die Nomaden hatten dem Kater bisher noch keinerlei Beachtung geschenkt. Nachdenklich sammelte Jamie die Kiesel auf einen Haufen. Als er den letzten auflas, roch er daran. „Ein komischer Stein ist das", sagte er. „Und wie kann dieser Nomade das alles wissen, nur vom Angucken? Und wie soll's jetzt bitte weitergehen? Mit Steinen kann man doch kein Feuer machen, oder? Merkwürdig, echt."

Der Kater schnaufte nur.

Jamie starrte ihn an. „Was ist?"

Das Schnaufen ging weiter. „Das ist kein Stein", gluckste Jasper schließlich.

„Was dann, Holz vielleicht?"

„Sagen wir mal, ein organisches Abfallprodukt."

„Du meinst doch nicht ..." Jamie ließ den vermeintlichen Kiesel fallen, als ob er sich verbrannt hätte. „Pfui Teufel! Soll das heißen, die kochen ihren Tee mit Kamelkacke?"

Während die Nomaden Tee brauten, spazierte Jamie davon. Er setzte sich auf eine Düne und blickte auf die Wüste hinaus, auf die bizarren Formen und Schatten und den endlosen Sand. Es war eine andere Welt. Eine Welt im Jahr 1663. Würde er je wieder nach Hause kommen? Seine Mum war bestimmt schon krank sich vor Sorge.

Der Kater war in Jamies Fußstapfen auf die Düne geschlichen. Jetzt setzte er sich neben ihn, den Schwanz anmutig um seine Pfoten geschlungen. Dieses Katzentier ließ sich einfach nicht abwimmeln.

„Sag mir wenigstens, was hier los ist, wenn du mir schon dauernd nachläufst", sagte Jamie schließlich. „Ich meine dieses ganze Zeug über die Träume und meinen Dad." Er runzelte die Stirn. „Und wer es auf Miss Lambent abgesehen hat, und warum ich das Schwert des Häuptlings stehlen soll."

„Ach, das würde zu weit führen. Ich glaube nicht, dass du das alles auf einmal verkraftest. Wenn dich schon ein bisschen Kamelkacke so aus der Fassung bringt, wie willst du dann erst mit etwas Wichtigem fertig werden? Nein, nein – im Augenblick brauchst du nur zu wissen, dass alles mit allem zusammenhängt. In Bramstock ist etwas Schreckliches im Gang."

Jamie kratzte sich am Kopf, während er diese Information verdaute. „Und was ist mit dem Schwert?"

Der Kater funkelte ihn an. „Ach ja. Das Schwert von Mokhtar ag Badi. Mokhtar ist der Häuptling des Kel-Ajjer-Stamms, ein entsetzlicher Kerl, grausam und erbarmungslos."

„Na toll, dann bin ich ja beruhigt."

„Der Griff seines Schwerts ist mit einem riesigen Tigerauge verziert."

„Iiih!" Jamie stellte sich vor, wie weich und wabbelig sich ein Tigerauge in der Hand anfühlen musste.

Jasper seufzte. „Ein Tigerauge ist ein Halbedelstein. Ein Topas. Er hat eine schöne goldbraune Farbe. Die Weiße Frau, oder Miss Lambent, wie du sie nennst, will ihn unbedingt haben."

„Warum? Es ist doch nur ein Stein."

„Ich fürchte, da irrst du dich. Mag sein, dass das Ding ganz normal aussieht, aber es steckt mehr dahinter. Es ist nicht immer alles so, wie es scheint."

Das hatte Miss Lambent auch gesagt.

„Es ist sehr wichtig für die Weiße Frau und für Bramstock, dass du diesen Stein in die Hände bekommst und ihn heil in den Maskenladen bringst."

„Und wie soll ich das machen?"

„Du wirst schon einen Weg finden, Jamie Wave", sagte der Kater.

Was nicht sehr hilfreich war.

Kapitel 10

Der Überfall

Die Tuareg hatten gerade ihren Tee fertig getrunken – aus winzigen, kunstvoll verzierten Gläsern und nicht aus abgesplitterten Keramikbechern wie bei Jamie zu Hause –, als ein gutes Dutzend Kamele auf dem Dünenkamm hinter ihnen auftauchte. Und auf jedem der Kamele saß ein hochgewachsener Tuareg-Krieger.

Jamie schnappte nach Luft.

„Fürchte dich nicht, Jamie ag Tom-Thomas, das sind unsere Brüder", sagte Ali. „Sie sind gekommen, um uns bei dem Überfall Gesellschaft zu leisten."

„Wie viele Brüder hast du denn noch?", fragte Jamie.

Ali ag Ibuschi lachte, dass seine Turbanfalten bebten. „Alle Männer in meinem Stamm gehören zu meiner Familie oder zur Familie der Brüder meiner Mutter. Glaube mir, Reiter-von-weit-her, es wäre leichter, die Sandkörner in dieser Düne dort zu zählen ...", er schwenkte seine Hand in weitem Bogen herum, „... als die Männer meines Stammes."

Jamie hielt das für eine Übertreibung, sagte aber lieber nichts. Stattdessen ging er zu seinem Kamel, das ihn unter seinen langen Wimpern anstarrte und einen markerschütternden Schrei ausstieß. Entsetzt fuhr Jamie zurück.

„Mein Name ist Taorka“, sagte das Kamel. „Und es ist mir eine Ehre, dich während deines Auftrags tragen zu dürfen.“

Noch ein Vierbeiner, der sprechen konnte! Jamie nickte verdutzt mit dem Kopf. „Danke“, sagte er. „Das ist nett von dir, Taorka.“ Vorsichtig stieg er auf den Rücken des Kamels und fand es sehr schade, dass er kein Leckerli dabeihatte – eine Karotte oder einen Apfel, so wie es bei Pferden üblich war.

Jasper warf ihm einen herablassenden Blick zu. „Nicht nötig“, sagte er. „Deine Kameldame hat ihre eigenen Vorräte dabei.“

„Echt?“ Jamie blickte sich um, konnte aber keinen Heuballen oder Körnersack entdecken.

„Du sitzt darauf.“

Jamie rutschte vorsichtig beiseite. „Oh, tut mir leid, das wollte ich nicht.“

Der Kater und das Kamel japsten und glucksten. Sie lachten über ihn, ganz klar. Jamie klopfte auf den Sattel und den Teppich darüber, und ein alter Witz schoss ihm durch den Kopf: Fragt das Kamel die Kuh: „Wollen wir nicht eine Milchbar aufmachen? Du gibst Milch und ich spendiere die Hocker.“

„Du meinst ihre Höcker, stimmt’s?“, sagte Jamie.

Jasper verzog enttäuscht das Gesicht, als ob man ihm den Spaß verdorben hätte. Dann sprang er auf und krallte sich im Sattel fest, während Taorka ächzend auf die Füße kam und hinter den anderen herschaukelte.

Etwa eine Stunde später hatten sie ein großes Lager erreicht. Von einer Düne aus spähten sie darauf hinunter. Braune Zelte reihten sich aneinander, und auf der Seite grasten Kamele an einem palmengesäumten Tümpel.

„Ich sehe meine Kamele Mina und Bazu", verkündete Anan mit gesenkter Stimme. „Heute Abend werden sie zu ihrem Stamm zurückkehren." Er hielt sein Schwert so fest, dass die Fingerknöchel weiß hervortraten.

Etwas abseits von den Zelten brannten mehrere Lagerfeuer, an denen Nomadenkrieger mit gekreuzten Beinen saßen und Tee oder Eintopf kochten. Alle trugen dieselben blauen Turbane wie Jamie, die nur die Augen frei ließen. Und alle hatten ihre Schwerter und Krummdolche griffbereit, auch wenn die Szene noch so friedlich wirkte. Zwischen den Zelten scheuchten Frauen Kinder und Ziegen herum oder lachten und sangen. Im Gegensatz zu den Männern waren ihre Gesichter nicht verschleiert. Die älteren Frauen trugen leuchtend bunte Kopftücher, und die jungen gingen ganz ohne Kopfbedeckung. Ihre Haare waren zu winzigen Zöpfchen geflochten oder fielen in schimmernden Wellen über die Schultern. Alle waren mit silbernen Armreifen und Halsketten behängt, und ihre langen Ohrringe funkelten im Sonnenlicht.

Salim seufzte. „Können wir nicht wenigstens eine oder zwei mitnehmen?"

Ali schüttelte energisch den Kopf. „Keine Frauen. Nur die Kamele und Mokhtars Schwert. Bist du bereit, Reiter-von-weit-her?"

Jamie starrte ihn an. Er hatte keine Ahnung, was er sagen sollte.

Bereit wofür? Um die Düne hinunterzustürmen, den Häuptling des feindlichen Stammes zu überfallen und dann mit seinem Schwert davonzulaufen? Die Antwort darauf war einfach.

„Sag ja", drängte Jasper.

Das war ganz klar nicht die Antwort, die Jamie im Sinn hatte. Nur leider war sein Mund so trocken, dass er kein einziges Wort herausbrachte.

Ali lachte und schlug ihm auf die Schulter. Offensichtlich hielt er sein Schweigen für Zustimmung.

Salim ritt mit der Hälfte des Überfalltrupps um die lange Düne herum. Und Ali versammelte Jamie und die restlichen Reiter hinter sich.

„Salim wird von Norden her angreifen", erklärte Ali. „Wenn unsere Feinde losrennen, um sich aus dieser Richtung zu verteidigen, fallen wir von Westen über sie her. Wir werden gegen die Sonne auf sie zureiten, sodass sie uns für Dschinn halten."

Jamie lächelte unsicher. Das klang nach einem guten Plan. „Was sind Dschinn?", fragte er den Kater. Der Anführer hatte sich gerade umgedreht, um seinen Männern Anweisungen zu erteilen.

„Böse Geister", erklärte Jasper. „Dschinn können alle vier Elemente der Welt bewohnen – Erde und Luft, Wasser und Feuer –, obwohl sie nur aus dem Feuer geboren werden. Jeder fürchtet sie, weil sie viel Unheil und Unglück bewirken können."

Jamie lachte. „Aber die gibt es doch nur im Märchen."

Der Kater heftete seine gelben Augen auf ihn und musterte ihn ernst. „Das Böse ist kein Märchen, Jamie. Das Böse ist um uns herum, es ist allgegenwärtig und wird immer stärker. Es ist eine mächtige Kraft, so mächtig, dass es vielleicht nichts gibt, was ihr zu widerstehen vermag."

Weiter kam er nicht, denn unter ihnen entstand ein Tumult. Salim und seine zehn Kamelreiter preschten aus den Dünen nördlich des Lagers hervor und schwenkten laut johlend die Schwerter in der Luft.

Sofort griffen die Männer, die am Lagerfeuer saßen, zu ihren Waffen. Sie sprangen auf und stürzten auf die Angreifer zu, die ihre Kamele geschickt um sie herumlenkten. Die Hälfte des Trupps galoppierte zu den gestohlenen Kamelen, die andere Hälfte zu den Zelten, als wollten sie die Frauen entführen.

Jamie wunderte sich, dass die Frauen und Kinder nicht kreischend davonrannten, sondern die Angreifer mit Steinen und Sand bewarfen oder mit dem, was ihnen sonst gerade in die Hände fiel. Kessel und Kochtöpfe flogen durch die Luft, und ein großer eiserner Schöpflöffel zischte haarscharf an Salims Kopf vorbei.

Ali ag Ibuschi dachte nicht daran, ihm zu Hilfe zu eilen, sondern brüllte vor Lachen. „Ach, was wird er für Spottlieder ertragen müssen, mein armer kleiner Bruder, wenn Mokhtars Tochter ihn von seinem Kamel herunterreißt." Er amüsierte sich königlich.

Einer von Salims Männern raste in vollem Galopp durch die Ziegenherde. Die Tiere flüchteten und schreckten die Kamele auf, die nicht weit davon weideten. Die Kamele buckelten und stiegen und ließen sich nicht mehr einfangen.

Das Lager war ein einziges Chaos. Das Meckern der Ziegen mischte sich mit dem Geschrei der Angreifer und dem der Frauen und Kinder, mit dem entrüsteten Gebrüll der Kamele und den Rufen von Mokhtars Männern. Bald hing so viel Sand in der Luft, dass Jamie nicht mehr erkennen konnte, was um ihn herum vorging.

In diesem Moment erhob Ali sein Schwert und brüllte: „Angriff!"

„Halte dich fest, Reiter-von-weit-her!", rief Taorka und schoss vorwärts. In halsbrecherischem Tempo raste Jamie einen Dünenhang hinunter und landete mitten im feindlichen Lager. Er klammerte sich so fest an die Sattelknäufe, dass ihm fast die Knöchel brachen, und trotzdem wurde er bei jedem Schritt des Kamels wie verrückt herumgeschleudert. Jamie hoffte inständig, dass Taorka nicht plötzlich anhielt: Dann würde er durch die Luft segeln, direkt über ihre Ohren, und auf den Boden knallen, wo die anderen Kamele über ihn hinwegtrampeln würden.

Ali dagegen schien keine Probleme mit dem holprigen Gelände zu haben: Er drehte sich lässig zu Jamie um, während sein Kamel in vollem Galopp bergab donnerte. Er schien buchstäblich im Sattel festzukleben, denn mit der rechten Hand schwenkte er sein Schwert und in der linken hielt er einen langen Fellschild. „Das nenne ich ein Leben, was, Reiter-von-weit-her? Gibt es einen schöneren Zeitvertreib, als in vollem Galopp ins Lager des Feindes zu stürmen und ihn in alle vier Winde zu zerstreuen? Siehst du Mokhtar ag Badi dort?"

Er zeigte mit dem Schwert auf eine hochgewachsene Gestalt in einem weißen Gewand und einem dunklen Turban, die gerade auf ein großes weißes Kamel stieg. Jamie konnte den Mann nur undeutlich erkennen.

„Ich werde ihn herausfordern!", verkündete Ali. „Und unterdessen stiehlst du ihm sein Schwert!"

Mit gesenktem Kopf stürmte er davon, und sein Kamel warf die tellergroßen Hufe vor sich her. Riesige Sandwolken wirbelten auf und stoben Jamie ins Gesicht. Taorka jagte Ali nach, ohne dass er sie anfeuern musste.

Plötzlich spürte Jamie scharfe Nadelstiche in der Brust, und als er nach unten blickte, hing Jasper an seinem Bauch. Der Kater klammerte sich so fest an ihn, dass sich seine Krallen durch Jamies Umhang hindurch in die nackte Haut geritzt hatten. Aber Jamie hatte keine Zeit zu protestieren, denn im nächsten Moment prallten sie mit voller Wucht gegen Mokhtars großes weißes Kamel.

Der feindliche Häuptling würdigte Jamie keines Blickes. Er funkelte den wild heranstürmenden Ali ag Ibuschi an, der drohend sein Schwert in die Luft riss, als wollte er Döner Kebab aus ihm machen.

Das Schwert von Mokhtar dagegen blieb auf dessen Rücken festgebunden. In dem Schwertgriff glühte ein großer goldbrauner Stein. Er schien die letzten Sonnenstrahlen in sich einzusaugen, um sie gleich darauf wieder abzugeben und dadurch noch heller zu leuchten, heiß und wie verwandelt.

„Da ist das Schwert", zischte Jasper. „Du kommst ganz leicht ran."

Doch kaum hatte sich Jamie darauf zubewegt, machte Mokhtars Kamel plötzlich kehrt und brüllte sie an.

Ali war jetzt ganz dicht hinter ihm. Er schwenkte sein Schwert über dem Kopf und stieß wilde Beleidigungen aus, die sich vor allem auf Ziegen und Hunde bezogen. Aber er dachte nicht daran, sein Schwert auf Mokhtar heruntersausen zu lassen, der genauso wild zurückfluchte und mit seinem Dolch gefährlich vor Alis Nase herumfuchtelte. Anscheinend wollte keiner der beiden den anderen verletzen, außer mit Worten. Ihre Beleidigungen wurden immer unflätiger und erfindungsreicher.

„Dein Vater geht auf vier Beinen und schnüffelt am Boden wie ein Hund!"

„Und deiner kriecht feige im Staub und versteckt sich hinter den Felsen, sobald auch nur ein Schatten auf ihn fällt!"

Kämpfen bedeutete bei den Tuareg anscheinend nicht, dem Gegner körperlichen Schaden zuzufügen, sondern ihn zu verhöhnen und zu demütigen, um selbst besser dazustehen. Der Kampf war wohl mehr symbolisch. Schade, dass sich Klappe und seine Bande nicht auch an diese Regeln hielten.

„Na los", drängte der Kater. „Das ist deine Chance."

Jamie versuchte, an das Schwert heranzukommen, aber seine Arme waren einfach nicht lang genug.

„Noch mal!", schrie Jasper. „Du hast es fast erwischt!"

Jamie schwang auch das linke Bein über die rechte Seite des Kamels, hielt sich mit der linken Hand am Sattelknauf fest und streckte seine Hand aus, so weit er nur konnte. Er streifte das Schwert mit den Fingern, bekam es aber nicht zu fassen. Nur noch ein winziges Stück …

Und dann passierte es. Er stürzte, die Welt drehte sich von oben nach unten, und plötzlich waren überall Füße: große, hornige Zweizeherfüße, die um sich traten und direkt vor seiner Nase in den Sand stapften.

Jamie rollte sich zu einer Kugel zusammen und stieß sich blindlings ab. Kein Huf donnerte gegen ihn, und einen Augenblick lang glaubte er schon, der schlimmsten

Gefahr entronnen zu sein. Hastig rappelte er sich auf die Knie hoch, doch gerade als er die Flucht ergreifen wollte, packte ihn jemand von hinten am Gewand, direkt zwischen den Schulterblättern, und zog ihn nach oben. Jamie trat wild um sich, traf aber nur ins Leere. Dann landete er mit dem Gesicht nach unten auf etwas Hartem und Stachligem, sodass ihm einen Moment der Atem wegblieb.

„Ha!", rief eine triumphierende Stimme. „Hab ich ihn, deinen Sohn, Ali ag Ibuschi! Ganz der Vater, scheint mir – kriecht feige im Sand, wie alle aus deiner hündischen Sippe. Mich dünkt, ich werde mehr Nutzen von deinem Überfall haben als du selbst, räudiger Sohn eines Schakals!"

Jamie Wave war Mokhtar ag Badi, dem grausamen Häuptling, in die Hände gefallen.

Kapitel 11

Gefangen

Sie ritten wie der Teufel, weg von der Oase und dem Lager, bis sie die Schatten einer Felsenschlucht erreichten. Dort hatten sich bereits andere Mitglieder von Mokhtars Stamm und die Frauen und Kinder versammelt.

Jamie erfuhr aus den Gesprächen um ihn herum, dass Ali und seine Männer ihre Kamele zurückerobert und die Verfolgung dann aufgegeben hatten. Vielleicht plünderten sie die verlassenen Zelte. Viel Wertvolles gab es dort allerdings nicht zu holen, außer ein paar schönen Teppichen, Trinkgefäßen und vielleicht etwas Schmuck. Die Ziegen waren in alle Himmelsrichtungen zerstreut und irrten zwischen den Dünen umher. Sie würden am nächsten Tag wieder zusammengetrieben werden.

Jamie saß auf dem großen weißen Kamel und blickte sich um. Die Landschaft hatte sich schon wieder verändert. Jetzt ragten Felsen über ihnen auf wie riesige Gebäude, zerfurcht und zerklüftet und vom Wüstenwind zu bizarren Formen geschliffen. Die Schatten, die sie warfen, waren unheimlich und furchterregend.

An manchen Stellen waren Bilder auf die Felswände

gemalt oder eingeritzt: springende Gazellen und laufende Kamele, tanzende Frauen und jagende Männer. Einmal entdeckte Jamie sogar eine Giraffe und ein Tier, das einem Elefanten glich! In der Wüste! Er hatte schon öfter Fotos von Höhlenmalereien und Felszeichnungen gesehen – Bilder von Bisons und Löwen und Urzeitgeschöpfen. All diese Tiere lebten nur noch auf dem Stein, auf den sie gemalt waren, die Welt, in der sie einst gesprungen und gehüpft waren, existierte nicht mehr.

Die Welt war eben nicht in Stein gemeißelt, das wusste Jamie, und die Dinge veränderten sich, nur leider nicht immer zum Guten. Während er die Bilder von den fröhlich springenden Geschöpfen betrachtete, fiel ihm seine Familie ein: wie glücklich sie einmal gewesen waren, und wie trostlos jetzt alles war. Das Leben in Bramstock wurde allmählich auch zu einer öden Wüste. Jamie fragte sich, ob er je wieder nach Hause kommen würde. Von dem Kater jedenfalls war weit und breit nichts zu sehen. Wahrscheinlich waren sie bei dem Sturz von Taorka getrennt worden. Jamie mochte den Kater nicht besonders, aber er hoffte trotzdem, dass ihm nichts passiert war und ihn die Kamele nicht zertrampelt hatten.

Auf jeden Fall stand er nun ohne Begleiter da. Und wenn er die Maske auch noch verlor, würde er nie wieder nach Hause kommen.

Die Nomaden hielten jetzt die Kamele an, die ihre Reiter absteigen ließen, indem sie in die Knie gingen.

Mokhtar ag Badi hob Jamie auf den Boden herunter und hielt ihn eine Armeslänge von sich. Mokhtar war älter als Ali: Seine Augenbrauen waren bereits grau, aber sein Blick blieb scharf und durchdringend wie der eines Adlers. „Nun, wen haben wir denn da? Nenne mir deinen Namen und deine Herkunft."

Jamie sah Mokhtar in die Augen und zwang sich, nicht zu stottern. „Mein Name ist Jamie ag Thomas, auch Reiter-von-weit-her genannt."

Mokhtars Augenbrauen schossen in die Höhe. „Der Reiter-von-weit-her? Und warum nennt man dich so?"

„Weil ich … äh … von weit her komme?", sagte Jamie fragend.

„Von woher?"

„Aus einem Ort, der Bramstock heißt." Normalerweise wäre Jamie in einer so brenzligen Lage sofort ins Stottern geraten, doch jetzt redete er ganz normal. Das war komisch. Aber er konnte jetzt nicht länger darüber nachdenken, denn der Häuptling funkelte ihn an, als glaubte er, dass Jamie sich über ihn lustig machte.

Na klar – Mokhtar konnte ja nicht wissen, wo Bramstock lag.

„Bramstock in Südengland", sagte Jamie schnell.

Beifälliges Gemurmel erhob sich unter Mokhtars Männern. Ja, von England hatten sie schon gehört – es war ein fernes, exotisches Land. Alle starrten Jamie noch durchdringender an – er war ein Gegenstand großer Neugier geworden. Verlegen rückte er seinen Tagelmust zurecht, sodass jetzt noch weniger von seinem Gesicht zu sehen war.

„Und wofür sind die Leute von Bramstock berühmt, Reiter-von-weit-her?", wollte Mokhtar wissen.

Das war eine gute Frage; Jamie fiel rein gar nichts dazu ein. Die Fußballmannschaft konnte man vergessen, auch wenn Jamie ein großer Fan des FC Bramstock war. Seit die Silbermine geschlossen war, wurde in der Stadt nichts mehr produziert, und es gab dort weder Sehenswürdigkeiten noch nennenswerte Berühmtheiten. Die Landschaft ringsum war ganz nett, und da waren noch die Tropfsteinhöhlen, die ziemlich unheimlich waren, aber nicht besonders sichtbar. Also nicht viel, womit man angeben konnte.

„Und was sind deine größten Fähigkeiten, Reiter-von-weit-her?", fragte Mokhtar in die betretene Stille hinein.

Wie konnte Jamie den Nomaden erklären, dass er durch einen seltsamen Zauber hierherversetzt worden war und Ali überhaupt nicht kannte?

Ratlos kratzte er sich am Kopf. Was sollte er sagen? Dass er nicht schlecht im Zeichnen war und Masken basteln konnte?

„Ich kenne eine Menge Witze", sagte er endlich und hätte sich am liebsten auf die Zunge gebissen. Aber es war zu spät, er konnte nicht mehr zurück.

„Witze?"

„Lustige Sachen, Rätsel …"

„Ah!" Ein wachsamer, listiger Ausdruck trat in Mokhtars Augen. „Dann werden wir dich wohl auf die Probe stellen müssen", verkündete er. Der Häuptling drehte sich um und ging weg.

Jamie schlotterten die Knie. Auf die Probe stellen? Wie, um Himmels willen? Vielleicht stimmte es gar nicht, dass die Tuareg nur symbolisch Krieg führten. Vielleicht würden sie ihn foltern oder …

Da ertönte eine Stimme hinter ihm und riss ihn aus seinen Gedanken. „Keine Panik, Jamie Wave. Es ist nur ein Wettbewerb. Eine alte Tuareg-Tradition."

Plötzlich wurde ihm alles zu viel. Er war so unendlich müde. Aber he, Moment mal! Da hatte doch jemand zu ihm gesprochen, den die anderen offenbar nicht hören konnten! Ein Grinsen breitete sich auf seinem Gesicht aus.

„Wie bist du hierhergekommen?", fragte Jamie.

„Ach, das war leicht." Der Kater tauchte im Schatten der Felsen auf, und seine Augen funkelten in der Dämmerung. „Ich bin von Taorka auf Amud, das weiße Kamel, gesprungen und habe mich in Mokhtars Umhang gekrallt." Er fuhr seine Krallen aus und studierte sie lässig. „Ich wusste doch, dass du mich brauchst."

Jamie hatte sich ehrlich gefreut, als der Kater aufgetaucht war, aber jetzt ging ihm sein großspuriges Getue schon wieder auf die Nerven.

„Bisher warst du mir keine große Hilfe", brummte er.

„Wie du meinst", erwiderte Jasper. „Wenn du glaubst, du schaffst es alleine, dann bitte …" Und damit legte sich der Kater in den Schatten eines riesigen Felsblocks, schlang seinen Schwanz um sich herum, vergrub die Nase darin und schlief ein.

„Folge mir." Mokhtar war zurückgekommen, um Jamie zu holen. Er führte ihn zu dem Lagerfeuer, das die Nomaden angefacht hatten. Die Männer saßen in einem weiten Kreis um das Feuer, als erwarteten sie ein spannendes Schauspiel.

Jamies Magen krampfte sich vor Angst zusammen. Was hatten sie mit ihm vor? Nun, er würde es bald genug erfahren.

„Wir machen einen Wettkampf", verkündete Mokhtar. „Meine Rätsel gegen deine. Ich gelte als der klügste Mann in der ganzen Wüste, und niemand hat mich je geschlagen. Wenn du meine Rätsel lösen kannst und mich zum Lachen bringst, darfst du dir einen Preis aussuchen. Wenn ich gewinne, behalte ich dich als meinen Sklaven hier."

Jamie starrte ihn an. Ein Wettstreit mit dem klügsten Mann der Wüste? Seine Chancen waren gleich null.

Kapitel 12

Mit der Waffe des Witzes

Jamie wurde zum Feuer geführt. Direkt davor lagen zwei riesige bunte Kissen.

Mokhtar hielt Jamie seine geschlossenen Fäuste unter die Nase. „In einer Hand ist ein Stein“, sagte er. „Wenn du diese Hand wählst, darfst du anfangen. Jeder von uns wird dem anderen drei Rätsel stellen. Kannst du eines davon nicht beantworten, hast du verloren.“

Jamie deutete auf eine von Mokhtars Fäusten. Der Häuptling öffnete sie langsam. Sie war leer.

Mokhtar konnte seine Freude nicht verbergen. „Ausgezeichnet. Dann beginne ich.“ Er ließ sich nieder und bedeutete Jamie, auf dem zweiten Kissen Platz zu nehmen. Dann holte er tief Luft. „Ein ganz leichtes für den Anfang, um dich auf die Probe zu stellen, Jamie ag Thomas.

Hab keine Beine zum Tanzen,
hab keine Lunge zum Atmen,
hab kein Leben zum Leben oder Sterben,
und dennoch mach ich alles drei.
Nun sag mir, wer ich sei?“

Einer der Anwesenden brach in Gelächter aus, und nach kurzem Zögern stimmten alle mit ein. Es war also ein Rätsel, das jeder kannte. Entweder das, oder die Nomaden waren schlauer als Jamie.

Er überlegte angestrengt. Was in aller Welt konnte ohne Beine tanzen? Das ergab doch keinen Sinn. Haben Fische Lungen?, fragte Jamie sich. Fische konnten schließlich im Wasser tanzen, na ja, oder so was Ähnliches … Aber sie waren eindeutig lebendig, also konnte er das vergessen.

Er blickte sich in der Versammlung um: verschleierte Männer, Frauen mit Silberschmuck und Kinder, die Puppen aus Knochen und Lumpen an sich drückten. Alle sahen ihn erwartungsvoll mit ihren dunklen Augen an, in denen sich die Flammen des Lagerfeuers spiegelten. Von dort war keine Hilfe zu erwarten.

Was konnte tanzen und leben und sterben?

Ohne Beine, ohne Lunge und ohne am Leben zu sein?

Jamie schloss die Augen, um sich besser zu konzentrieren, und hinter seinen Lidern entstand ein Nachbild der Flammen …

Tanzende Flammen …

„Das Feuer!“, schrie er triumphierend und riss die Augen wieder auf. „Die Antwort ist: das Feuer!“

Mokhtar verzog enttäuscht den Mund. „Sehr gut. Jetzt bist du an der Reihe.“ Er funkelte Jamie an, als könnte er ihn durch seine bloße Willenskraft zum Verstummen bringen.

Jamie wühlte in seinem Witze- und Rätselvorrat. Die meisten Rätsel, die ihm einfielen, waren unbrauchbar. Sie setzten Wissen über die moderne Welt voraus, ohne das die Pointe unverständlich blieb. Wenn er Mokhtar fragte: Was ist grau und dreht sich ständig im Kreis? (Ein Elefant in der Waschmaschine), dann musste er ihm erst erklären, was eine Waschmaschine war, und wahrscheinlich auch, was ein Elefant war. Und selbst dann konnte der Häuptling vermutlich nicht darüber lachen, sondern würde ihn für verrückt halten. Und vielleicht würde er ihn disqualifizieren oder etwas in der Art. Und Jamie wollte doch kein Sklave sein …

In seinem Kopf herrschte Leere. Gähnende Leere. Als hätte man ihn in die Waschmaschine gesteckt und blitzblank gewaschen. Und dann, wie aus dem Nichts, schoss es aus ihm heraus: „Wann können sich drei große Kamele unter einem ganz kleinen Baum unterstellen, ohne dass sie nass werden?"

Der Häuptling kniff die Augen zusammen. Ein Flüstern ging durch die Menge. „Pst!", zischte Mokhtar seine Leute an, und alle verstummten abrupt.

Der Häuptling klopfte mit den Füßen auf den Boden und rang die Hände, als ob er angestrengt überlegte. Dann lachte er plötzlich schallend los. „Ich hab's! Wenn es nicht regnet!"

Die Zuschauer johlten begeistert Beifall. Die Frauen trillerten mit der Zunge und klatschten in die Hände, und die Kinder schüttelten sich vor Lachen.

„Ha! Wenn es nicht regnet", wiederholte Mokhtar, entzückt über seine eigene Klugheit. „Sehr gut, junger Mann, aber wie du siehst, braucht es mehr, um den großen Mokhtar ag Badi zu überlisten! Und jetzt höre mein zweites Rätsel: Was ist so groß wie das größte Kamel und wiegt dennoch nichts?"

Jetzt zog Jamie die Augenbrauen zusammen und zermarterte sich den Kopf. Alles, was ihm einfiel – Sanddünen, Elefanten, Bäume, Zelte, ein sehr fetter Mensch –, war tonnenschwer.

Da schoss ihm ein altes Rätsel durch den Kopf – es handelte von Federn: Was wiegt mehr, ein Pfund Federn oder ein Pfund Eisen? Die Antwort war natürlich, dass beides gleich viel wiegt (ein Pfund eben). Aber das half ihm auch nicht weiter. Obwohl es so etwas Ähnliches sein musste, eine Scherzfrage …

Er starrte auf seine Füße. Sie klopften nervös auf den Boden, so wie die von Mokhtar zuvor, während der Feuerschein zuckende Schatten über den Sand warf.

Plötzlich hob Jamie den Kopf und strahlte bis über beide Ohren unter seinem Turban. „Was ist so groß wie das größte Kamel? Sein Schatten natürlich!"

„Bravo, Reiter-von-weit-her!", rief jemand begeistert, verstummte aber schnell, als Mokhtar ihn anfunkelte.

„Du glaubst wohl, du seist sehr klug, Jamie ag Thomas von Bramstock? Klüger als der große Mokhtar ag Badi, Häuptling der Kel Ajjer, wie?"

Jamie schüttelte rasch den Kopf. Er war in den meisten Schulfächern ziemlich schlecht. „Äh, nein, Sir – natürlich nicht."

„Das will ich aber auch meinen. Nun, dann mach weiter", sagte der Häuptling barsch. „Deine nächste Frage an mich!"

Alles, woran Jamie jetzt noch denken konnte, waren Kamele. Es war hoffnungslos. Ihm fiel kein Kamelwitz und kein Kamelrätsel ein, sosehr er sich auch anstrengte. Er suchte nach anderen Tierwitzen, aber was, wenn die Tuareg keine Kühe, Frösche oder Fische kannten? Selbst wenn es ein guter Witz wäre, würde der Häuptling sagen, dass er nicht zählte und dass er verloren hatte.

Da kam ihm eine Idee: Froschwitze kannte er jede Menge – konnte er nicht einfach „Frosch" durch „Kamel" ersetzen? Es ging ja um die Pointe und nicht um ein bestimmtes Tier. Er grinste unter seinem Tagelmust still vor sich hin.

„Welches Kamel kann höher springen als ein Baum?"

Wieder tuschelten die Zuschauer aufgeregt. Alle diskutierten über die Vorzüge ihrer jeweiligen Kamele: welches das schnellste war und welches die kräftigsten Beine hatte oder was auch immer. Ein Kamel ließ sich notfalls dazu bringen, über einen Bach zu springen. Aber ein

Luftsprung? Wohl kaum. Nun ja, vielleicht war es nur eine Frage des Trainings …

Doch Mokhtar ag Badi hörte nicht auf seine Leute. Er saß schweigend da, die Augen geschlossen, und konzentrierte sich mit aller Kraft. Er zupfte an seinem Turban, kratzte sich am Ohr, stützte den Ellbogen auf das Knie und den Kopf in die Hand, als sei ihm dieser plötzlich zu schwer geworden durch die vielen Gedanken, die darin herumpurzelten.

Dann sprang er auf und lief hin und her, leise vor sich hin murmelnd. Er schien mit sich selbst zu diskutieren und verschiedene Theorien und Lösungen zu prüfen und wieder zu verwerfen.

Jamie musste sich das Lachen verkneifen. Es war doch ein Witz. Eine Scherzfrage, eigentlich kinderleicht. Aber so war es ja immer, wenn man die Antwort schon wusste.

Plötzlich wirbelte Mokhtar herum und klatschte in die Hände. „Hahahaha! Hahahahaha!" Er schlug sich auf die Knie und krümmte sich vor Lachen. „Das ist lustig! Ein sehr lustiges Rätsel, in der Tat!"

Alle starrten den Häuptling bestürzt an, als sei er übergeschnappt.

Endlich hörte Mokhtar auf zu lachen. „Die Antwort …", verkündete er ernst, „die Antwort lautet: jedes Kamel." Er blickte sich im Kreis seiner ratlosen Stammesbrüder um. „Weil Bäume nicht springen können."

Jamie nickte widerstrebend. Der Häuptling hatte natürlich Recht. Und jetzt stieg die Angst in ihm auf. Was würde geschehen, wenn er Mokhtars letztes Rätsel nicht lösen konnte? Er hatte keine Lust, bis in alle Ewigkeit als Sklave des Häuptlings in der Wüste zu versauern. Bramstock war manchmal schrecklich, mit all den Sorgen und Problemen, die dort auf ihn warteten, aber es war sein Zuhause. Und dorthin wollte er auf jeden Fall wieder zurück.

„Nun also mein letztes Rätsel", verkündete Mokhtar grimmig. „Es soll mein bestes sein. Das schwerste, das ich kenne." Er überlegte einen Augenblick, dann trat ein listiges Glitzern in seine schwarzen Augen. „Ich hab's!"

„Ein Goldschatz bin ich, behütet von Hunderten, ja, Tausenden von Wächtern. Ich ruhe in einem Labyrinth, in dem kein Mensch gehen kann, und doch kommen oft Männer und stehlen mein Gold. Was bin ich?"

Jamie starrte ihn ungläubig an. Das war viel zu schwer, viel zu kompliziert.

Er hatte keine Ahnung. Wie sollte man Gold in einem Labyrinth stehlen, wenn man nicht darin gehen konnte? Einen Eimer hinunterlassen und das Gold heraufschöpfen? Oder vielleicht mit einem Riesenmagnet oder so? Aber dann fiel ihm ein Experiment ein, das sie in der Schule gemacht hatten: Michael Rose wollte mit einem Magnet an Angela Hornes goldene Ohrringe andocken, es hatte jedoch nicht funktioniert. Nur eisenhaltige Gegenstände waren magnetisch. Das konnte er also vergessen.

Jamie überlegte und überlegte, und seine Gedanken fuhren Karussell, rundherum, rundherum, ohne dass auch nur das Geringste dabei herauskam.

Mokhtar starrte ihn jetzt mit seinen scharfen Augen an, als könnte er unter Jamies Maske sehen und seine geheimsten Gedanken erraten. So wie der Kater …

Der Kater.

Ja?

Plötzlich war Jasper da.

Ich brauche Hilfe, gestand Jamie kleinlaut. Er sagte es nicht laut, aber er dachte es klar und deutlich.

Oh, ich weiß, sagte der Kater in Jamies Kopf. *Ich habe deine Gedanken durcheinanderpurzeln hören. Hach, wie soll man bloß schlafen bei dem Radau?* Er gähnte. *Wenn du mich fragst, ist es ein ganz einfaches Rätsel.*

Jamie schnitt eine Grimasse. Für ihn war es gar nicht einfach. Fast hätte er etwas wenig Schmeichelhaftes über den Kater gedacht, aber er bremste sich gerade noch.

„Nun beeil dich!“, drängte Mokhtar. „Dein Schweigen, oh Reiter-von-weit-her, sagt mir, dass du die Antwort nicht weißt.“ Schadenfroh rieb er sich die Hände. „Ah, wie freue ich mich auf meinen neuen Sklaven. Du wirst mir das Wasser aus dem Brunnen heraufziehen, Reiter-von-weit-her. Du kannst mein Kamel putzen. Und du darfst mir die Füße massieren, wenn ich mich nach einem langen Tagesritt ausruhe …" Der Häuptling seufzte vor Wonne bei dem Gedanken an diesen unverhofften Luxus.

Jamie starrte unwillkürlich auf Mokhtars Füße. Sie waren groß und plump, die Fersen gelb und rissig, und die verhornten Nägel sahen aus wie Tierklauen. Es war eine gruselige Vorstellung, diese Füße anfassen zu müssen.

Willst du erst noch selbst ein bisschen über die Antwort nachdenken?, fragte der Kater freundlich.

„Nein!", brüllte Jamie, und alle starrten ihn an.

„Nein?", fragte Mokhtar hoffnungsvoll. „Heißt das, du weißt dic Antwort nicht?"

Sag's mir doch endlich!, flehte Jamie in Gedanken den Kater an. *Was kann das nur sein, dieser Goldschatz in einem Labyrinth?*

Okay, aber dann bist du mir was schuldig, erwiderte Jasper aalglatt.

Ich mach alles, was du willst.

Also gut – sobald wir wieder in Bramstock sind, musst du mir helfen, meine Frau und meine beiden Kleinen zu finden. Das ist der Preis für die Lösung des Rätsels.

Wieso, wo sind sie?

Wenn ich das wüsste, müsste ich dich ja nicht um Hilfe bitten, oder? Selbst in Gedanken klang der Kater gereizt.

Aber wie kann man seine Frau und seine Kinder verlieren?

Das musst gerade du sagen, Jamie Wave – wie kann man nur seinen Vater verlieren?

Gute Frage. Jamie zuckte kleinlaut mit den Schultern. *Ich versteh zwar immer noch nicht, wie man eine ganze Familie verlieren kann, aber okay, ich helfe dir beim Suchen.*

Die Erleichterung des Katers schwappte wie eine große Welle durch Jamie hindurch, und dahinter verbarg sich noch etwas anderes, etwas, was er nicht einordnen konnte, etwas Wildes und Dunkles. Wusch!, war es wieder weg.

Ich hab dir doch gesagt, dass du meine Gedanken nicht lesen kannst, schimpfte der Kater. *Also lass es gefälligst. Die Antwort ist leicht: Der Goldschatz ist Honig. Die Waben im Bienenstock sind das Labyrinth, in dem kein Mensch gehen kann. Und die Bewaffneten sind die Bienen mit ihren Stacheln.*

Es war einfach, aber genial. Jamie lachte laut. „Honig", verkündete er strahlend.

Mokhtar ag Badi stampfte mit dem Fuß auf. „Woher weißt du das?", brüllte er. „Wie kannst du das wissen?" Und er hörte gar nicht mehr auf zu stampfen, sodass eine Wolke von Sand in die Luft aufstieg. Die Nomaden wandten den Blick ab, als schämten sie sich, ihren Anführer in einer so unwürdigen Wut zu sehen.

Endlich sank Mokhtar auf sein Kissen. „Nun gut, Reiter-von-weit-her", sagte er. „Gib mir dein nächstes Rätsel auf."

Jamie wusste schon eins. Es war ihm einfach in den Sinn gekommen, wie durch Zauberei. Er sah den Kater an, der mit undurchdringlicher Miene zurückstarrte. Das brachte Jamie einen Augenblick aus der Fassung: War es wirklich sein Einfall gewesen oder der von Jasper? Egal, Hauptsache, es funktionierte.

„Wie viele Kamele passen in ein leeres Zelt?", fragte er den Häuptling.

Mokhtar starrte ihn an. Die Menge verstummte, und alle überlegten angestrengt. Es gab so viele verschiedene Zelte und in allen Größen, je nachdem, wie reich ein Mann war oder wie viele Ziegenhäute er sich leisten konnte. Ob er das Zelt von seiner Mutter geerbt und ein zweites oder drittes angebaut hatte. Oder wie groß die Kamele waren, die er besaß. In Mokhtars größtes Zelt passten wahrscheinlich viele neugeborene Kamelbabys hinein. Die Männer nahmen ihre Finger und Zehen zu Hilfe und rechneten eifrig.

Der Häuptling schritt auf und ab, schließlich entfernte er sich ein Stück. Er zeichnete etwas in den Sand, als wollte er eine schwierige Mathematikaufgabe lösen. Dann wischte er die Zeichnung mit dem Fuß weg und fing wieder von vorn an. Die Zeit verging.

„Du wirst dich beeilen müssen", sagte Jamie frech.

Mokhtar funkelte ihn an. „Ich brauche nur noch einen Moment", stieß er zwischen den Zähnen hervor. Er blickte auf die versammelten Kamele seines Stammes und stellte sie sich in einem Zelt zusammengedrängt vor.

Aber wie sollte das gehen? Kamele ließen sich nicht einfach einschließen. Sie würden mit den Hufen aufstampfen, das Zelt aus seiner Verankerung reißen und wütend darauf herumtrampeln, bis es in Fetzen lag …

„Deine Zeit ist um", verkündete Jamie. „Hast du die Antwort für mich?"

Mokhtar knurrte wie ein bissiger Hund. „Das ist kein richtiges Rätsel!", brüllte er schließlich. „Stell mir ein anderes!"

Mokhtars Leute scharrten unruhig mit den Füßen, und ein Murmeln lief wie eine Welle durch die Menge.

„An dem Rätsel ist nichts falsch", protestierte einer der Männer.

„Antworte dem Jungen", verlangte ein anderer.

„Schäm dich, Mokhtar", rief eine Frauenstimme.

„Ich will wissen, wie viele Kamele in ein leeres Zelt passen!", schrie ein Kind.

Mokhtar knirschte mit den Zähnen. „Nun, sag mir schon die Antwort, Reiter-von-weit-her", knurrte er. „Und wehe, sie ist nicht gut – dann werde ich dich jeden Tag verprügeln, wenn du mein Sklave bist."

Jamie blickte sich in der Menge um. Er konnte nur hoffen, dass Mokhtars Leute zu ihm halten würden. Und dass sie den Witz auch verstanden.

Leise sagte er: „Man kann nur ein Kamel in einem leeren Zelt unterbringen. Weil danach das Zelt nicht mehr leer ist."

Einen Augenblick herrschte Schweigen, dann johlte jemand.

„Bravo! Ein scharfer Denker!"

„Gib dem Jungen seinen Preis", rief einer der Männer am Lagerfeuer.

„Ich bin gespannt, was er auswählt", sagte ein junges Mädchen laut. Es drängte sich nach vorn und klimperte Jamie mit seinen langen Wimpern an.

„Setz dich, Zaina! Du bist lauter und ungebärdiger als ein Kamel mit einer blutrünstigen Fliege auf dem Hintern!"

„Nun, so sag mir, was du verlangst, Reiter-von-weither", seufzte Mokhtar. „Willst du Silber oder einen fliegenden Teppich oder vielleicht ein gutes Kamel?"

Einen fliegenden Teppich? Das wäre allerdings ein toller Preis. Aber deshalb war er nicht hier. Jamie dachte an Miss Lambent und an die Aufgabe, die sie ihm gestellt hatte. Er richtete sich auf.

„Ich möchte dein Schwert, bitte", sagte er.

Mokhtar fielen fast die Augen aus dem Kopf. „Mein Schwert?", stieß er hervor.

Jemand lachte.

Mokhtar starrte in die Menge, und der, der gelacht hatte, wurde sofort mucksmäuschenstill. Dann wandte sich der Häuptling wieder an Jamie: „Du meinst wohl das hier." Und er reichte Jamie seinen kleinen Krummdolch in der kunstvoll verzierten Hülle.

Jamie schüttelte den Kopf. „Nein, dein Schwert. Das große mit dem gelben Stein im Griff."

Jamie sah, wie Mokhtar blass wurde, obwohl nur das bisschen Haut um die Augen herum und über der Nasenwurzel aus dem Turbanschlitz hervorschaute.

„Ich gebe dir mein Schwert nur, wenn du deinen Tagelmust abnimmst", sagte Mokhtar entschlossen. „Ich muss wissen, wem ich das Tigerauge überlasse. Es ist ein altes Schwert, das in meiner Familie seit Hunderten von Generationen vom Vater auf den Sohn vererbt wurde. Ich kann es nicht einfach einem Fremden geben, dessen Gesicht ich nie gesehen habe."

Du darfst die Maske nicht abnehmen, zischte der Kater in Jamies Kopf. *Sonst bist du verloren. Sag ihm, dass du ihn zu sehr achtest, um dein Gesicht zu entblößen, und dass es Unheil über ihn bringen würde. Jeder Tuareg weiß, dass das Übel sich im Mund verbirgt. Deshalb verhüllen sie ihre Gesichter.*

Jamie funkelte den Häuptling an. „Du verlangst Unmögliches, Mokhtar ag Badi. Würde ich meinen Tagelmust abnehmen, dann käme Unheil über dich, und ich achte den Häuptling der Kel Ajjer viel zu sehr, um so etwas zu tun."

Mokhtars Augen funkelten wütend, aber er sagte nichts.

Einen Augenblick lang dachte Jamie, er hätte den Streit gewonnen, aber dann griff der Häuptling nach seinem Turban und zerrte mit aller Macht daran.

Jamie heulte auf. Bilder von zu Hause wirbelten durch seinen Kopf: sein Schlafzimmer mit den Postern vom FC Bramstock und den Blue Flamingos, der Pausenhof in der Schule und der Park. Seine Mum, wie sie ihre Lippen anspannte und versuchte, nicht zu weinen, während sie Lippenstift auftrug. Er dachte an Cadence und Jinny und Michael Rose und an den Maskenladen und Miss Lambent. All diese Menschen und Orte würde er nie mehr wiedersehen, wenn Mokhtar ihm den Turban wegnahm. Und dann dachte er an seine Tigermaske …

Sein Heulen verwandelte sich urplötzlich in ein tiefes, kehliges Knurren.

Die Frauen am Lagerfeuer schrien und die Kinder brachen in Tränen aus. Die Männer griffen nach ihren Waffen.

„Ein Dschinn! Das ist ein Dschinn!"

Mokhtar ag Badi sprang erschrocken zurück. Er konnte seinen Blick nicht von Jamies Gesicht losreißen. Misstrauisch starrte er ihn an, als könnte der Junge jeden Moment die Gestalt wechseln, seinen Turban herunterreißen und sich als die schreckliche Bestie zu erkennen geben, die er in Wahrheit war.

Mit zitternden Händen hielt er ihm sein Schwert hin. „Nimm es, Reiter-von-weit-her, und geh."

„Danke“, sagte Jamie mit seiner normalen Stimme. Schnell packte er das Schwert, ehe der Häuptling es sich anders überlegen konnte. Die Waffe wog schwer in seiner Hand, und das Tigerauge funkelte im Feuerschein.

Jetzt verneige dich und geh schnell zu den hohen Felsen, die du links von dir siehst, sagte Jasper.

Jamie gehorchte. Er spürte, wie sich Hunderte von Augen in seinen Rücken bohrten, als er mit raschen Schritten zu den steil aufragenden Felsen ging.

Sobald sie außer Sichtweite waren, lief Jasper vor Jamie her. „Hier lang“, sagte er. Er huschte zu einer bizarren Felsformation und schnupperte an jedem Steinsockel, dann seufzte er endlich auf. „Hier.“

Zwischen den hohen Felsklippen gab es eine Stelle, an der zwei große Gesteinsbrocken aneinanderlehnten. Sie bildeten eine schmale Öffnung, wie ein Tor. Die letzten Sonnenstrahlen fielen hindurch und färbten den Horizont flammend rot und orange. Bald würde es dunkel werden. Jamies Magen zog sich angstvoll zusammen.

„Schnell“, drängte der Kater. „Folge mir durch die Felsen und behalte dein Schwert in der Hand. Verlier es nicht, genauso wenig wie die Maske, was immer auch geschieht. Wir müssen fort, bevor es dunkel wird, und wieder im Laden sein, ehe die Nacht anbricht.“

„Warum?“

„Die Nacht ist das Reich eines Anderen“, erwiderte der Kater. „Und dort bist du ungeschützt.“ Ohne weitere Erklärung sprang er durch die Lücke zwischen den Felsen. Eben war er noch da, mit seinem glänzend schwarzen Fell und den orangefarbenen Augen, die wie Lampions glühten, und im nächsten Moment war er fort. Verschwunden. *Wirklich* verschwunden, als wäre er einfach ausgelöscht worden. Und vielleicht war es auch so.

Jamie holte tief Luft, das Tigerauge fest an seine Brust gedrückt, und trat ins Leere.

Kapitel 13

Der erste Stein

Die Welt wirbelte um Jamie herum, bis ihm ganz schwindlig wurde, und schließlich landete er mit voller Wucht auf den Knien.

Verwirrt blickte sich Jamie um. Als er mit ausgestreckten Händen herumtastete, stieß er auf einen dünnen Teppich am Boden. Vor ihm war nichts und hinter ihm eine glatte, kalte Fläche. Der Spiegel im Hinterzimmer des Maskenladens. Oder zumindest hoffte er, dass es der Maskenladen war. Vorsichtig richtete er sich auf, trat einen Schritt vor, stolperte über etwas und knallte wieder auf den Boden.

„Autsch! Mrrraaaauuu! Das war meine Pfote!"

Irgendwo lachte jemand, und das Licht ging an. Miss Lambents vertraute Gestalt erschien in der Tür. Zum Glück hatte sie wieder ihre Maske auf. Neben ihr saß Jasper, leckte sich die Pfote und zog ein mürrisches Gesicht. Miss Lambents Blick schoss über den am Boden liegenden Jamie hinweg und heftete sich an den Gegenstand, den er an sich drückte. Jamie erkannte seine nette Kunstlehrerin nicht wieder: Ihre Augen glühten vor Gier und Bosheit.

„Ha! Gut gemacht, Junge, du hast mir mein Tigerauge zurückgebracht. Gib es mir – los, gib es sofort her!"

Jamie zog sich hoch, indem er sich auf Mokhtars Schwert stützte. Seine Knie schmerzten von dem Aufprall am Boden, und ihm war übel und schwindlig. Kein Wunder, nachdem er in Windeseile auf mysteriöse Weise aus einem Nomadenlager des 17. Jahrhunderts ans andere Ende der Welt katapultiert worden war. Na ja, wenigstens hatte er seine kostbaren Nikes wieder, wie er erleichtert feststellte, als er an sich hinunterschaute. Und seine Lieblingsjeans auch.

Er wollte Miss Lambent gerade den Schatz, für den er sein Leben riskiert hatte, mit einer feierlichen Verbeugung überreichen, aber er war zu langsam. Miss Lambents Hand schoss vor und packte das Schwert. Ihre Hände waren knotig und von dicken blauen Adern durchzogen. Es waren Greisenhände, mit Altersflecken übersät, die Gelenke verkrüppelt und geschwollen.

Sobald sich ihre Finger um den Schwertgriff schlossen, veränderten sie sich jedoch. Ein Licht strömte in sie hinein, ein goldenes Licht. Es hatte dieselbe Farbe wie der Stein, den sie Tigerauge nannte. Das Licht durchflutete ihre Hände, als hielte sie sie über eine Kerzenflamme. Gleichzeitig spürte Jamie, wie das Licht unter seine eigene Haut drang. Es fühlte sich heiß und gefährlich an, als trüge es die ganze Hitze der Wüste in sich. Erschrocken ließ er das Schwert los und trat einen Schritt zurück.

Das Licht floss durch Miss Lambents Arme in ihre Schultern hinauf, sodass sie zu brennen schien. Aber sie schrie nicht vor Schmerz, wie Jamie erwartet hatte, sondern warf den Kopf zurück vor Freude oder Triumph oder einer Mischung aus beidem. Das Licht glühte noch heller und versprühte wilde orange Funken, wie von einem seltsamen inneren Feuerwerk.

Dann verfinsterte es sich abrupt zu einem stumpfen Dunkelrot, als hätte jemand Wasser auf die Flammen geschüttet. Einen Augenblick herrschte Schweigen, und Jamie sah nur noch das Nachbild des glühenden Lichts, das sich hinter seinen Lidern eingeätzt hatte, bis sich seine Augen allmählich wieder an das Dunkel im Laden gewöhnten.

Miss Lambent stand noch an derselben Stelle wie vorher, doch von dem Schwert war nichts mehr zu sehen, außer einem kleinen Aschehäufchen zu ihren Füßen. Die Lehrerin starrte auf etwas in ihren Händen, etwas Dunkles und Walnussgroßes.

Aber Jamie konnte seinen Blick nicht von ihren Armen abwenden. Sie strotzten vor Kraft und Gesundheit. Keine Spur mehr von den dicken blauen Adern, den geschwollenen Knöcheln, den Altersflecken und den dünnen, gichtigen Krallenfingern. Stattdessen war die Haut wunderbar glatt und rosig.

Zu Miss Lambents Füßen saß Jasper. Das Fell des Katers sträubte sich von den Ohren bis zur Schwanzspitze, und er sah aus, als würde er jeden Moment Reißaus nehmen und um sein Leben rennen. Jamie konnte das gut verstehen.

Schließlich blickte Miss Lambent auf und lächelte. Ein neues, goldenes Licht schimmerte in ihren Augen.

„Hab keine Angst", sagte sie leise. „Das ist alles ganz natürlich. Nur eine kleine Energiespritze, die ich schon lange gebraucht habe. Schon sehr, sehr lange." Und damit warf sie Jamie den Gegenstand zu, den sie in der Hand gehalten hatte.

Er fing ihn so geschickt auf, dass sein Kricketlehrer stolz auf ihn gewesen wäre. Jamie hatte erwartet, dass das Ding heiß war wie eine ausgebrannte Kohle, die immer noch etwas von ihrer Gluthitze verströmt. Doch der Stein war kühl und glatt und tot. Mit einem Anflug von Enttäuschung stellte er fest, dass es nur ein gewöhnlicher Stein war. Als sei alles, was das Tigerauge schön und kostbar gemacht hatte, aus ihm herausgesaugt worden – und stattdessen in Miss Lambent übergegangen.

Und genau das war auch passiert, wie Jamie blitzartig erkannte, ein Gedanke, der ihm Angst machte, weil er allem widersprach, was er bisher von der Welt gewusst hatte. Doch das war bei seinen Reisen durch Raum und Zeit, zuerst in der Maske des Tigers, dann in der des Tuareg, auch nicht anders gewesen.

In Jamies Welt redeten Kamele und Katzen nicht.

Magie.

Das Wort durchschauerte ihn, es war erschreckend und faszinierend zugleich.

„Ja, richtig“, sagte Miss Lambent. „Wir haben es mit Magie zu tun, dem kostbarsten und seltensten Gut in dieser Welt. Und es ist ein großes Privileg, diese Magie am Werk zu sehen.“ Sie beugte sich noch weiter zu Jamie vor. „Aber das muss unter uns bleiben, Jamie. Es ist streng geheim. Hast du verstanden?“

Jamie nickte hastig.

„Gut. Denn die Konsequenzen – nicht nur für dich oder mich, sondern für jeden, dem du es erzählen würdest – wären unsagbar schrecklich.“ Ein eisiger Ausdruck trat in ihre Augen.

Jamie wusste nicht, was sie damit meinte, und er wollte es auch gar nicht wissen. „Ich s-sag's n-niemand“, versprach er. Sein Stottern war zurückgekehrt, und allein daran konnte er erkennen, dass er weder träumte noch in einer anderen Welt war. „I-Ich w-will jetzt nach Hause gehen.“

Miss Lambent strahlte. „Ja, natürlich, Jamie. Wir sehen uns dann am Montag in der Schule, wie üblich.“ Sie bewegte ihre Arme und seufzte. „Ich hatte schon ganz vergessen, wie es ist, ohne Schmerzen zu leben. Ich fühle mich fantastisch! Als ob ich fliegen könnte!“ Sie lächelte Jamie an, der mit offenem Mund zurückstarrte. „Aber das kann ich natürlich nicht. Leider. Oder jedenfalls noch nicht.“

Jamie schloss die Augen. Er wollte nur noch nach Hause, zu seiner Mum und Cadence, und Toast mit gebackenen Bohnen essen, während im Hintergrund der Fernseher lief. Dann wäre alles wieder ganz normal.

Du musst mir helfen, meine Familie zu suchen.

Jasper. Jamie wusste, dass er dem Kater ein Versprechen gegeben hatte, okay, aber er war einfach zu erschöpft. *Ich muss jetzt nach Hause.*

Wann dann?

Ich kann nicht – nicht heute. Wir machen das ein anderes Mal, sagte Jamie in Gedanken, und der Kater verengte böse die Augen.

Miss Lambent zog eine Augenbraue hoch, als hätte sie den letzten Teil ihres stummen Zwiegesprächs aufgefangen. Sie drehte sich um und ging wieder nach vorn in den Laden. Jamie folgte ihr mit klopfendem Herzen.

Die Masken waren alle an ihrem Platz aufgereiht und starrten auf ihn herunter, aber diesmal sagte keine etwas. Jamie spürte im Vorbeigehen auch keine Gefühle, die von ihnen ausgingen, nichts außer einem Anflug von Neugier, als ob sie ihn beobachteten. Er hielt seine Augen ganz gerade, weil er keinen Blickkontakt mit ihnen aufnehmen wollte. Über Miss Lambents Schulter hinweg konnte er nach draußen sehen. Es wurde bereits dunkel.

In der Tür drehte sich Miss Lambent zu ihm um. „Und vergiss nicht, Jamie: Das bleibt unser Geheimnis. Du darfst keiner Menschenseele etwas erzählen – auch nicht

Cadence oder deiner armen Mutter, hast du das verstanden?"

Miss Lambent kannte seine Mum vom Elternsprechtag, aber Cadence hatte sie noch nie gesehen, das wusste Jamie ganz genau. Cadence ging auf die örtliche Gesamtschule und hatte noch nie einen Fuß in Jamies Schule gesetzt. Woher wusste Miss Lambent, dass er eine Schwester hatte? Ganz zu schweigen von ihrem Namen?

Als die Tür aufging (obwohl er auch jetzt keinen Türgriff entdecken konnte), überlief es ihn kalt.

„Dann bis Montag in der Schule", sagte Miss Lambent fröhlich, als ob nichts gewesen wäre.

Und Jamie trat in die Dämmerung, die sich über Bramstock herabsenkte.

Kapitel 14

Albträume

Aber am Montag kam Miss Lambent nicht zur Schule.

Und was noch seltsamer war – die Hälfte der Lehrer war ebenfalls verschwunden und viele von Jamies Klassenkameraden.

Was hatte das zu bedeuten? In Bramstock war etwas Schreckliches im Gang, so viel stand fest.

„Meine Mum hatte gestern den ganzen Tag schlimme Kopfschmerzen", erzählte Helen Russell, als sie sich in der Mittagspause auf dem Schulhof versammelten. „Und sie meinte, das kommt von ihren Albträumen. Sie hat …", Helen senkte die Stimme, „… sie hat vom Schattenkönig geträumt. Er hat sie in sein Königreich unter dem Hügel entführt, und sie hat die ganze Nacht getanzt. Und dann hat sie geträumt, dass sie geflohen ist, und als sie wieder nach Hause kam, waren in einer einzigen Nacht hundert Jahre vergangen und alle, die sie kannte, waren tot und begraben." Helens Unterlippe bebte. „Sogar ich."

„Es gibt keinen Schattenkönig", schnaubte Michael Rose verächtlich. Aber die anderen Schüler klopften alle auf Holz, um das Unheil abzuwenden, das die Erwähnung dieses Namens mit sich brachte.

„Meine Mum sagt, er ist so wirklich wie du und ich."

„Du darfst seinen Namen nicht laut aussprechen", warnte Andy Grant. „Sonst kommt er und holt dich, während du schläfst."

Michael Rose verdrehte die Augen. „Ihr seid vielleicht Memmen! Glaubt an diesen ganzen Schrott. Der Schattenkönig ist nur eine Gruselgestalt, mit der man kleine Kinder erschreckt. Solche Babys wie euch!"

„Mein großer Bruder ist heute Nacht weinend aufgewacht", erzählte Angela Horne. „Und als ich ihn gefragt habe, was los ist, hat er immer nur gesagt, dass er Angst hat." Sie schüttelte fassungslos den Kopf: Ihr Bruder Craig war Mittelstürmer beim FC Bramstock. Er war über eins neunzig groß und fast genauso breit, ein richtiger Schrank. Einmal hatte er sich mitten im Spiel die Nase gebrochen und bis zum Schluss mit blutverschmiertem Gesicht weitergespielt. Alle hatten Angst vor Craig, aber Craig fürchtete sich vor nichts und niemand.

„Mein Dad hatte auch Albträume", flüsterte Andy Grant. „Er hat mitten in der Nacht geschrien und uns alle aufgeweckt. Und gestern ist er den ganzen Tag wie ein Zombie im Haus rumgelaufen." Er breitete die Arme aus, ließ seinen Kiefer herunterhängen und schlurfte so über den Hof, um die Mädchen zu ärgern.

Jamie starrte ihm nach. Er konnte darüber nicht lachen.

Zombies, ja, genau. Das war es. Er hatte auch das Gefühl, unter Zombies zu leben.

Cadence war gestern den ganzen Tag nicht aufgestanden und hatte am Morgen überhaupt nicht auf seine Klopfwitze reagiert. Als sie zum Mittagessen immer noch nicht auf war, hatte er ihr durch die Tür den schlechtesten Witz erzählt, der ihm eingefallen war. (Wie nennt man einen Hund, der Fieber hat? – Hotdog.) Cadence hatte nicht einmal gestöhnt. Um zwei Uhr nachmittags hatte er schließlich den Kopf in ihr Zimmer gesteckt – etwas, was er sich sonst nicht erlaubte. Er bekam dann sofort ein Kissen an den Kopf geknallt und wurde mit einer Flut von Beleidigungen überschüttet. Aber jetzt lag Cadence nur zusammengerollt in ihrem Bett und machte gar nichts.

„Cadence?"

Keine Antwort.

„Cadence, was ist los? Bist du krank?"

Endlich hob sie den Kopf, aber nur ein kleines bisschen. Sie starrte ihn einen Augenblick gleichgültig an, dann schloss sie die Augen wieder.

„Cadence?"

„Geh weg." Es war kaum mehr als ein Flüstern. Sie rutschte noch tiefer unter ihre Decke, zog sie bis über die Schultern hoch und sagte kein Wort mehr.

Seine Mum lag auf dem Sofa, einen Ellbogen aufgestützt, und das bleiche Fernsehlicht fiel auf ihre verkniffenen Züge. Auf dem Bildschirm war eine Frau in einem quietschbunten Kleid zu sehen, mit einer Frisur, für die sie mindestens zehn Jahre zu alt war. Sie sang ein Lied über Enten und Affen und führte einen bescheuerten Tanz dazu auf.

Früher, als Jamie und Cadence noch klein gewesen waren, hatten sie solche Sendungen nicht ansehen dürfen. „Geht raus und spielt", hatte seine Mum immer gesagt. „Das ist viel besser für euch, als hier rumzusitzen und so einen Schrott anzugucken."

Jetzt saß sie selbst davor, und ihre Augen folgten lustlos jeder Bewegung, die die Frau machte. Als ob der flackernde Bildschirm der Mittelpunkt des Universums wäre und die restliche Welt nichts als eine schattenhafte Illusion.

Jamie verlor jeden Mut. Er war noch ganz durcheinander vom Abenteuer im Maskenladen und suchte Geborgenheit bei seiner Familie. Stattdessen waren seine Mum und Cadence irgendwo in einer Schattenwelt verschwunden und hatten nur ihre leeren Körper dagelassen.

Zum ersten Mal seit langer Zeit vermisste Jamie seinen Dad so sehr, dass es wehtat. Er war der Einzige, dem er sein Abenteuer hätte erzählen können, ob es Miss Lambent gepasst hätte oder nicht. Sein Dad hätte zugehört und genickt und alles ernst genommen, was Jamie sagte. Und er hätte ihn beruhigt und ihm gesagt, dass er sich keine Sorgen zu machen brauchte und dass alles wieder in Ordnung kommen würde.

Jamie hatte in letzter Zeit nicht sehr oft an seinen Vater gedacht. Anfangs, in den ersten Wochen nach seinem Verschwinden oder wie immer man es nennen wollte, hatte Jamie ihn ständig vermisst. Er hatte oft mit ihm geredet, bis ihm mitten im Satz einfiel, dass er ja gar nicht mehr da war. Er hatte einen Platz auf dem Sofa für ihn frei gehalten und für ihn den Tisch mitgedeckt. Wenn er im Bus saß, hatte er die Gesichter der Leute auf der Straße studiert, in der Hoffnung, dass er ihn vielleicht irgendwo sehen würde. Klar, es war unwahrscheinlich, dass sein Dad noch in ihrer Gegend wohnte. Und trotzdem suchte er immer die Zuschauermenge ab, wenn der FC Bramstock im Fernsehen auftrat. Vergeblich. Sein Dad war einfach weg – spurlos verschwunden.

Im Grunde genommen hatte Jamie nie verstanden, warum er weggegangen war. Es war doch alles super gewesen – und dann auf einmal nicht mehr. Nichts mehr war wie früher, und jetzt wurde es sogar noch schlimmer. Jamie sehnte sich nach ein bisschen Normalität. Und vor allem merkte er plötzlich, wie hungrig er war.

„Mum, es ist Zeit zum Mittagessen, und der Kühlschrank ist leer. Gibst du mir Geld? Dann geh ich einkaufen."

Als keine Antwort kam, nahm er ihre Handtasche und reichte sie ihr. Seine Mum seufzte und riss sich widerwillig vom Fernseher los, wo gerade ein Mann in einem farbverklecksten Overall mit der quietschbunten Frau tanzte, ein irres Grinsen im Gesicht. Der Mann sah Jamies Dad erschreckend ähnlich. Er hatte dieselbe dunkle Haut, und seine Haare waren zu einer ähnlich kunstvollen Zöpfchenfrisur geflochten.

Mrs Wave nahm ihren Geldbeutel aus der Tasche, kippte den Inhalt aus und schnalzte unwillig mit der Zunge. „Hm, damit wirst du nicht weit kommen, Jamie. Na ja, egal. Den Rest lassen wir halt bei Mr Patel anschreiben."

Aber nicht Mr Patel stand hinter der Theke, als Jamie die Tür öffnete, sondern eine junge Frau mit einem kleinen Kind auf dem Arm. Sie schrie gerade zwei größere Jungen an, dass sie gefälligst verschwinden sollten, wenn sie schon nichts kauften. Ihre Stimme klang wütend und ängstlich zugleich.

„Verdammte Paki!", rief einer der Jungen, zerrte einen Armvoll Zeitschriften aus dem Regal und schleuderte sie auf den Boden. Dann warf sein Freund das ganze Regal um, und die beiden stürzten an dem erschrockenen Jamie vorbei und lachten sich halb tot. Das Baby fing an zu schreien.

Jamie starrte den Typen nach. Er kannte sie: Es waren Kumpels von Klappe. Zögernd ging er in den Laden. Der Boden war mit Hochglanz-Zeitschriften übersät wie ein farbenprächtiger Teppich aus lauter Riesenschmetterlingen mit zerfetzten Flügeln. Fotos von Autos, Computern, CD-Anlagen, Kosmetikkram, Frauen in flippigen Klamotten, Frauen mit gar keinen Klamotten. Mit rotem Gesicht packte Jamie das umgestürzte Regal und hievte es wieder hoch. Dann kniete er sich hin, sammelte die verstreuten Zeitschriften ein und stopfte sie wahllos in das Gestell zurück. Mit dem Ergebnis, dass „Babsi Bär" jetzt direkt neben „Der Steuerprofi" stand und „Tattoo Total" neben „Kuchen & Kekse".

Das Mädchen mit dem Baby seufzte erschöpft. „Was für ein Tag", sagte sie und schenkte ihm ein schwaches Lächeln. „Wie heißt du denn?"

„Jamie", sagte Jamie. „Jamie Wave." Zögernd holte er den Einkaufszettel aus der Hosentasche. „Ähm ... Wo ist Mr Patel?"

„Meinem Dad geht's nicht gut", erwiderte das Mädchen seufzend. „Deshalb helfe ich hier aus. Was kann ich für dich tun?"

Jamie wusste nicht, was er sagen sollte. Bei Mr Patel war es kein Problem: Wenn Jamie ihm erklärte, dass seine Mum am Ende der Woche bezahlen würde, würde er ihm freundlich zuzwinkern und die Summe dann in sein kleines Buch eintragen. „Meiner Mum geht's auch nicht gut", murmelte er schließlich. „Sie konnte nicht zur Bank gehen und deshalb hab ich nur fünf Pfund dabei. Wenn es mehr kostet, soll ich Mr Patel fragen, ob wir es anschreiben lassen können." Jamie schob den Zettel und den Fünfer über die Theke.

„Was fehlt deiner Mutter denn?"

Ja, was fehlte ihr eigentlich? Jamie wusste es selber nicht genau. Es war keine Grippe und kein gebrochenes Bein. Das wäre leicht zu erklären gewesen. „Sie ist ... äh ... Sie ist die ganze Zeit immer so müde."

Das Mädchen verzog den Mund.

Einen Augenblick dachte Jamie, dass sie ihn auslachen und als Weichei beschimpfen würde, aber dann sagte sie mit einem bitteren Lächeln: „Genau wie mein Dad. Er schläft einfach nicht richtig, und gestern Nacht hatte er den schlimmsten Albtraum aller Zeiten. Ich übrigens auch." Sie gähnte. „Das ist echt nicht mehr lustig. Vielleicht geht irgendwas rum."

Dann ging sie mit ihm durch den Laden und suchte die Sachen heraus. Am Ende rechnete sie alles zusammen, angelte Mr Patels kleines Notizbuch unter der Theke hervor und trug „Wave: £ 4,10" und das Datum ein.

Als sie ihm die Tüte über die Theke reichte, sah Jamie, dass ganz oben auf den Einkäufen ein Schokoriegel lag.

„Das ist für deine Hilfe – bei den Zeitschriften, meine ich."

Jamie war so überrascht, dass er nicht wusste, was er sagen sollte, also erzählte er ihr einen Witz: „Was passiert mit Anna, wenn sie in den Regen kommt?"

Das Mädchen schüttelte den Kopf.

„Ananas."

„Furchtbar", sagte sie grinsend.

„Ich weiß", gab Jamie zu und grinste zurück.

Das Baby gurgelte, als ob es gerade den lustigsten Witz aller Zeiten gehört hätte.

Der Schokoriegel war köstlich, mit Abstand das Beste, was ihm an diesem Sonntag passiert war. Während er den Honigkrokant in seinem Mund explodieren und goldene Funken auf seiner Zunge tanzen ließ, war alles fast wieder normal.

Doch als er nach Hause kam, saß eine schwarze Katze am Eingang zu seinem Wohnblock, die Ohren gespitzt, als hätte sie ihn gehört, noch bevor er in Sicht gekommen war. Er erkannte sie sofort. Es war Jasper.

„Was machst du denn hier?", fragte Jamie, als er die Tür erreicht hatte.

Aber der Kater saß einfach nur da und starrte ihn mit seinen reglosen, unergründlichen Augen an. Das verrückte Abenteuer war plötzlich wieder ganz greifbar, und Jamie hatte auf einmal das Gefühl, dass Jasper hier war, um ihn auszuspionieren. Aber der Gedanke war so unangenehm, dass er ihn schnell verdrängte.

Stattdessen erzählte er dem Kater den Witz, der ihm durch den Kopf schoss. „Was frisst eine Katze am liebsten, wenn es heiß ist?"

Keine Antwort. Na klar – Jamie hatte ganz vergessen, dass er den Kater nur verstehen konnte, wenn eine Maske in der Nähe war. Jasper stand jetzt auf, streckte erst seine Hinterbeine, dann die Vorderbeine und rollte schließlich den langen Schwanz zu einem Fragezeichen ein.

„Maus am Stiel."

Jamie hätte schwören können, dass der Kater grinste. Dann stieß er ein lang gezogenes Miau aus und stolzierte davon. Jamie sah ihm nach, und erst jetzt begriff er, was der Kater von ihm wollte: Er hatte ihm doch seine Hilfe versprochen.

„Jamie?"

Er fuhr herum. Vor ihm stand Jinny Briggs und starrte ihn so merkwürdig an, als hätte er statt einer Nase plötzlich einen Hamster im Gesicht.

„Ja, was ist?"

„Ich hab dich gefragt, wie du gestern Nacht geschlafen hast."

„Warum willst du das wissen?"

Jinny legte den Kopf schief und sah ihm scharf in die Augen. „Du hast so einen abwesenden Blick, Jamie. Als ob du nicht wirklich hier wärst. Alle hier sagen, dass sie am helllichten Tag weiterträumen. Ist das bei dir auch so?"

„Ich träume nicht", erinnerte Jamie sie.

„Wirklich nicht?"

Jamie lächelte und schüttelte den Kopf. Gestern Nacht hatte er stundenlang wach gelegen und in die flackernde Flamme eines Teelichts gestarrt, das Schatten an die Wände warf. Er hatte ein schlechtes Gewissen gehabt wegen Jasper, und als er endlich einschlief, war ihm, als ob sich etwas in seinen Schlaf zu drängen versuchte. Etwas mit langen, eiskalten Fingern. Etwas, das ihm schlechte Träume schicken wollte …

„Und du, Jinny? Hattest du auch Albträume?"

Jinny biss sich auf die Lippen und wurde ein bisschen rot. Dann nickte sie. Ihre Träume in den letzten zwei Nächten waren seltsam und unheimlich gewesen. Bizarre Bilder, die sich zusammenfügten wie lauter willkürlich herausgeschnittene Szenen aus verschiedenen Filmen. Nur ein Bild war scharf und klar hervorgetreten, ein Bild, das sie seither ständig verfolgte. Wie sollte sie Jamie nur erzählen, was sie gesehen hatte?

„Jamie, du bist doch nicht irgendwie in Gefahr, oder?"

„Wieso? Wie kommst du darauf?"

„Ich habe … Ich hab dich mit einer … einer Waffe an der Kehle gesehen."

In Jamies Kopf fing es an zu rattern. Hatte Jinny irgendwie seine Wüstenreise belauscht und gesehen, wie ihn der Tuareg-Häuptling bedroht hatte? Aber das war doch nicht möglich, oder?

Ihm zitterten die Knie. „Wo war das, Jinny? War das in der W-Wüste? Waren da Kamele und Männer in T-Turbanen?"

Jinny riss ungläubig die Augen auf. Sie hatte tatsächlich von der Wüste geträumt, aber das war schon fast eine Woche her. Das Bild, das sie von der letzten Nacht im Kopf behalten hatte, war ganz anders.

Dort stand Jamie in einer eisigen, verschneiten Winterwelt, umringt von finsteren Männern, die drohend ihre Waffen erhoben. Und ein Monster war auch dort gewesen …

Jinny legte eine Hand auf Jamies Arm, und die Berührung durchzuckte ihn wie ein elektrischer Schlag. „Pass auf dich auf, Jamie, ja? Auch in deinen Träumen!"

Plötzlich drängte sich Klappe zwischen sie. Er äffte Jinny nach und verzog sein Gesicht zu einer besorgten Grimasse.

„Jinny steht auf Jamie Wave!", trompetete er mit seiner lauten Stimme, sodass es alle hören konnten.

Jinny kämpfte mit den Tränen. „Stimmt gar nicht!", schluchzte sie und rannte davon.

Jamie funkelte Klappe an. „Hör auf mit diesem Mist!", sagte er grimmig.

Klappe rempelte ihn an. „Ach ja, und wie willst du mich daran hindern, du Schlaffi?"

Jamie richtete sich zu seiner vollen Größe auf. Er wusste nicht, was er tun sollte – aber er hatte das Wüstenabenteuer überlebt und war unversehrt mit Mokhtar ag Badis Schwert entkommen. Verglichen damit war eine Schlägerei mit Klappe ein Kinderspiel, oder?

Er ballte die Fäuste, doch im selben Moment läutete die Glocke, und sie mussten wieder in den Unterricht.

Klappe rempelte Jamie noch einmal an. „Dann bis später, Jamie Wave", sagte er drohend.

In Kunst sprang Mr Wilkinson für Miss Lambent ein. Er verteilte Zeichenpapier und 6B-Bleistifte und gähnte pausenlos.

„Zeichnet …" Wieder gähnte er ausgiebig und rieb sich die Augen, als müsste er sich mit Gewalt wach halten. „Zeichnet … äh, was ihr wollt." Und dann schlief er vor ihren Augen am Lehrerpult ein, den Kopf in die Arme gelegt. Er schnarchte sogar, und die ganze Klasse kicherte. Als Michael Rose ihn vorsichtig anpikste, bogen sich alle vor Lachen. Aber dann begann Mr Wilkinson unverständliches Zeug zu brabbeln und zu schreien, und es wurde totenstill in der Klasse.

Normalerweise herrschte das totale Chaos, wenn kein Lehrer da war. Alle brüllten herum und bewarfen sich mit Sachen, um auszutesten, wie weit sie gehen konnten, bis ein Erwachsener aufkreuzte und sie zur Ordnung rief. Aber ein Lehrer, der mitten im Unterricht einschlief, obwohl er doch extra hier war, um Ordnung zu halten – da war etwas oberfaul.

Seltsamerweise fühlte sich jetzt die Klasse für ihren Lehrer verantwortlich. Es war, als müssten sie alle auf Mr Wilkinson aufpassen, damit ihm nichts zustieß, während er schlief. Die Welt war auf den Kopf gestellt. Jamie hätte sich auch nicht gewundert, wenn es draußen plötzlich dunkel geworden wäre oder zwei Sonnen statt einer am Himmel gestanden hätten.

Er wunderte sich langsam gar nicht mehr. Was sich

gerade im Klassenzimmer abspielte, war auch nicht verrückter als seine Reisen durch Raum und Zeit. Schnell verdrängte er wieder den Gedanken an den Spiegel.

Dafür fiel ihm leider Klappe ein und die Drohung, die er ausgesprochen hatte. Wie konnte er nur so dumm sein und sich mit dem schlimmsten Schläger der Schule anlegen? Seine Mum hatte ihm von klein auf eingeschärft, dass Gewalt nie eine Lösung war und dass er sich lieber mit seinem Humor aus der Klemme ziehen sollte.

Aber Jamie war kein bisschen zum Lachen zumute gewesen, als dieses Großmaul Jinny fast zum Weinen gebracht hatte. Hatte er sich verändert? Wenn ja, dann vermutlich nicht zum Guten …

Klappe lauerte ihm nach der Schule nicht auf, wie Jamie erleichtert feststellte. Auch am nächsten Morgen – es war Dienstag – ließ Klappe sich nicht blicken. Stattdessen sah Jamie Miss Lambent. Sie ging über den Hof, und ihr Gang war viel beschwingter als sonst. In der Tür drehte sie sich noch einmal um und winkte ihm zu. Oder hatte er sich das nur eingebildet?

Die Mathestunde war höchst seltsam. Mr Reynolds stand wie in Trance vor der Klasse und schien alles um sich herum vergessen zu haben. Er schrieb gerade ein paar Gleichungen an die Tafel, als er plötzlich erstarrte. Die Kreide blieb mitten in der Zwei stehen, wie ein abgeschalteter Roboter. Dann rieb sich Mr Reynolds die Stirn, setzte sich hinter das Pult und sagte die ganze restliche

Stunde kein Wort mehr. Er reagierte nicht einmal, als Michael Rose ihn mit einem Papierflugzeug bombardierte.

Im Theaterkurs probten sie für das Weihnachtsspiel. Aber alle hatten ihren Text vergessen, und Mrs Willis wurde wütend und brüllte sie an. Helen Russell musste sogar nachsitzen und brach sofort in Tränen aus. Helen war eigentlich die Klassenbeste und der Liebling aller Lehrer und hatte noch nie eine Strafe bekommen.

In der Mittagspause waren die merkwürdigen Vorkommnisse Thema Nummer eins. Warum waren die Lehrer so komisch? So abwesend und schlecht gelaunt? Zwar witzelten die Schüler noch darüber, aber die Angst dahinter ließ sich nicht verbergen.

Es war einfach nicht gut, wenn die Lehrer ihre Autorität verloren. Sie waren dazu da, Ordnung zu halten, und sie durften die Schüler nur bestrafen, wenn sie es verdient hatten. Vor allem aber durften sie nicht im Unterricht einschlafen. Es war ihre Pflicht, mehr zu wissen als die Schüler, und stattdessen liefen sie wie hohläugige Gespenster herum. Keiner wusste mehr, was er denken sollte, als wären die Regeln der Welt neu geschrieben worden, in einer Sprache, die niemand verstand.

Jamie hatte dienstags keinen Kunstunterricht. Dennoch trat Miss Lambent zu ihm, als er nach dem Mittagessen die Schulkantine verließ.

„Wie geht's dir, Jamie?"

Er wusste nicht, was er antworten sollte. „Ach, geht so", sagte er schließlich. „Es ist alles so komisch."

Miss Lambent kräuselte die Lippen. „Da hast du Recht. Es ist schlimmer geworden seit Samstag, nicht wahr?"

Jamie dachte darüber nach. Es stimmte: Alles war plötzlich viel schlimmer geworden. Seit seinem Abenteuer in Miss Lambents Maskenladen. Aber da konnte es doch keine Verbindung geben, oder? Jamie war erst zwölf, aber er hatte bereits gelernt, dass es falsch war, sich für den Mittelpunkt der Welt zu halten. Nicht alles, was um einen herum passierte, hatte auch mit einem selbst zu tun.

Trotzdem, flüsterte eine Stimme in seinem Kopf, ist es deine Schuld, dass Dad gegangen ist: Cadence hat es gesagt ... Und seit seiner Reise in die Wüste – falls er wirklich dort gewesen war – wurden die Albträume der Leute zusehends schlimmer.

„Seit du das Tigerauge für mich geholt hast?"

Miss Lambent hatte schon wieder seine Gedanken gelesen.

„J-Ja."

„Ja, das glaube ich auch. Aber ich weiß, was wir tun können, damit es wieder besser wird. Willst du denn, dass es besser wird, Jamie?"

Langsam wurde Jamie das Gespräch unheimlich. Was meinte Miss Lambent mit „wir"? Und was sollte er dagegen tun, wenn die Erwachsenen sich komisch benahmen? Das war ein Problem, das sich nicht so leicht aus der Welt schaffen ließ – schon gar nicht von einem kleinen Jungen und seiner Lehrerin.

Auch wenn diese Lehrerin nicht die Person war, als die sie sich ausgab. Schnell verdrängte Jamie die Bilder, die in ihm aufstiegen: wie sie ihre Maske abgenommen hatte, wie das goldene Licht durch ihren Arm geströmt und wie das Schwert in ihren Händen zu Asche zerfallen war. Jamie wollte jetzt nicht darüber nachdenken.

Er schüttelte den Kopf.

Miss Lambent legte den Kopf schief und schaute ihn fest mit ihren hellen Augen an. Ja, sie durchbohrte ihn regelrecht mit ihrem Blick.

Jamie sah schnell weg.

„Ja, schon", sagte er. „Klar will ich, dass es besser wird. Aber ich weiß nicht, was ich dazu beitragen kann. Das ist alles so … groß."

„Du kannst mir helfen. Und wenn du mir hilfst, kann ich viel bewirken. Gemeinsam können wir Gewaltiges vollbringen, Jamie. Komm am Samstag wieder in den Laden und mach noch mal eine Reise für mich. Es gibt da noch etwas abzuholen."

„Was denn? Noch einen Stein?"

„Ja, noch einen Stein."

„Ehrlich gesagt weiß ich nicht, was das bringen soll."

Miss Lambent lächelte. Es war ein strahlendes Lächeln, so unwiderstehlich, dass Jamie wie verzaubert war. Hatte sie immer so gelächelt? Er konnte seine Augen nicht von ihr losreißen.

„Oh, das bringt schon etwas, glaub mir. Also, kommst du?"

Und ehe er wusste, wie ihm geschah, hatte Jamie eingewilligt. Die ganze restliche Woche konnte er an nichts anderes mehr denken.

Kapitel 15

Die schwarze Katze

Am nächsten Samstagvormittag schlich sich Jamie aus der Wohnung. Na ja, schleichen war nicht ganz zutreffend. Dazu gab es keinen Grund, weil seine Mum und Cadence noch im Bett lagen und nicht zum Frühstück gekommen waren.

Er ging zum Lift und drückte auf den Knopf, aber nichts rührte sich. Er wartete eine Weile, doch der Lift kam nicht und der Motor machte keinerlei Geräusche. Wahrscheinlich war er kaputt.

Schließlich lief Jamie die Treppe hinunter. Am Samstagmorgen herrschte im Innenhof des Wohnblocks normalerweise Hochbetrieb: Mrs Wright hängte ihre Wäsche auf, Mr Bridge goss seine Tomatenstöcke, die Terry-Zwillinge kickten ihren Ball durch den Flur, knallten ihn gegen die Säulen und machten einen Höllenlärm.

Aber heute war alles seltsam ruhig, fast verlassen. Jamie ging an der dicken alten Frau aus der Wohnung im zweiten Stock vorbei. Sie wuschelte ihm sonst immer durch die Haare und fragte ihn nach seinem neuesten Witz, über den sie dann schallend lachte. Aber heute lächelte sie ihn nicht einmal an, sondern schaute weg, als er Hallo sagte, ging in ihre Wohnung und knallte die Tür hinter sich zu.

Ziemlich frustriert kam Jamie im Erdgeschoss an. Am Lift hing kein Außer-Betrieb-Schild, und es waren auch keine Arbeiter da. Der Hausmeister, ein fröhlicher Typ namens Richard, war auch nirgends zu sehen. Aber neben der Tür zu seinem Büro saß Jasper, der schwarze Kater. Sobald Jamie um die Ecke kam, stand er auf und ging zum Ausgang, als hätte er auf ihn gewartet.

Jamie fragte sich, wie der Kater hereingekommen war. Am Haupteingang befand sich eine Sicherheitstür. Man musste einen Zahlencode in die Tastatur außen eintippen, um hereinzukommen – oder mit jemand anderem reingehen, der im Haus wohnte. Vielleicht hatte der Kater genau das gemacht. Jamie hatte ein schlechtes Gewissen, weil er sein Versprechen nicht gehalten hatte, aber es war trotzdem gruselig, dass der Kater hier auf ihn wartete.

„Hat Miss Lambent dich geschickt, um mich abzuholen?“, fragte er mürrisch.

Der Kater blinzelte ihn nur an.

Jamie schüttelte den Kopf. „Ich hab echt 'nen Knall: Ich rede mit einer Katze!“

Jasper grinste.

Und jetzt redete er schon mit sich selbst! Jamie stieß die schwere Tür auf, und der Kater folgte ihm wie ein

Schatten. Als sie an der Bushaltestelle ankamen, fiel Jamie siedend heiß etwas ein. Er wühlte in seinen Hosentaschen herum und zog einen Bleistiftstummel hervor, außerdem die Visitenkarte von Miss Lambent und den verhedderten Kopfhörer für seinen CD-Player. Er grub noch tiefer und stieß auf zwei Kaugummistreifen, die er schon eine Ewigkeit mit sich herumschleppte, eine Eichel, die er im Park gefunden hatte, einen Magnet, jede Menge Fussel und ein Fünfzig-Pence-Stück. Fünfzig Pence. Eine Fahrkarte in die Stadt kostete ein Pfund. Wenn er vielleicht die halbe Strecke zu Fuß ginge …

„Miaaaauuuu!", machte Jasper plötzlich und trottete eilig davon.

Jamie atmete auf. Vielleicht sollte er das mit dem Maskenladen einfach bleiben lassen. Er konnte doch stattdessen in den Park gehen und mit den anderen Jungs ein bisschen kicken. (Obwohl da schon lange niemand mehr spielte, seitdem Klappe dort mit seiner Bande herumlungerte.) Oder im Einkaufszentrum herumhängen, wie die meisten in seiner Klasse am Samstag. Wenn er Glück hatte, traf er vielleicht Jinny …

Kaum hatte er das gedacht, als ein Auto am Straßenrand hielt.

„Hi, Jamie!"

Es war Jinny Briggs. Sie saß im Wagen ihrer Mutter und winkte ihm vom Rücksitz aus zu.

Komischer Zufall, dachte Jamie.

Mrs Briggs beugte sich aus dem Fenster. „Hallo, Jamie! Ich glaub nicht, dass die Busse heute fahren, ich hab jedenfalls keinen gesehen. Wahrscheinlich wird wieder gestreikt. Soll ich dich in die Stadt mitnehmen?"

„Ja, bitte. Das wäre sehr nett von Ihnen."

„Jaja, Jamie, jetzt steig schon ein. Ist doch wohl selbstverständlich. Ich freu mich immer, wenn ich mal einen von Jinnys Freunden sehe."

Jinny machte die Tür hinten auf und rutschte beiseite. Als Jamie hinübergriff, um seinen Gurt einzuklicken, berührte er versehentlich ihre Hand.

Jinny lächelte ihn schüchtern an. Dann schaute sie an ihm vorbei. „Ist das deine Katze, Jamie?"

Jasper war auf die Bank an der Bushaltestelle gesprungen und starrte in den Wagen hinein. Er miaute laut, und er sah so wütend aus, als würde er jeden Moment Funken sprühen.

„Nein", sagte Jamie grimmig, „ist sie nicht."

Jaspers unheimliche gelbe Augen bohrten sich in seinen Hinterkopf, als Jinnys Mum den Wagen startete und die Straße hinunterfuhr.

Da saß er nun, und sein Herz klopfte, weil Jinny nur ein paar Zentimeter von ihm entfernt war. Jamie wusste nicht, was er sagen sollte. „Was machst ...", fing er an, und im selben Moment fragte Jinny: „Wo wolltest du eigentlich hin?"

„'tschuldige."

„'tschuldige."

„Fang noch mal an. Was wolltest du sagen?"

Jamies Kopf war auf einmal ganz leer. Er spürte, dass er rot wurde und blickte aus dem Fenster. Sie fuhren am Fußballplatz vorbei, an einer Tankstelle und am Kino.

Und da fiel ihm ein Witz ein: „Ein Kassierer im Kino: ‚Mein Herr, das ist nun schon die siebte Eintrittskarte, die Sie innerhalb einer Stunde kaufen.' Der Mann antwortet: ‚Was soll ich denn machen? Am Eingang steht ein Kerl, der sie mir jedes Mal wieder zerreißt!'"

Jinnys Mum schnaubte vor Lachen.

Aber Jinnys kleiner Bruder Josh, der vorn neben ihr saß, drehte sich um und schaute Jamie kritisch an. Er hatte die gleichen karottenroten Haare wie seine Schwester und die Sommersprossen in seinem Gesicht waren so angeordnet, dass er immer irgendwie mürrisch wirkte. Er war ungefähr fünf oder sechs – Jamie konnte es nur schwer einschätzen. „Wieso beschwert sich der Herr denn dann nicht?"

Jinny verdrehte die Augen. „Mach dir nichts draus", flüsterte sie Jamie zu. „Er nimmt immer alles so wörtlich."

Aber Jamie grinste Josh an. „Gute Frage", sagte er. „Aber weißt du, es ist nicht immer alles so, wie es scheint."

Josh runzelte die Stirn, während er diese Information verdaute. Dann drehte er sich um und starrte zum Fenster hinaus, als wollte er die Welt bei etwas ertappen, das sie nicht tun durfte.

Jinny grinste Jamie an, und plötzlich fiel ihr ein Witz ein. Das war komisch, denn Jinny war ein ernstes Mädchen, das nicht oft Witze erzählte. Und wenn, merkte sie mittendrin, dass sie die Pointe vergessen hatte. Witze waren nicht ihr Ding, obwohl sie nicht auf den Mund gefallen war und viele Wörter kannte, die die meisten anderen noch nie gehört hatten. Aber Jamie hatte sie angesteckt und sie wollte einfach mitblödeln.

„Der Witz ist echt gut, Jamie. Ich weiß aber auch einen." Sie holte tief Luft und sprudelte los. „Fritzchen sitzt neben seiner Lehrerin und schaut ihr in den Ausschnitt. Da sagt die Lehrerin: ‚Du kriegst gleich eine!' Und Fritzchen darauf: ‚Und wer kriegt die andere?'"

Josh schlug sich die Hände vor den Mund und kicherte, obwohl er wahrscheinlich gar nichts verstanden hatte.

Auf Jamies Gesicht breitete sich ein Grinsen aus. „Den kannte ich noch nicht."

Jinny wurde knallrot. War sie verrückt geworden oder was? Das war doch kein Witz, den man einem Jungen erzählte (und schon gar nicht vor seinem dummen kleinen Bruder).

„Also, was ich dich fragen wollte", sagte Jamie schnell, um ihr aus der Verlegenheit zu helfen, „was machst du in der Stadt?"

„Ich geh zum Ballett ins Freizeitzentrum."

„Oh." Irgendwie hatte Jamie geglaubt, dass sie etwas zusammen machen würden. Die Enttäuschung schnürte ihm die Kehle zu.

„Aber vielleicht willst du uns später treffen, Jamie?", sagte Mrs Briggs in das Schweigen, das darauf folgte. „Ich lade euch zu einer Pizza ein. Ich ruf deine Mum an und frage sie, ob sie einverstanden ist, okay?"

„Nein", sagte Jamie etwas zu schnell. „Das ist nicht nötig. Aber ich komme gern."

„Ich hab deinen Dad schon eine ganze Weile nicht mehr gesehen, Jamie", fuhr Jinnys Mum beiläufig fort. „Ist alles in Ordnung bei euch?" Sie fing im Rückspiegel seinen Blick auf, und Jamie sah, dass sie dieselben dunklen Pandaringe um die Augen hatte wie Cadence.

Jamie und Jinny wechselten einen Blick. „Jamies Dad ist fortgegangen", sagte Jinny, als sie sah, wie Jamies Gesicht sich verdüsterte.

„Schon letztes Jahr", fügte Jamie leise hinzu. „Eines Abends ist er rausgegangen, um etwas aus dem Auto zu holen, und dann ist er nie mehr wiedergekommen."

„Oh", bemerkte Mrs Briggs. „Einer der Verschwundenen."

„Einer der was, Mum?"

„Der Verschwundenen. In letzter Zeit sind viele Leute aus Bramstock verschwunden: mein Cousin Max und seine Nachbarin Mrs Armstrong. Und Kylie Morris aus eurer Schule." Und mein Jim, dachte sie, sagte es aber nicht. Er war einer der Ersten gewesen. Jinny glaubte, dass ihr Dad durch einen Unfall ums Leben gekommen war, aber Mrs Briggs wusste es besser.

„Kylie Morris ist nach London durchgebrannt“, verkündete Jinny mit wichtiger Miene. „Das sagen alle.“

Mrs Briggs deutete ein Schulterzucken an, behielt aber beide Hände auf dem Lenkrad.

Eine Weile fuhren sie schweigend weiter. Alle grübelten über das Schicksal der Verschwundenen nach, bis Mrs Briggs plötzlich voll auf die Bremse trat. Jamie und Jinny wurden nach vorn geschleudert und von ihren Sicherheitsgurten unsanft zurückgerissen. Der Motor stotterte und starb ab. Hinter ihnen drückte jemand wütend auf die Hupe. Josh brach in Tränen aus. Mrs Briggs sank zitternd in ihrem Sitz zusammen.

„Es tut mir leid, Kinder, es tut mir so leid“, sagte sie immer wieder. „Ich war plötzlich so müde. Ich hab gegähnt und muss einen Moment zu lang geblinzelt haben, und als ich wieder hingeschaut habe, war die Katze auf der Straße.“

„Eine Katze?“, fragte Jamie vorsichtig. „Was für eine Katze?“

„Eine schwarze Katze“, sagte Mrs Briggs.

„Ja, genau! Mitten auf der Straße!“, schrie Josh. „Sie hatte riesige orange Augen, und sie hat mich voll angestarrt. Und in dem Moment hab ich ganz schreckliche Sachen in meinem Kopf gesehen.“

Mrs Briggs lachte nervös. „Das ist bestimmt nur der Schock, mein Schatz."

Jamie sank das Herz in die Hose. Jasper! Das konnte nur Jasper gewesen sein. Warum zum Kuckuck machte er so etwas? Er hätte sie alle umbringen können! Und er wollte doch, dass Jamie Miss Lambent half, oder nicht? War er wirklich so sauer, weil Jamie sein Versprechen nicht gehalten hatte? Und überhaupt: War der Kater ihnen den ganzen Weg gefolgt? Aber wie hätte er das machen sollen? Mrs Briggs war die meiste Zeit um die vierzig Stundenkilometer gefahren. So schnell konnte keine Katze über einen längeren Zeitraum rennen, oder? Jamies Herz klopfte wild, als würde es jeden Moment aus seiner Brust springen.

Mrs Briggs hatte an der Kreuzung zur High Street angehalten.

„Von hier aus kann ich zu Fuß gehen", sagte Jamie und schnallte seinen Gurt ab. „Es ist nicht mehr weit." Plötzlich hatte er nur noch einen Gedanken. Er wollte, dass Jinny und ihre Familie in Sicherheit waren. Und das bedeutete: weg von ihm.

„Unsinn", sagte Mrs Briggs. „Sag mir, wo du hinwillst, Jamie, dann fahr ich dich. Deine Mum würde bestimmt nicht wollen, dass ich dich irgendwo im Niemandsland rauslasse – bei allem, was heutzutage passiert."

„Ich ... äh", fing Jamie an und verstummte. Er konnte

Mrs Briggs doch nichts von dem Maskenladen erzählen. „Ach, ich will nur ins Einkaufszentrum", log er.

„Ausgezeichnet", sagte Mrs Briggs fröhlich. „Dann parken wir dort im Parkhaus und gehen zu Fuß ins Freizeitzentrum rüber. Ich mach meine Besorgungen, solange Jinny im Ballett ist."

Es gab kein Entrinnen.

„Mir ist schlecht", sagte Jinny, als sie ins Einkaufszentrum hinaustraten. „Ich glaube, der Gurt hat mir den Magen zusammengequetscht. Hoffentlich muss ich mich nicht übergeben."

Jinny sah wirklich ein bisschen blass aus. „Ich hab irgendwo noch einen Kaugummi", sagte Jamie. „Das hilft vielleicht."

Er wühlte in seiner Tasche. Das Kaugummipäckchen war in das Kabelknäuel seines Kopfhörers verwickelt. Als er das Kabel zu entwirren versuchte, purzelte der restliche Tascheninhalt heraus. „Ups!"

Schnell gab er Jinny einen Kaugummi und jagte dann dem davonrollenden Bleistiftstummel hinterher.

Jinny sammelte die restlichen Sachen ein. Sie gab ihm alles zurück: den Magneten, die fünfzig Pence und die Eichel.

„Wir treffen uns um halb sechs im Pizzapalast, okay, Jamie?", fragte Jinnys Mutter.

Jamie nickte. Dann gab er sich einen Ruck und fügte hinzu: „Und vielen Dank fürs Mitnehmen."

Jinnys kleiner Bruder verdrehte die Augen und streckte ihm die Zunge heraus; Jamie schnitt eine Grimasse, und alle lachten.

Dann ging Jinny mit ihrer Familie davon. Jamie sah ihnen nach und wartete, bis sie immer kleiner und kleiner wurden und schließlich in der Menge verschwanden. Plötzlich fühlte er sich einsam, einsamer als sonst, was komisch war, weil er in letzter Zeit oft allein gewesen war. Am liebsten wäre er ihnen nachgerannt und hinter Mrs Briggs und Josh hergetrottet, bis Jinny mit ihrer Ballettstunde fertig war. Alles lieber als das, was ihm jetzt bevorstand.

Seufzend drehte er sich um und ging zum gegenüberliegenden Ausgang, der Richtung May Street führte.

Wie erwartet, dauerte es nicht lange, bis Jamie auf den Kater traf. Er hockte auf einem Schrotthaufen neben einem verrosteten Auto und sprang geschmeidig herunter, als er Jamie kommen sah. Ernst starrte er ihn mit seinen orangefarbenen Augen an, den Schwanz zu einem Fragezeichen eingerollt.

„Ja", sagte Jamie müde. „Ja, ich komme."

Er folgte Jasper zur Ladentür, legte die Hand auf den Türknauf und zögerte einen Augenblick. Wenn er jetzt hineinging, würden die Masken ihm eine neue Reise aufbürden. Und die musste er erst mal überstehen.

Wie lange würde sein Abenteuer dauern? Er war um halb sechs im Pizza-Palast verabredet – das war ziemlich knapp. Würde er denn überhaupt jemals wieder zurückkommen?

Jamie hatte keine Ahnung, und das war kein gutes Gefühl. Aber dann rief er sich in Erinnerung, was ihm Miss Lambent gesagt hatte: Er konnte mit seinen Reisen Bramstock helfen. Je eher er hineinging und sich der Herausforderung stellte, desto besser.

Er drehte den Türknauf herum und betrat zum zweiten Mal den Maskenladen.

Als die Tür hinter ihm zuging, biss er die Zähne zusammen und kämpfte gegen die aufsteigende Panik an.

„Hallo, Jamie."

Miss Lambent stand im Halbdunkel hinter der Theke, den Kater im Arm. Wieder hatte Jamie ihn nicht mit hereinkommen sehen.

Jamie rang sich ein Lächeln ab. „Ich bin gekommen, Miss."

„Nein, ich hab ihn hergebracht", verbesserte ihn der Kater.

„Das sehe ich. Schön, dass du da bist. Ich war mir nicht sicher, ob du kommen würdest."

Der Kater rekelte sich auf ihrem Arm und putzte lässig eine seiner Pfoten. Nach einer Weile setzte Miss Lambent ihn behutsam auf der Ladentheke ab, direkt neben dem großen alten Buch, das aufgeschlagen dalag.

„Also, Jamie, nun such dir eine Maske aus."

Jamie ließ seinen Blick entschlossen über die Regale mit den Masken wandern, und die Masken starrten zu ihm zurück.

Irgendwie hatte er das Gefühl, dass sie weniger aufdringlich waren als beim letzten Mal. Damals wollten sie unbedingt von ihm ausgewählt werden und hatten ihm mit ihren Schmeicheleien und Versprechungen den Kopf verdreht. Jetzt waren sie still und warteten einfach ab. Es war, als hätte er bei seinem ersten Besuch im Maskenladen eine Art Prüfung bestanden, als hätte er sie davon überzeugt, dass er seiner Aufgabe gewachsen war und selbstständig handeln konnte.

Welche sollte er also nehmen?

Sein Blick huschte über die Geister und Monster und chinesischen Löwen hinweg. Ein Cowboy? Nein, vom Reiten hatte er vorläufig genug. Ein Bankräuber? Das wäre vielleicht ganz witzig. Obwohl er keine Geiseln erschießen und auch nicht selber erschossen werden wollte.

Superman? Die Vorstellung, durch die Stadt zu zischen und unschuldige Menschen zu retten, war verlockend, aber wenn ihn nun seine Flugkünste im Stich ließen? Ein Filmstar oder Fußballer wollte er auch nicht sein, dazu fehlte ihm das Talent. Darth Vader? Er liebte die Star-Wars-Filme, aber er wollte auch nicht wirklich der Böse sein. Da blieb sein Blick an einer Zauberermaske mit einem hohen, spitzen Hut und einem langen, grauen

Bart hängen. Vielleicht konnte er auf diese Weise etwas über echte Magie lernen? Ein reizvoller Gedanke. Er griff danach, aber bevor er die Maske zu fassen bekam, fiel eine andere vom Regal herunter, die er instinktiv auffing.

Neugierig drehte er sie in seinen Händen. Es war eine Wikingermaske mit einem eng anliegenden Helm, einem gemusterten Nasenschutz und zwei gebogenen Hörnern an den Seiten. Nach allem, was Jamie über die Wikinger gelesen hatte, mussten sie ein blutrünstiger Haufen gewesen sein, der plündernd und mordend durch Europa gezogen war. Aber er hatte auch von ihren großen kulturellen Errungenschaften gehört, von ihrer Dichtung und ihren Heldensagen und von den Langschiffen, mit denen sie über die Meere gesegelt waren und Amerika, Grönland und Island entdeckt hatten. Er dachte daran, wie er mal mit seinem Dad einen alten Wikingerfilm mit Kirk Douglas angeschaut hatte; der Film hatte ihn damals tief beeindruckt. Die Erinnerung machte ihn plötzlich traurig, und er legte die Maske ins Regal zurück.

Aber dort blieb sie nicht. Als er zum zweiten Mal nach der Zauberermaske griff, purzelte die Wikingermaske erneut herunter. Und wieder fing Jamie sie mechanisch an den beiden Zöpfen auf.

„Ich glaube, die Maske hat dich gewählt, Jamie", sagte Miss Lambent leise.

Das Gefühl hatte Jamie auch.

„Also, dann fort mit dir, und bring mir den zweiten Stein mit."

Jamie folgte Miss Lambent und Jasper in das kleine Kabinett hinten im Laden, setzte den Wikingerhelm auf und trat durch den Spiegel.

Kapitel 16

Abenteuer in der Arktis

Sobald Jamie die Oberfläche des Spiegels berührte, kräuselte sie sich und verschwamm. Aber diesmal war es, als ob ihn der Spiegel ganz verschluckte. Und statt auf festen Grund zu treten, fiel Jamie ins Bodenlose, immer tiefer und tiefer. Die Luft rauschte an ihm vorbei, und er hielt seinen Helm fest, um ihn nur ja nicht zu verlieren. Er hatte nicht vergessen, was Jasper ihm das letzte Mal gesagt hatte: dass er ohne seine Maske nie wieder in diese Welt zurückkommen würde.

Worauf hatte er sich da nur eingelassen? Er hatte keine Ahnung, wohin – und in welche Zeit – er reiste. Er wusste nur, dass die Wikinger viel früher gelebt hatten als die Tuareg, die er im 17. Jahrhundert besucht hatte. Aber an die genauen Daten konnte er sich nicht erinnern. Wenn er doch nur besser aufgepasst hätte in Geschichte!

War die Wikingerzeit vor oder nach der normannischen Eroberung Englands? Die Schlacht von Hastings hatte 1066 stattgefunden, so viel wusste er noch. Das war über tausend Jahre her. Würde er aus einer so fernen Vergangenheit jemals in seine eigene Zeit zurückfinden, geschweige denn, rechtzeitig zu Jinny in den Pizzapalast kommen?

All diese Gedanken purzelten ihm durch den Kopf, während er selbst durch die Zeit purzelte, verwirrt und außer Kontrolle wie sein Körper. Bis er schließlich – plumps! – auf etwas Hartem und extrem Glattem landete.

Seine Füße rutschten unter ihm weg, und er fiel auf den Hintern.

Autsch!

Als er die Augen aufschlug, dachte er im ersten Moment, er sei blind geworden, denn alles um ihn war schwarz. Er blinzelte und spähte umher, und endlich konnte er ein paar schwache Silberpünktchen über sich ausmachen: Sterne! Unzählige Sterne, hellere und dunklere, und ein dicker, fetter Vollmond, eine große silberne Scheibe, die glänzend wie ein Schild am Nachthimmel hing.

Wie ein Schild?

Das war ein seltsamer Vergleich für einen Jungen aus dem 21. Jahrhundert. Hatte die Wikingermaske von ihm Besitz ergriffen? Jamie runzelte die Stirn unter seinem Helm. Was würde er denn normalerweise sagen? So glänzend wie eine CD? Er atmete auf; CDs gab es garantiert nicht bei den Wikingern, also musste er immer noch Jamie sein.

All das hatte ihn eine Weile von der Tatsache abgelenkt, dass er hier mitten in der Nacht gelandet war, dass er allein im Dunkeln saß und keine Ahnung hatte, wo er sich befand.

Jamie streckte die Hand aus und tastete den Boden ab, der kalt und glatt war. Als er seine Hand wieder wegzog, war sie innen feucht. Und eisig. Er war auf einer Eisfläche gelandet. Hastig rappelte er sich hoch und spürte etwas Schweres um seinen Hals, als würden seine Schultern von einer unsichtbaren Hand heruntergedrückt.

Mit einem Ruck richtete er sich auf, kam auf die Füße – und plötzlich war das Gewicht fort. Stattdessen erklang ein misstönendes Konzert von Zischen, Spucken und Fauchen. Mit etwas Fantasie konnte Jamie dazwischen ein paar Worte ausmachen.

„Aaaaah! Kalt! Grässlich! Eisig! Miaaauuuu!"

„Jasper, bist du das?"

Etwas Scharfes bohrte sich in seinen Schenkel und dann in seinen Arm, und das Gewicht ließ sich wieder auf seinen Schultern nieder.

„Klar bin ich das, du Holzkopf! He! Nicht bewegen!"

„Hör auf zu jammern", gab Jamie ärgerlich zurück. „Das ist doch bloß Eis."

„Du hast gut reden, du musst ja nicht barfuß hier rumstehen!"

Erst jetzt merkte Jamie, dass er keine kalten Füße hatte. Im Gegenteil: Er spürte zwar die eisige Luft an seinen Händen und im Gesicht, aber sein restlicher Körper war kuschelig warm. Als sich seine Augen allmählich an das blasse Mondlicht gewöhnten, sah er, dass sich die untere Hälfte seines Körpers verändert hatte und kräftiger war als sonst. Ja, und irgendwie … pelzig.

Komisch. Als hätte er sich in einen Bären verwandelt. Oder zumindest seine untere Hälfte. Er tastete die Beine ab und stellte erleichtert fest, dass er sich nicht etwa selbst in einen Bären verwandelt hatte, sondern nur etwas trug, was vielleicht mal einem Bären gehört hatte. Eine Art Bärenhose oder so. Trotz Jaspers Gejammer hob er seine Füße nacheinander hoch, um sie genauer zu inspizieren, und entdeckte große, weiche Stiefel, die nichts von der eisigen Kälte durchließen.

Es gab Schlimmeres. Und dieses Mal wusste Jamie wenigstens, dass er seine Nikes zurückbekommen würde, wenn er wieder nach Hause kam. Aber von woher nach Hause? Wo zum Kuckuck war er gelandet?

„Grönland“, sagte Jasper. „So war es jedenfalls geplant.“

„Woher weißt du das?“

Der Kater schniefte. „Weiß ich halt.“

„Und? Was sollen wir jetzt tun?“

„Weiß ich nicht.“

„Ein toller Reiseführer bist du!“

„Und du ein toller Freund, mit deinen leeren Versprechungen.“

Jamie verstummte zerknirscht. „Tut mir leid“, sagte er

schließlich. „Ich helfe dir, deine Familie zu suchen. Aber erzähl doch erst mal, was überhaupt mit ihnen passiert ist. Und was ich dabei tun kann."

Jasper seufzte. „Ja, gut. Ich erzähl's dir, wenn du deinen Auftrag erfüllt hast und wir von diesem gottverlassenen Ort weg sind."

„Okay, dann bringen wir's hinter uns."

„Das dürfte ein bisschen schwierig sein."

Machte der Kater sich über ihn lustig? Bei Katzen wusste man das nie so genau. „Warum?"

„Mach halt mal deine Augen auf", zischte der Kater grob in Jamies Kopf.

Jamie gehorchte. Aber er konnte nicht viel erkennen (er war ja schließlich keine Katze, die auch im Dunkeln gut sieht), nur eine endlose Landschaft mit helleren und dunkleren Flecken. Dann merkte er, dass er sich getäuscht hatte: Sie bewegten sich!

Nein! Das war unmöglich. Land, das sich bewegte? Er kniff die Augen zusammen und spähte angestrengt nach oben. Die Sterne über seinem Kopf schienen festzustehen – aber sein Standort im Vergleich zu ihnen hatte sich irgendwie verändert. Er drehte sich um und blickte hinter sich, spähte und lauschte mit aller Kraft, bis er das leise Klatschen des Wassers hörte.

Er stand auf einer Eisscholle. Zwischen unzähligen anderen Eisschollen dümpelten sie lautlos auf dem schwarzen Meer dahin: wie als Teil eines riesigen Puzzles, dessen einzelne Puzzlestücke in eine gigantische Badewanne geworfen worden waren.

„Bingo“, sagte Jasper. „Du hast es kapiert. Wir stecken fest.“

„Vielleicht können wir ans Ufer schwimmen?“, schlug Jamie vor.

Jaspers Fell sträubte sich. „Halt mal deine Hand ins Wasser“, zischte er, „und dann sag mir, dass du immer noch schwimmen willst!“

Jamie ging ein paar Schritte bis zum Rand der kleinen Eisinsel und lauschte auf das Knirschen des Schnees unter seinen Füßen. Vorsichtig, um Jasper nicht abzuwerfen – er mochte das Katzenvieh zwar nicht, aber es schien mehr über ihre Lage zu wissen als er –, tauchte er seine Finger in das dunkle Wasser.

„Brrr!“, schrie er und fuhr hoch, als hätte er sich verbrannt. Und seine Hand brannte tatsächlich wie Feuer. Das Wasser war so eisig, dass es wehtat.

„Na, immer noch so scharf auf ein Bad?“, spottete Jasper.

„Nein, bloß nicht.“ Jamie war ein leidenschaftlicher Schwimmer, aber nur im warmen Wasser im Hallenbad. Wenn er hier schwimmen würde, wäre es blitzschnell aus mit ihm. Dann würde er zu einer neuen Eissorte erstarren: Eis am Stiel mit Jamie-Wave-Geschmack. „Also, was machen wir dann jetzt?“

„Wir warten.“

„Worauf?"

„Auf das, was als Nächstes passiert."

„Und das wäre?"

„Weiß ich doch nicht."

„Ich glaube, du weißt überhaupt nicht viel."

Jamie spürte an seinem Hals, wie sich Jaspers Fell wieder sträubte. Dann fauchte der Kater ihn an. „Ich hab mir das hier nicht ausgesucht, damit du's weißt! Die Aufgabe wurde mir zugeteilt. Ich bin hier, um dir zu helfen, und das ist der Dank dafür!"

„Und wie willst du mir helfen, wenn ich fragen darf?"

„Das wirst du schon sehen, glaub mir."

Jamies Finger pochten jetzt, pochten vor brennendem Schmerz. Er erinnerte sich deutlich an das letzte Mal, als sich seine Hände so angefühlt hatten. Das war vor vielen Jahren gewesen, als er sieben und Cadence elf war.

Jamie war mit seinem Dad und seiner Schwester im Churnock-Wald gewesen. Es war der erste Schnee, den er jemals gesehen hatte. Die Sonne ging gerade unter. Er würde nie vergessen, wie der Schnee alles unter einer weichen weißen Daunendecke begrub, bis die Landschaft verschwand. Die untergehende Sonne tauchte alles in eine atemberaubende Farbenpracht. Über ihren Köpfen schossen Krähen herum, spielten krächzend in den Aufwinden, während Jamie und seine Familie unten am Boden ihren Schneemann bauten und sich mit Schneebällen bewarfen. Der Schnee hatte Jamies Wollhandschuhe durchnässt und seine Finger waren starr vor Kälte. Aber das störte ihn nicht, solange er kreischend im Schnee herumrannte und den eiskalten Geschossen auswich. Erst später, als sie nach Hause gegangen waren, hatte er seine Hände gespürt. So wie jetzt.

„Möchtest du deinen Vater finden?", fragte Jasper leise in die Stille hinein.

Jamie zuckte zusammen. „Du liest ja schon wieder meine Gedanken", sagte er vorwurfsvoll.

„So ist es."

Erneut trat Stille ein. Dann sagte Jamie: „Weißt du, wo mein Vater ist?"

Der Kater schaute ihn durchdringend an. „Ja."

„Und? Wo?"

„Hm, ich könnte es dir sagen ... Aber vielleicht sollte ich die Information lieber für mich behalten, bis du mir hilfst, meine Frau und meine Kinder zu suchen."

Jamie funkelte ihn an. „Mann, du nervst, ehrlich!"

„Und kannst du das nicht verstehen?"

Jamie wusste keine Antwort darauf. Er starrte die schwarze Katze hilflos an. „Er fehlt mir doch so, mein Dad."

„Nicht halb so sehr, wie mir meine Familie fehlt."

Der Streit hätte noch ewig weitergehen können. Jamie suchte nach einer Antwort, die so vernichtend war, dass der Kater ihm das Versteck seines Vaters einfach verraten *musste,* als plötzlich etwas aus dem Wasser neben ihrer Eisscholle hervorbrach.

Das Mondlicht beschien einen langen, keilförmigen Kopf, der sich bleich vor dem dunklen Wasser abhob. Eine breite schwarze Schnauze, kleine pechschwarze Augen und jede Menge scharfer, spitzer weißer Zähne.

Ein Eisbär! Der große Räuber der Arktis! Jamie hatte schon immer einen sehen wollen. Allerdings nicht von so nahe und unter derart beengten Umständen …

Der Bär legte seine riesigen, schaufelähnlichen Pfoten auf den Rand der Eisscholle und machte Anstalten, sich aus dem Wasser zu hieven. Er hieb seine langen Klauen ins Eis und zog sich mit aller Kraft hoch, Zentimeter um Zentimeter, wie ein Bergsteiger, der seinen Eispickel einsetzt, um an einem gefrorenen Wasserfall hinaufzuklettern.

Jamie wich zurück. Was, wenn die Eisscholle unter dem Ansturm dieses Monsters plötzlich umkippte wie ein Boot? Und der Bär war wirklich riesig! Wenn sie auf dem offenen Meer kenterten, er und Jasper? Jamie fragte sich, was schlimmer war: von einem Bären gefressen zu werden oder im Eismeer zu erfrieren. Beides klang wenig verlockend. Wenn er doch nur das Schwert des Tuareg-Häuptlings bei sich gehabt hätte!

„Grrrraaaauuu!", brüllte der Bär. „Was hast du mit meinem Cousin gemacht?"

Jamie war so verdutzt, als der Bär zu sprechen begann,

dass er wie angewurzelt stehen blieb und ihn ungläubig anstarrte. „Ich kenne deinen Cousin nicht", brachte er schließlich hervor.

„Wie kannst du ihn nicht kennen, wenn du doch in ihm stehst?"

Das wurde ja immer seltsamer. „Tut mir leid", sagte Jamie schnell, und sein Verstand raste. „Ich weiß nicht, was du meinst. Ist das ein Witz? Ich kenne ein paar gute Witze. Was frisst ein Eisbär zum Frühstück?" Er holte tief Luft und sprudelte hervor: „Ice Krispies!"

Niemand lachte.

Der Bär sah ihn misstrauisch an. „Robben. Normalerweise fresse ich Robben. Manchmal auch Schneehasen oder hin und wieder mal einen Schneefuchs. Aber hauptsächlich Robben. Zum Frühstück, Mittag- und Abendessen. Aber …", er starrte Jamie mit zusammengekniffenen Augen an, „aber ich mag auch *Inuk.*" Vielsagend leckte er sich sein schwarzes Maul. „Besonders einen Inuk, der meinen Cousin Siku trägt."

Jamie blickte auf seine pelzigen Beine hinunter, und endlich ging ihm ein Licht auf. „Ach das! Hör mal, ich hab deinem … äh … Cousin nichts getan. Ich bin gerade erst von … äh … von woanders hergekommen, und da hatte ich plötzlich diese … äh … Hose an." Das musste sich wie eine ziemlich lahme Ausrede anhören.

Der Eisbär hievte sich jetzt vollends aufs Eis hinauf und tappte schwerfällig auf Jamie zu. Jamie zitterten die

Knie, aber er hielt die Stellung und dachte daran, was sein Dad ihm eingeschärft hatte: „Zeig nie einem wütenden Hund, dass du Angst vor ihm hast, sonst beißt er dich." Jamie wusste nicht, ob das auch für Eisbären galt. Da Bramstock ziemlich weit weg vom Polarkreis war, hatte er bis jetzt keine Gelegenheit gehabt, es herauszufinden.

Aber er hatte Glück, und seine Standhaftigkeit zahlte sich aus. Der Eisbär starrte ihn mit seinen glänzenden schwarzen Augen reglos an. „Na gut – du siehst auch nicht so aus, als ob du jemanden wie meinen Cousin töten könntest. Und kein Jäger, der diesen Namen verdient, würde jemals auf einer Eisscholle stranden und hilflos auf dem Meer treiben." Er kniff wieder die Augen zusammen und musterte Jamie genauer. „Und was ist das da? Was trägst du da um deinen Hals? So was hab ich ja noch nie gesehen. Ist das ein halb verhungerter Hundewelpe oder ein Fuchs, der ins Feuer gefallen ist?"

Jaspers Nackenfell sträubte sich, nicht nur aus Wut über die Beleidigungen des Bären, sondern weil er eine Höllenangst vor ihm hatte.

„Das", sagte Jamie, „ist eine Katze. Wo ich herkomme, gibt es viele davon. Hast du noch nie eine gesehen?"

Der Eisbär kniff die Augen zusammen und schnaubte verächtlich. „Ist ja kaum der Rede wert, diese Kreatur. Taugt noch nicht mal als Häppchen zwischendurch, es sei denn, man wäre am Verhungern. Aber so hungrig ist ein großer Jäger wie Nanuk der Zerstörer nie. Allerdings hungrig genug, um dich zu fressen, kleiner Inuk."

„Oh, ich schmecke aber ganz grässlich", sagte Jamie schnell. „Wenn du mich frisst, kriegst du bloß Bauchweh."

Der Bär überlegte einen Augenblick. „Na ja, vielleicht ginge es, wenn ich dich mit einem Happs verschlingen würde." Er funkelte Jamie listig an. „Weißt du was, kleiner Inuk? Ich schlage dir einen Handel vor: Du verrätst mir, wer dir Sikus Fell gegeben hat, und ich fresse nur die Hälfte von dir."

Das war nun wirklich kein gutes Geschäft. Jamie legte Wert darauf, Kopf und Beine zu behalten. Der Kater bewegte sich auf seiner Schulter, und Jamie spürte den warmen Atem am Ohr, als er ihm einen Rat zuflüsterte.

Jamie lauschte und nickte, dann ging er einen Schritt auf den Bären zu. „Ich fürchte, ich kann dir nicht sagen, wer deinen Cousin Siku getötet hat. Aber wenn du mir hilfst, an Land zu kommen, bringe ich dich zu den Leuten, die es wissen müssen."

„Du bist ein tapferer kleiner Mann, dass du mir einen solchen Handel vorschlägst." Der Bär schwang seinen Kopf hin und her. Dann schien er einen Entschluss gefasst zu haben, denn er kehrte Jamie den Rücken zu und setzte sich auf die Hinterbeine. „Also gut, ich folge deinem Vorschlag. Steig auf!", brüllte er.

Und so kam es, dass Jamie Wave, den schwarzen Kater

wie einen Wollschal um den Hals geschlungen, rittlings auf einem riesigen Eisbären saß, der langsam und stetig zum Ufer schwamm. Die Sonne stieg gerade am östlichen Horizont auf und tauchte die zerklüfteten Eisberge, an denen sie vorüberkamen, in ein flammendes, schimmerndes Licht.

Kapitel 17

Der Gehörnte

Ein einsamer Jäger vom Stamm der Taslilak entdeckte ihn als Erster. Er war der Einzige, der sich schon im Morgengrauen aus seinem warmen Schlafpelz geschält hatte. Gerade hatte er ein Loch ins Eis gehackt und wollte seine Angel auslegen, da sah er, wie sich im Fjord etwas bewegte.

Schläfrig blinzelte er ins rosige Licht. Vielleicht ein Wal? Ob er schnell die anderen aufwecken sollte, damit sie ihre Harpunen holen konnten? Besser, er überzeugte sich erst, dass es auch wirklich ein Wal war. Er würde keinen Dank ernten, wenn er die Männer unnötig weckte.

Der Jäger rieb sich die Augen und spähte auf die schmale Bucht hinaus. Dann sah er noch einmal hin: Im schimmernden Wasser schwamm ein riesiger weißer Bär, der etwas Kleines, Dunkles auf dem Rücken trug. Der Jäger schrie auf vor Überraschung, sodass ein Schwarm Möwen und Eiderenten in die kalte Morgenluft aufstob und mit seinem Kreischen die Stille zerriss. Sofort fingen die Hunde an zu bellen und zu winseln, und jetzt war der morgendliche Frieden endgültig zerstört.

„Man hat uns entdeckt", sagte der Bär und drehte seinen Kopf zu Jamie um. „Ist das einer von denen, die meinen Cousin Siku getötet haben, kleiner Inuk?"

„Das kann ich dir nicht sagen, wir sind noch nicht nahe genug", erwiderte Jamie vorsichtig. Er war heilfroh, dass dort überhaupt jemand war. Und vor allem, dass dieser Jemand offensichtlich auf festem Boden stand.

„Ich werde es bald wissen. Niemand hat eine feinere Nase als Nanuk, der Zerstörer. Ich kann Sikus Tod schon fast riechen." Der Bär schwamm noch schneller.

Immer mehr Jäger tauchten an der vereisten Landzunge auf, Männer mit Speeren und Harpunen. Jamie beobachtete gebannt, wie drei von ihnen herbeigerannt kamen, dann vier, sechs, neun …

Der Eisbär paddelte stetig auf das Ufer zu, als sei es ihm egal, wie viele von ihnen noch auftauchten.

Jamie wurde unruhig. „Wenn du weiterschwimmst, werfen sie ihre Speere nach dir!" Und nach mir, dachte er, aber das sagte er nicht laut.

Der Bär gab keine Antwort, sondern schwamm weiter auf die Jäger zu.

„Warum willst du dich von ihnen töten lassen? Das ist doch idiotisch."

„Ich muss den Tod meines Cousins rächen. Das ist eine Frage der Ehre."

„Vielleicht tötest du ein paar von ihnen, aber dann? Die sind doch in der Überzahl."

„Dann habe ich mein Ziel erreicht und kann ruhmvoll sterben."

„Also die töten Siku und du tötest sie und dann holen sie Verstärkung und töten dich." Jamie schüttelte den Kopf. „Ich finde das nicht richtig, so viele sinnlos verschwendete Leben."

„Das Gesetz des Lebens ist nun einmal hart."

„Klingt für mich eher nach dem Gesetz des Todes."

„Tod und Leben liegen in der Arktis sehr dicht beieinander."

Darauf fiel Jamie nichts mehr ein. Also schwieg er und richtete seine Aufmerksamkeit auf die Jäger, die ihnen von der Landzunge aus entgegensahen. Es waren kleine, stämmige Gestalten, von Kopf bis Fuß in Tierhäute und Pelze gekleidet, die Gesichter von riesigen Kapuzen eingerahmt. Ihr Atem stieg in weißen Wölkchen in die eisige Luft auf. Wir sind immer noch außer Reichweite, dachte Jamie, aber sobald wir uns dem Ufer nähern, werden sie ihre Speere auf uns werfen.

Doch nichts dergleichen geschah. Der Eisbär war inzwischen so nahe herangeschwommen, dass Jamie die Gesichter der Männer erkennen konnte. Es waren breite, flache, schöne Gesichter, auch wenn sie ziemlich unbewegt dreinblickten. Ihre Augen waren so dunkel wie die von Nanuk. Reglos standen die Jäger da, ihre Speere wurfbereit in der Hand, wie die Ehrenwache in einer königlichen Zeremonie.

Der Eisbär hörte auf zu schwimmen und trat jetzt auf der Stelle. „Ich verstehe das nicht. Was machen die nur? Warum schleudern sie nicht ihre Speere auf uns? Das gefällt mir nicht, kleiner Inuk. Es ist unnatürlich. Die Natur will, dass der Inuk und der Nanuk sich bekämpfen. Wie soll denn sonst der Kreislauf von Leben und Tod weitergehen?"

„Können denn nicht einfach alle in Frieden miteinander leben?"

„Lächerlich! Wir fressen die Inuit und füttern unsere Jungen mit ihren Hunden, und sie töten uns und tragen unsere Felle und essen unser Fleisch. So war es immer."

„Aber so muss es doch nicht bleiben", wandte Jamie ein. Er dachte an die Tierfilme, die er sich immer im Fernsehen ansah, und an die Naturschutzverbände, die Geschöpfe wie Eisbären vor dem Aussterben zu bewahren versuchten. „Wenn wir uns immer nur gegenseitig umbringen, bleibt zum Schluss niemand mehr übrig."

Der Bär schnaubte. „Du verdirbst mir den Appetit. Ich habe mich darauf gefreut, die Inuit zu fressen, die Siku getötet haben. Jetzt habe ich keinen Hunger mehr und auch keine Lust, gegen sie zu kämpfen. Jetzt werden sie mich wohl für nichts und wieder nichts umbringen." Er seufzte. „Nun gut, vielleicht ist für mich die Zeit gekommen, zu den Alten zu gehen." Er tauchte seine Nase ins Wasser und schwamm wieder langsam und stetig auf das Ufer zu.

„Ich werde nicht zulassen, dass sie dich töten", sagte Jamie grimmig, obwohl er keine Ahnung hatte, wie er die Jäger aufhalten sollte. „Das verspreche ich dir."

Nanuk blies Wasser durch seine Nase. „Und wo, kleiner Inuk, bliebe meine Ehre, wenn ich einem kleinen Mann wie dir erlauben würde, einen großen Bären wie mich zu verteidigen?"

„In diesem Fall steht auch meine Ehre auf dem Spiel", entgegnete Jamie.

Der Bär dachte einen Augenblick darüber nach, sagte aber nichts.

Bald war das Wasser flach genug, dass Nanuk der Zerstörer hindurchwaten konnte, und wenige Sekunden später standen sie auf dem Kiesstrand.

Die Jäger beobachteten sie stumm, dann rief einer von ihnen, offenbar der Anführer, mit lauter Stimme: „Willkommen, Gehörnter!" Und wie auf Kommando ließen alle ihre Waffen fallen und senkten die Köpfe.

„Nanu", sagte der Eisbär und blieb wie angewurzelt stehen. „Das ist aber seltsam."

Gehörnter?

Sie meinen dich, du Hohlkopf, ertönte Jaspers Stimme in Jamies Kopf. *Wegen der Maske.*

Der Mann, der sie begrüßt hatte, trat vor. „Unsere Schamanin hat uns von dir erzählt, aber wir haben ihr nicht geglaubt. Ein Junge mit Hörnern, der auf einem weißen Bären reitet. Wir dachten, Kilak sei verrückt geworden; sie ist schon sehr betagt, und manchmal verirren sich die Gedanken der Alten."

„Und jetzt verirren sich deine Gedanken, Samo!", zischte einer der Jäger. „Gib ihm ein Geschenk, oder er wird uns alle niedermachen!"

Samo fasste in einen Lederbeutel, den er auf der Brust trug, und holte etwas Kleines, Rundes hervor. Er hielt es Jamie hin und wandte schnell die Augen ab, als fürchtete er sich.

Die Nase des Bären zuckte neugierig. Jamie rutschte von seinem Rücken herunter und ging zwei Schritte auf den Mann zu. Ein Ball? Warum gab er ihm einen Ball?

Jasper witterte es als Erster, aber bald drang der Gestank auch zu Jamie durch und drehte ihm fast den Magen um. Das Ding roch ranzig und faulig, absolut widerlich. Schlimmer als das tote Kaninchen, das Jamie einmal halb verwest am Straßenrand gefunden hatte.

Noch immer hielt ihm der Jäger den stinkenden Klumpen hin. „Nimm das, Gehörnter, zum Zeichen unserer Hochachtung. Ein kleiner Leckerbissen, der dich nach der langen Reise stärken soll. Es ist das allerfeinste *Kiviok* auf der ganzen Weißerde. Und heute Abend werden wir eine fette Robbe für dich braten, wenn du so gütig bist und uns in unser Dorf begleitest."

Jamie nahm das Kiviok entgegen. Es war dunkel, klumpig und leicht glänzend, und es fühlte sich weich an. Ein Schwall des grässlichen Gestanks stieg ihm in die Nase.

Was konnte das nur sein? Zur Stärkung, hatte der Jäger gesagt. Bedeutete das etwa …

„Iss es, du Narr“, knurrte der Bär.

Nie im Leben!, dachte Jamie. „Was ist das?“, fragte er laut.

„Herr, Kiviok ist ein Stück Robbendarm, der mit sechs kleinen Vögeln gefüllt wird. Die beiden Enden werden zugebunden und mit Fett verstopft, damit keine Fliegen hineinkommen. Danach legen wir das Kiviok zwei ganze Monde unter einen Steinhaufen, bis es essbar ist. Es gilt als große Delikatesse bei unserem Volk. Du wirst sehen, es ist köstlich, und wir teilen es nur mit sehr hohen Gästen.“

Du musst etwas davon essen, drängte Jasper, *sonst halten sie dich für unhöflich. Und wenn du sie beleidigst … Nun, ich denke, das willst du gar nicht wissen!*

Jamie schloss die Augen. Noch nie in seinem Leben hatte er etwas so Widerliches gerochen, geschweige denn gegessen. Was hatte der Jäger noch mal gesagt? Ein Stück Robbendarm – das war schlimm genug. Aber bei der Vorstellung, dass sechs Vögelchen zwei Monate lang unter einem Steinhaufen vor sich hin verwesten, wurde ihm speiübel. Wenn er den Klumpen hier hinunterwürgte, würde alles sofort wieder hochkommen, das wusste er. Vielleicht könnte er nur so tun, als würde er probieren – ein winziges Fitzelchen, nur einmal kurz darüberlecken …

Und plötzlich – fühlte sich seine Hand ganz leicht an. Jamie riss die Augen auf. Das Kiviok war verschwunden! Einfach so. Und vor ihm saß Nanuk der Zerstörer mit eifrig mahlenden Kiefern und einem glückseligen Lächeln im Gesicht.

„Du hast das ganze Ding aufgefressen", murmelte Jamie ehrfürchtig.

Die Jäger machten entsetzte Gesichter. „Das ist ein schlechtes Omen", verkündete Samo.

„Unsinn", protestierte Jamie und grinste über das ganze Gesicht. „Das ist ein gutes Omen. Und jetzt bringt mich in euer Dorf!"

Als endlich die Hunde angeschirrt waren und alle Ausrüstung auf den Schlitten geschnallt war, stand die Sonne im Norden. Ein scharfer Wind kam auf. Die Jäger brachen zügig auf, und die Schlittenhunde heulten und jaulten vor Aufregung und pufften dicke Atemwolken in die Luft. Nanuk, Jamie und Jasper folgten ihnen. Geschmeidig glitten die Schlitten auf dem funkelnden Eis dahin, und der Bär donnerte hinter ihnen her.

Jamie dachte daran, wie er auf dem Rücken des Kamels Taorka durch die Sahara gezuckelt war. Das war ein sehr gemächlicher Ritt gewesen im Vergleich zu diesem hier. Die glitzernde Schneelandschaft sauste nur so an ihm vorbei. Manchmal war es fast wie fliegen. Bald entspannte sich Jamie und strahlte über das ganze Gesicht.

Über ihnen hing blassgelb die arktische Sonne, die Licht, aber keine Wärme gab. Sie warf je nach ihrem Stand am Himmel unterschiedliche Schatten und Farben über den Weg: silbern und türkis, jadegrün und zartblau, violett, dunkelblau und purpurrot. An der Seite ragten Gletscher auf, die durch das tiefe, schimmernde Wasser der Bucht wie von innen her erleuchtet waren.

Scharfe Eissplitter, die von den Schlittenkufen und den Pfoten des Eisbären hochgeschleudert wurden, stachen Jamie ins Gesicht wie lauter feine Nadeln. Aber die ganze Zeit blieb die Wikingermaske fest auf seinem Gesicht, und ihm war mollig warm in seinem Eisbärenkostüm und dem flauschigen schwarzen Schal um den Hals (auch Jasper genannt). Fast war Jamie etwas enttäuscht, als zwei Stunden später das Dorf in Sicht kam.

Es bestand aus ein paar niedrigen Hütten, die aus übereinandergelegten Steinen errichtet, mit Erde verputzt und mit Torf gedeckt waren. Hunderte von Fischen hingen an Trockengestellen wie Socken an der Wäscheleine. Hunde streunten zwischen spielenden Kindern umher, und die Männer und Frauen des Dorfs gingen ihrer Arbeit nach, walkten Häute und kochten Essen. Eine hohe weiße Eisklippe ragte über der Szene auf, anmutig wie ein Schwanenflügel.

Die kläffenden Schlittenhunde rissen alle aus ihrer Arbeit. So schnell kehrten die Männer sonst nicht von der Jagd zurück. Schon gar nicht in Begleitung eines riesigen weißen Bären mit einem Fremden auf dem Rücken!

Nanuk der Zerstörer jagte den Leuten einen gewaltigen Schreck ein. Alle wichen entsetzt zurück, viele drehten sich auf dem Absatz um und rannten davon. Die Kinder brachen in Tränen aus. Und wer dablieb, packte, was als Waffe gerade zur Hand war: Schöpflöffel, Kochmesser, Knüppel. Dann stellten sie sich vor ihre Hütten und warteten.

„Die glauben, dass wir ihre Jäger verfolgen", gluckste Jasper. „Und dass der Bär sie fressen will!"

Jamie lachte, verstummte aber schnell wieder. Wenn der Bär die Jäger aufspürte, die seinen Cousin Siku auf dem Gewissen hatten, könnte sich diese Befürchtung leicht bewahrheiten.

„Halt, Nanuk, warte!", sagte er schnell. „Die Leute haben Angst vor dir."

Der Bär lachte. „Zu Recht! Glauben diese Dummköpfe im Ernst, sie könnten Nanuk den Zerstörer mit ihren armseligen Knüppeln aufhalten?" Trotzdem blieb er stehen.

Die Jäger fuhren ins Dorf hinein und begrüßten lautstark ihre Verwandten und Freunde. Alle starrten Nanuk, Jamie und Jasper an, dann redeten sie aufgeregt durcheinander und fuchtelten wild mit den Armen.

Plötzlich schob sich eine kleine Gestalt durch die Menge, tief über einen Gehstock gebeugt, und humpelte weiter, ohne auf die Jäger zu achten. Auch die Schlitten und Hunde würdigte sie keines Blickes. Sie kam direkt auf Nanuk und seinen Reiter zu. Nur wenige Schritte entfernt blieb sie stehen.

Nanuk begann zu knurren, leise zuerst, dann immer lauter, bis schließlich ein tiefes, kehliges Brüllen daraus wurde. Jamie nahm das Geräusch nicht nur mit den Ohren wahr. Er spürte am ganzen Körper, wie es in ihm pulsierte und ihm durch Mark und Knochen drang. Plötzlich erschauerte der Eisbär und wich zurück. Er legte die Ohren flach an den Schädel und hielt den Schwanz tief nach unten gedrückt. Die mächtigen Muskeln spannten sich unter Jamie, als wollte der Bär jeden Moment herumwirbeln und Reißaus nehmen.

„He, halt mal!", schrie Jamie. „Wo willst du hin?" Wer weiß, wo er landen würde, wenn der Bär tatsächlich die Flucht ergriff?

„Steig jetzt ab, kleiner Inuk", knurrte der Bär. „Das ist besser für dich."

Die gebückte Gestalt kam noch einen Schritt näher.

„Runter mit dir!", brüllte Nanuk, der jetzt noch hastiger zurückwich.

Jamie kletterte von seinem Rücken und plumpste mit einem dumpfen Aufprall auf den Boden, sodass ihm alle Knochen wehtaten. „Autsch!"

Mühsam rappelte Jamie sich auf, aber von Nanuk dem Zerstörer war nur noch eine dicke weiße Schneewolke zu sehen, die er mit seinen Riesenpfoten aufwirbelte. Und Jamie hatte noch nicht mal Zeit gehabt, Danke oder Lebwohl zu sagen. Geschweige denn, sein Versprechen zu erfüllen und die Jäger aufzuspüren, die Siku getötet hatten. Enttäuscht und verwirrt drehte er sich zu der krummen Gestalt um, die den Bären in eine solche Panik versetzt hatte.

Es war nur eine alte Frau, wie er verblüfft feststellte. Sie war ziemlich seltsam gekleidet, hatte eine Haut wie gegerbtes Leder und schenkte ihm ihr schönstes zahnloses Lächeln.

„Komm mit mir, Gehörnter", krächzte sie und streckte ihre Hand aus. „Ich habe lange auf dich gewartet."

Aber Jamie starrte wie gebannt auf den Stock, auf den sie sich stützte. Es war ein gebogener, weißlicher Stab, über und über mit kunstvollen Schnitzereien bedeckt. Auf dem oberen Ende thronte ein Schädel, der Jamie seine langen, scharfen weißen Zähne entgegenbleckte.

Mag sein, dass du in ihren Augen der Gehörnte bist, sagte der Schädel. *Aber für mich bist du Jamie Wave.*

Kapitel 18

Die Schamanin

Jamie kannte das Sprichwort „vom Regen in die Traufe kommen". So ähnlich fühlte er sich jetzt, als er, kaum den Klauen des Eisbären entkommen, in die Hände dieser gruseligen alten Frau gefallen war, die einen sprechenden Schädel an ihrem Gehstock trug.

Am liebsten wäre er hinter Nanuk hergerannt und mit ihm ans Ende der Welt geflüchtet. Doch stattdessen stand er da wie angewurzelt und starrte auf den Schädel, der gerade zu ihm gesprochen hatte. Aber he, was war das denn? Mitten auf der Stirn des Schädels saß ein schimmernder grüner Smaragd.

Irgendwie wusste Jamie – obwohl er nicht sagen konnte, woher –, dass dies der Stein war, den er Miss Lambent mitbringen sollte. Und mit derselben unerklärlichen Gewissheit wusste er auch, dass der sprechende Schädel von einem Eisbären stammte. Entsetzt starrte er ihn an.

„Hab keine Angst", sagte die alte Frau und musterte ihn mit ihren glänzenden Schlitzaugen. „Das ist nur Magie. Ich bin die, die man Kilak nennt. Das bedeutet in unserer Sprache ‚Himmel'. Den Namen trage ich, weil mein Geist in die Luft zu fliegen und mit anderen Geistern zu reden vermag. Auf diese Weise sammle ich Wissen, das ich an mein Volk weitergebe. Ich bin eine Schamanin, und ich habe deine Ankunft seit vielen Monden vorausgesehen. Deinen Freund hier habe ich allerdings nicht gesehen." Neugierig beugte sie sich zu der schwarzen Katze vor.

Jamie spürte, wie Jasper zurückzuckte. Wenn sich schon Nanuks Fell gesträubt hatte, so standen dem Kater jetzt buchstäblich die Haare zu Berge. Kleine Fellbüschel richteten sich auf seinem Rückgrat auf, vom Kopf bis hinunter zur Schwanzspitze.

Ich habe ein ganz mulmiges Gefühl, zischte er in Jamies Kopf. *Wir müssen verschwinden, und zwar sofort!*

„Ich dachte immer, ich kenne alle Geschöpfe der Weißerde", sagte die Schamanin und streckte eine Hand nach der Katze aus.

Jasper fauchte sie an.

„Im Meer die Robbe, der Wal, der Fisch, das Walross, der Narwal – alle sind Kinder der Göttin Nerrivik."

Während sie das sagte, berührte sie eine Knochenkette, die sie um den Hals trug, und bei jedem Namen fasste sie an ein anderes Knöchelchen.

„An Land Karibu, Fuchs und Wolf; die Ratte, die Maus und der Hund." Und bei jedem Namen, den sie aussprach, strich sie über die Felle und Häute, in die sie gehüllt war – über die ledernen Beinkleider, die silbergraue Pelzmütze, die weiße Felljacke, die glatten grauen Handschuhe und die pelzbesetzten Stiefel, ihre *Kamiks*.

„Und natürlich der Eisbär." Sie pochte mit ihrem Stock auf den Boden.

„Und am Himmel die Vögel – die Möwe, der Schwan, die Eiderente; Seeadler, Papageientaucher und Lumme." Sie wirbelte ihren Umhang um sich herum, und erst jetzt sah Jamie, dass er aus Tausenden von winzigen Flügeln und Federn bestand, die mit Millionen Stichen zusammengenäht waren.

„Aber eine solche Kreatur wie diese hier ist mir noch nie begegnet." Sie legte den Kopf schief und blinzelte Jasper mit ihren glänzenden schwarzen Äuglein an, die genauso aussahen wie die der armen Vögel, die sie in ihren Mantel eingenäht hatte. „Sag mir, Hörner-Junge, welche Art von Tier ist das?"

Seltsamerweise hatte Jamie das Bedürfnis, Jasper in Schutz zu nehmen. Er legte eine Hand auf den Kopf des schwarzen Katers. „Das ist eine Katze", sagte er leise. „Wo ich herkomme, gibt es viele davon."

„Und wo ist das genau, Gehörnter?"

„Ähm … Bramstock."

Die Schamanin legte ihren Kopf auf die andere Seite und betrachtete ihn abschätzend. „Bram…stock. Von einem solchen Ort habe ich noch nie gehört. Erzähl mir davon. Und dann werden wir vielleicht ein Geschäft aushandeln können."

„Ein Geschäft?"

„Ich weiß, dass du wegen meines Steins gekommen bist", sagte die Schamanin und schlug ihren gruseligen Stab auf den Boden.

Jamie lief es eiskalt über den Rücken. Woher wusste sie das? Konnte man ihm seine Absichten so leicht ansehen?

Die alte Frau tätschelte seinen Arm. „Keine Angst, ich habe diesen Tag kommen sehen. Ich erwarte dich schon sehr lange."

„Wie kann das sein?"

Die Schamanin lachte und warf ihren Kopf zurück, sodass Jamie in ihren dunklen Rachen sehen konnte.

„Sagen wir mal, ich habe so meine Methoden. Ganz spezielle Methoden." Sie machte einen Schritt auf ihn zu, streckte ihre Hand aus und ließ die Finger über Jaspers Fell gleiten. „Ach herrje, weicher als die feinste Spinnennetz-Seide. Ausgezeichnet. Und jetzt folge mir." Damit drehte sie sich um und humpelte ins Dorf zurück.

Jasper grub seine Klauen in Jamies Schulter. *Nein! Wir dürfen ihr nicht folgen, sonst passiert etwas ganz Schreckliches. Sie riecht nach Tod.*

Jamie fröstelte, aber nicht vor Kälte. *Wir holen uns einfach den Stein, und dann hauen wir hier ab.*

Du weißt ja noch gar nicht, was sie dafür verlangt, protestierte der Kater.

Das stimmt. Aber wenn wir noch länger hier rumstehen, werden wir es nie erfahren.

Ich bin hier, um dich zu führen und zu beraten. Und mein Rat ist: Nichts wie weg! Und zwar sofort.

Plötzlich standen die Jäger vor ihnen, mit grimmigen Blicken, die Waffen im Anschlag. „Komm mit uns."

Ich glaube nicht, dass wir eine Wahl haben, sagte Jamie zu der Katze.

Die alte Schamanin führte sie durchs Dorf. Vor den Hütten standen die Leute und starrten sie unter ihren Fellkapuzen misstrauisch an. Jamie war noch nie so begafft worden und ihm war gar nicht wohl dabei. Selbst der sonst so selbstbewusste Jasper vergrub sich in Jamies Jacke, um sich unsichtbar zu machen.

Am anderen Ende des Dorfes marschierten sie wieder hinaus, flankiert von den Jägern, die kaum wiederzuerkennen waren: Aus der fröhlichen kleinen Schar, die sie übers Eis begleitet hatte, war eine strenge Leibwache geworden. Aber als sie sich der Behausung der Schamanin näherten, blieben die Jäger zurück.

Jamie konnte es ihnen nicht verübeln: Der Weg zu Kilaks Haus, das in die hohe Eisklippe hineingebaut war, war mit Knochen und Schädeln gesäumt. Mit sprechenden Knochen – und sie redeten mit ihnen, als sie vorbeikamen.

Sei gegrüßt, Fremdling. Mein Name war Tarrok.

Sieh mich an, Reisender, ich war einst ein mächtiges Walross.

Ich bin Uttok, ich war eine Robbe.

Ich bin Aua. Ich war ein Nordwal.

Und ich war Anführer eines Hunderudels, sagte ein Hundeschädel. *Ich habe die Schlitten geführt, und meine Söhne sind in meine Fußstapfen getreten. Bald werden sie mir hier Gesellschaft leisten.*

Geh nicht in die Höhle der Schamanin, warnte der winzig kleine Schädel eines Schneehasen. *Du wirst sonst nie wieder herauskommen oder höchstens so wie wir.*

Jamie starrte die Schädel an. Es war genau wie im Maskenladen, als alle Masken auf ihn eingeredet hatten, um seine Aufmerksamkeit zu erregen. Wenn das Magie war, wollte er nichts damit zu tun haben.

Und da gab es noch etwas, was er mindestens genauso hasste: Höhlen. Sie jagten ihm eine Heidenangst ein. Ihre schreckliche Eiseskälte und vor allem die schwarze, schwarze Dunkelheit.

„Ts, ts", machte Kilak. „Glaubt nur nicht, dass ich euer Geplapper nicht höre. Lasst gefälligst unseren Gast mit diesem Unfug in Ruhe, oder es wird euch schlecht ergehen."

Schlecht ergehen?, dachte Jamie. Wie denn? Sie sind doch sowieso nur noch Schädel und Knochen.

Frag lieber nicht, funkte Jasper stumm in seine Gedanken hinein.

Das Innere der Höhle wirkte viel größer, als es von außen den Anschein hatte. Sie mussten sich unter der niedrigen Tür hindurchducken, aber innen öffnete sich ein weiter Raum mit hohen, geschnitzten Säulen. Wie versteinerte Baumstämme ragten sie in dem kalten, dunklen Felsengewölbe auf. Lange, silbrige Eiszapfen hingen von der Decke herunter. Als Kilak zu reden begann, hallte ihre Stimme von den Wänden wider, und es war, als sei sie ebenfalls größer geworden.

„Willkommen in meinem Heim."

Jamie schaute sie an, starr vor Schreck. Seine Mutter hatte ihm eingeschärft, dass man sich bedanken musste, wenn man in ein fremdes Haus eingeladen wurde. Aber irgendwie schien ihm das in diesem Fall nicht angebracht. Außerdem hatte er sowieso nicht die Absicht, lange hierzubleiben. Er erstickte fast hier drinnen, als ob das Gewicht der ganzen Welt auf der Höhle lastete. Einen Augenblick rang er verzweifelt nach Luft, aber es war nur die Panik, die ihm die Kehle zuschnürte.

Jamie atmete tief durch und blickte sich um. Aber wo immer er hinsah, traf sein Blick auf etwas, was ihm noch mehr Angst einjagte, bis er vor Grauen hechelte wie ein Hund. An den Wänden hing eine Sammlung von seltsamen Waffen: Messer und Äxte, Speere, Harpunen und andere Dinge, für die Jamie keinen Namen hatte. Auch Schwerter waren vertreten und Knüppel und kleine Kurzbogen, Schleudern und stachlige Stöcke. Und alles hatte dieselbe elfenbeinweiße Farbe und war mit winzigen, kunstvollen Mustern verziert. Auch Fischskelette zierten die Wände, riesengroße und winzig kleine. Kahl und bleich schwammen sie durch ein unsichtbares Meer. Dazwischen hingen Schädel jeglicher Art an langen braunen Schnüren und drehten sich langsam in der stickigen Luft. Und am anderen Ende der Höhle, direkt gegenüber, entdeckte Jamie über einem prasselnden Feuer einen bauchigen Eisenkessel.

Ein Feuer mit grünen Flammen …

Diese alte Krähe ist nie im Leben eine echte Schamanin, meldete sich Jasper in Jamies Kopf zu Wort, *lass dir bloß nichts weismachen. Zu meiner Zeit nannte man so was eine Hexe. Und glaub mir, ich hab Erfahrung mit Hexen.*

Jamie hatte genau dasselbe gedacht, wollte es aber nicht zugeben, weil es ihm nur noch mehr Angst machte.

„Also, was ist jetzt mit unserem Geschäft?", stieß er hervor. Je schneller sie aus dieser Horrorhöhle hinauskamen, desto besser.

Kilak streifte ihre Kapuze ab, und darunter kamen lange graue Haarzotteln zum Vorschein, die zu hundert dünnen Zöpfchen geflochten waren. Und in jedem dieser Zöpfchen steckten hundert dünne Knöchelchen. Die Hexe funkelte Jamie an.

„Geschäft? Ach so, ja. Unser kleiner Handel. Aber erst musst du mir erzählen, warum du den Seelenstein haben willst."

„Den Seelenstein?"

„Meinen schönen Smaragd.“ Kilaks Hand glitt über den schimmernden blaugrünen Stein, der in dem Schädel an ihrem Gehstock steckte. Der Schädel ließ drohend den Kiefer aufeinanderkrachen und knurrte leise.

Jasper grub seine Krallen so fest in Jamies Schulter, dass dieser vor Schmerz aufschrie.

„Was ist los, Gehörnter? Ein großer Held wie du wird sich doch nicht vor einem toten Bären fürchten?“ Die Hexe fuchtelte mit dem Schädel vor seiner Nase herum, und der Bär grinste schauerlich.

Jamie wich schnell zurück. „Ich bin kein Held“, sagte er. Und das war nicht gelogen: Noch nie hatte er sich weniger als Held gefühlt wie in diesem Augenblick. „Ich bin nur gekommen, um diesen … diesen Seelenstein zu suchen und ihn seinem wahren Besitzer zurückzubringen.“ Es schien ihm die einzig richtige Antwort zu sein, obwohl er bezweifelte, dass der Stein tatsächlich Miss Lambent gehörte.

Kilak offenbar auch. „Der Stein gehört mir, und ich kann ihn dir auf keinen Fall geben“, verkündete sie und blinzelte ihn an. „Er birgt viel Magie, und es wäre gefährlich, wenn er in die falschen Hände geriete. Deshalb habe ich ihn meinem Freund hier gegeben, damit er ihn für mich bewacht.“

„Aber du hast doch gesagt …“

„Ach, unser Geschäft?“

Jamie nickte.

„Wo denkst du hin, Gehörnter? Das war etwas ganz anderes. Mein Angebot lautet: dein Leben gegen das deines Gefährten."

„Waaas?" Jamie traute seinen Ohren nicht.

„Ich habe vergessen, wie du ihn nennst. Sein seidiges Fell wird einen schönen Halskragen für mich abgeben. Und was noch viel wichtiger ist: Seine Seele wird mir Macht über eine weitere Art von Geschöpfen einräumen, Geschöpfe, denen ich nie begegnet bin. Es wird mir ungeahnte Kräfte verleihen. Wenn du mir diese Kreatur auslieferst, werde ich dich leben lassen. Jedenfalls fürs Erste."

„Ich ... ich ..." Jamie brachte vor Entsetzen kein Wort heraus. Wie konnte diese Hexe nur glauben, dass er ihr einfach den Kater geben würde, nur um seine eigene Haut zu retten? Er mochte Jasper nicht besonders, und er traute ihm auch nicht wirklich über den Weg, aber deshalb wollte er ihn noch lange nicht als Pelzkragen sehen.

Dann ging plötzlich alles ganz schnell. Die Schamanin streckte die Hand aus, um Jasper zu packen, und als Jamie zurückwich, stolperte er und stürzte auf den Boden. Jasper sprang von ihm ab, und die Schamanin stürzte zappelnd und um sich tretend auf Jamie. Der Stock fiel ihr aus der Hand, wirbelte ins Dunkel davon und krachte auf den Boden der Höhle.

„Mein Stab!"

Stöhnend richtete sich Kilak wieder auf. Dann murmelte sie etwas in einer Sprache, die Jamie nicht verstand, und hob beschwörend ihre Hände. Nach ein paar Sekunden flackerte eine kleine blaue Flamme in ihren Handflächen auf.

Während sie herumstolperte und nach ihrem Stock suchte, zischte Jasper: *Das ist unsere Chance – lass uns abhauen! Los, lauf zur Tür!*

Jamie zögerte einen Augenblick und vergeudete kostbare Zeit.

Jasper dagegen flitzte zum Eingang der Höhle und schlängelte sich geschmeidig wie ein Aal durch eine winzige Lücke, die er darunter entdeckte. Jamie stürzte hinter ihm her. Doch sosehr er auch an der Tür rüttelte, sie ging nicht auf, obwohl sie doch nur ein armseliger, mit Häuten bespannter Holzrahmen war.

„Ich komm nicht raus!", jammerte er.

Doch von der anderen Seite kam keine Antwort. Der Kater war fort.

Jamie starrte ungläubig auf die Tür. Ihn einfach so im Stich zu lassen – ein schöner Freund und Beschützer war das! Jetzt stand er ganz allein mit dieser bösen, Seelen stehlenden Hexe da.

Er holte tief Luft und drehte sich um, um seinem Schicksal ins Auge zu blicken.

Kapitel 19

Der Seelenstein

Wie aus dem Nichts tauchte die Schamanin vor ihm auf. „Oh nein, so leicht kommst du mir nicht davon!"

Sie hielt ihren Stab hoch in die Luft. Der Stein erglühte in einem strahlenden hellgrünen Licht und ließ alle Runzeln und Falten in ihrem verschrumpelten Gesicht hervortreten, sodass es wie eine Halloween-Maske aussah.

„Dein Freund mag mir entronnen sein, aber du nicht! Blicke in den Seelenstein und nenne mir deinen wahren Namen, Gehörnter, dann wirst du zu den Geistern eingehen, die mir bei meiner Magie helfen."

„Da kannst du lange warten!" Jamie wich zurück, bis er gegen die Tür stieß, die sich eisenhart in seinen Rücken bohrte.

Jamie Wave, Jamie Wave, Jamie Wave!, sang der Schädel vor sich hin.

Kilak legte den Kopf schief und lauschte angestrengt. „Zu dumm, dass die Stimmen der Toten immer so undeutlich sprechen."

Jamie hörte die Stimme ganz deutlich; warum also die Schamanin nicht? Sie hatte doch auch gehört, wie die

Schädel auf dem Weg zu ihrer Höhle auf ihn eingeredet hatten. Aber vielleicht hatte sie nicht genau verstanden, was sie gesagt hatten. Das war seine Chance.

Hallo, sagte er stumm zu dem Schädel. *Kannst du mich hören?*

Ich höre alles. Die Toten hören alles. Warum rufst du mich?

Ich brauche deine Hilfe. Die Schamanin will mich umbringen.

Der Schädel schnaubte verächtlich. *Na und? Sie hat schon so viele von uns getötet, was schert mich da einer mehr oder weniger?*

Jamie rief sich in Erinnerung, was Nanuk der Zerstörer zu ihm gesagt hatte: *Es ist eine Frage der Ehre. Das Gesetz des Lebens*, sagte er stumm zu dem Schädel.

Der Schädel überlegte eine Weile, dann erwiderte er: *Was kümmert einen Toten das Gesetz des Lebens?*

Darauf wusste Jamie auch keine Antwort. *Ich weiß nicht*, gab er zu. *Aber das hat mal jemand zu mir gesagt, und es hat mir gefallen.*

Das klingt mir nach Nanuk – der hat ständig solche Sachen gesagt.

Jamie erschauderte. *Bist du Siku?*

Einen Augenblick blieb es still. Dann: *Ja, ich bin Siku der Weiße, Cousin von Nanuk dem Zerstörer.* Er lachte, ein Geräusch, das wie Donnergrollen in Jamies Kopf hallte. *Nanuk der Tollpatsch hätte allerdings besser zu ihm gepasst. Einmal ist er in ein Robbenloch gepurzelt und …*

Nanuk ist mein Freund, unterbrach ihn Jamie, bevor Sikus Geist sich in eine lange Geschichte stürzen konnte. *Und er will bestimmt, dass du mir hilfst. Sag mir, was ich tun soll.*

Du musst aufpassen, dass sie dich nicht mit dem Seelenstein berührt. Wenn sie damit an deine Stirn kommt, verlierst du deine Seele.

Aber wie soll ich das verhindern? Kannst du sie nicht beißen?

Wieder ertönte das hohle Gelächter in Jamies Kopf. *Das wage ich nicht. Fordere sie heraus. Dem kann sie nicht widerstehen.*

Herausfordern? Aber wie?

Jamie hätte schwören können, dass er Sikus Geist seufzen hörte.

Nun, das ist allein deine Sache, Jamie Wave.

Die Schamanin war jetzt so nahe, dass sie nur noch ihre Hand nach ihm auszustrecken brauchte. Er musste sie unbedingt aufhalten.

Aber wie sollte er eine verrückte alte Hexe herausfordern, die ihm seine Seele stehlen wollte? Witze erzählen war seine einzige Stärke, und er konnte sich nicht vorstellen, dass ihr die Witze gefallen würden, die ihm spontan durch den Kopf schossen. (Woran erkennt man eine freundliche Hexe? An den Fliegen zwischen den Zähnen, wenn sie vom Besen steigt.) Vielleicht konnte er sie auf eine andere Art herausfordern …

Aha, ein Rätsel, seufzte der Schädel. *Auf Rätsel sind die Inuit ganz wild. Wir hören sie immer, wenn sie abends am Feuer sitzen und sich ihren Unfug ausdenken. Kilak findet allerdings immer die Lösung.*

Das klang nicht sehr vielversprechend. Aber was hatte er schon zu verlieren?

Deine Seele?, flüsterte Sikus Geist.

Daran wollte Jamie jetzt nicht denken. Den Tuareg-Häuptling hatte er mit seinen Rätseln besiegt – warum also nicht die Schamanin? Er holte tief Luft und sagte: „Wenn du wirklich so eine große Schamanin bist, Kilak, dann musst du auch die Rätsel des Universums lösen können."

Die alte Frau beäugte ihn neugierig. „Ja, gewiss doch. Ich rede mit den Geistern, die mir viele Geheimnisse verraten. Das ist eine Gabe, die nur wenigen, sehr starken Seelen gewährt wird. Und ich konnte großes Wissen dadurch gewinnen."

„Dann sag mir, wer das ist: Sie haben weder Federn noch Fleisch noch Knochen. Und doch haben sie Finger und Daumen."

Kilak kräuselte die Lippen. „Ist das ein Trick? Willst du mich überlisten?"

Jamie schüttelte den Kopf. „Ich will nur deine Klugheit testen", antwortete er. „Ich kann doch nicht einfach meine Seele jemandem geben, der zu dumm ist, um die einfachsten Rätsel zu lösen."

Die Schamanin wälzte die Frage in ihrem Kopf herum. „Finger und Daumen, wie? Nun, das schließt den Tintenfisch und den Aal aus, obwohl Aale Knochen haben. Daumen ... Nicht einmal Bären haben Daumen ..."

Jamie grinste vor sich hin. Es war ein ganz einfaches Rätsel, wenn man die Lösung kannte. Es stammte aus einem alten Kinderreim, den seine Mutter ihm früher immer vorgesagt hatte, wenn sie ihn im Winter warm für den Schulweg eingepackt hatte.

Die Schamanin stampfte jetzt wütend durch die Höhle, und im Herumgehen verblasste das Licht des Seelensteins. „Fische können es auch nicht sein – die haben Schuppen. Bei Vogelfüßen zeigt eine Kralle nach hinten, die könnte man vielleicht als Daumen ansehen. Aber gibt es denn federlose Vögel?" Sie schnalzte mit der Zunge. „Kein Fleisch? Das ist schwer. Könnte eins von meinen Skeletten sein, aber die sind ganz aus Knochen ..."

Sie hakte die verschiedenen Möglichkeiten an ihren Fingern ab. Dann drehte sie sich um, ein irres Grinsen in ihrem verschrumpelten Gesicht. „Haha! Ich hab's! Handschuhe!" Und sie wackelte triumphierend mit ihren Fingern, die in einem silbrig schimmernden Lederhandschuh steckten. „Ha! Kein Fleisch, keine Knochen, keine Schuppen. Ausgezeichnet! Stell mir noch ein Rätsel!"

Jamie war enttäuscht, dass sie das Rätsel so schnell

gelöst hatte, aber wenigstens war sie fürs Erste von ihren bösen Absichten abgelenkt. Er musste sich schnell was Schwierigeres einfallen lassen. Suchend blickte er in der Höhle umher. Aber da war nichts, was ihn auf eine Idee brachte. Er musste irgendwie Zeit gewinnen.

„Im Stehen kann ich nicht so gut nachdenken", log er. „Ich muss bequem sitzen. Und außerdem ist mir kalt."

Kilak starrte ihn eine Weile durchdringend an. „Ich weiß, was du vorhast", sagte sie und zuckte die Schultern. „Aber das wird letzten Endes auch nichts ändern. Also bitte, warum nicht?"

Sie führte ihn zu einem Stuhl in der Nähe des gespenstischen grünen Feuers und legte ihm einen warmen Pelz um die Schultern. „So, und nun stell mir noch ein Rätsel."

Jamie hatte inzwischen etwas entdeckt, was ihn auf ein Rätsel brachte:

„Glitzernd und funkelnd
schieße ich herab,
ein schimmernder Speer,
ein nie rostender Stab.
Was bin ich?"

Die Schamanin verzerrte vor Anstrengung das Gesicht, sodass man kaum noch ihre Gesichtszüge unter all den Runzeln entdecken konnte. Sie zupfte an ihrer Nase und den Lippen, schlug den Stock auf den Boden und mümmelte mit den zahnlosen Kiefern. Das Licht im Seelenstein schimmerte jetzt nur noch ganz schwach.

„Funkelnder Speer, funkelnder Speer …" Sie starrte die Wände an. „Ha! Das Horn eines Narwals!"

Jamie runzelte die Stirn. „Was ist ein Narwal?"

„Dummer Junge! Das ist ein großes Meeresgeschöpf mit einem Horn wie ein Speer als Nase." Und sie zeigte auf ein langes, spiralförmiges Elfenbeinhorn, das an einer der dunklen Höhlenwände hing. Es erinnerte Jamie an die Einhörner, die er aus alten Märchenbüchern kannte. „Das hier wird nie rosten. Und wenn ich es poliere, blitzt es. Und wenn ein Narwal taucht, schießt das Horn nach unten." Sie stemmte triumphierend ihre Hände in die Hüften. „Da hast du die Lösung!"

Jamie schüttelte den Kopf. „Das ist nicht die Lösung. Ich wusste doch gar nichts von diesen Nahwalen, oder wie die heißen. Versuch es noch mal."

Gute zehn Minuten lief Kilak in der Höhle herum und murmelte vor sich hin, während Jamie sich nach einer Fluchtmöglichkeit umblickte. Vielleicht gab es ganz hinten in der Höhle einen Ausgang? Allerdings war es dort stockfinster, nicht der kleinste Lichtschimmer war zu sehen. Selbst wenn es also einen Weg nach draußen gab, war es eher unwahrscheinlich, dass er ihn finden würde. Außerdem fürchtete er sich vor dem, was in der undurchdringlichen Schwärze auf ihn lauerte. Um sich herum sah er nichts anderes als Knochen und magische Gegenstände, da hinten war das bestimmt nicht anders. Und die Schädel, die an ihren Schnüren von der Decke baumelten, schienen ihn misstrauisch anzustarren.

Schließlich stampfte die Schamanin mit dem Fuß auf. „Ich weiß es nicht. Sag mir die Lösung!"

„Lässt du mich dann gehen?"

„Nein!"

„Und was machst du, wenn ich es dir nicht sage?"

„Dann stehle ich dir deine Seele, bevor du auch nur den Mund aufmachen kannst."

„Oh." Jamie blieb keine Wahl. „Es ist ein Eiszapfen", sagte er und ließ den Kopf hängen.

Kilak schnaubte. „Das ist kein gutes Rätsel. Stell mir noch eins, aber diesmal ein besseres, wenn dir dein Leben lieb ist!"

Eine große schwarze Welle der Verzweiflung überrollte Jamie. Was jetzt? Ihm fiel kein neues Rätsel ein, geschweige denn ein gutes.

Jamie Wave …

Die Stimme war leise, kaum mehr als ein Wispern. Jamie riss den Kopf hoch und starrte wild um sich. War Jasper zurückgekommen?

Hier oben.

Was war das dort oben in der Dunkelheit? Ein Vogel oder eine Fledermaus? Angestrengt spähte Jamie hinauf. Einer der Schädel, die an der Decke hingen, baumelte stärker als die anderen, und jetzt redete er wieder, obwohl die bleichen Kiefer sich nicht bewegten.

Ich war auch einmal ein Junge, so wie du, sagte der Schädel. *Ein Wikingerjunge aus einem Dorf in Island. Mein Vater hat uns hergebracht, um hier zu siedeln, aber die Skrälinge haben uns überfallen und uns alle getötet. Doch kein Wikinger hat jemals einen solchen Helm getragen wie du.*

Weiter oben in dem düsteren Gewölbe ertönte ein leises Lachen. *Natürlich nicht! In solchen Hörnern würde sich jedes Schwert verfangen, und du würdest deinen Helm sofort verlieren. Das wäre eine Katastrophe in der Schlacht! Wir lachen über dich, seit du hier reingekommen bist.*

Erik Wackelzahn hatte einen Helm mit Hörnern.

Erik Wackelzahn war ein Narr!

War ich nicht!

Warst du doch!

Schon gut, war nur ein Scherz. Also, was meint ihr, sollen wir dem Jungen helfen oder nicht?

Helfen? Warum? Ich finde, wir könnten hier oben ein bisschen neue Gesellschaft gebrauchen. Endlich mal wieder ein neuer, unverbrauchter Kopf unter euch vertrottelten alten Langweilern!

Hör nicht auf ihn, Junge! Pass auf, ich habe ein wunderbares altes Rätsel für dich:

Des Morgens erscheine ich,
um dir zu Füßen zu liegen,
den Tag über folge ich dir,
läufst du auch noch so schnell.
Doch sterbe ich fast
in der Mittagssonne.
Was bin ich?

Jamie dachte lange nach. Dann gab er zu: *Ich habe keine Ahnung.*

Ah, aber wir kennen die Lösung. Frag nur die alte Frau! Das lenkt sie eine Weile ab.

Jamie wiederholte also das Rätsel, das ihm der Wikingerkopf eingeflüstert hatte, und Kilak vergrub ihren Kopf in den Händen und knirschte mit den Kiefern, bis das Licht des Seelensteins nahezu erlosch.

Was wohl die Lösung sein mochte?, fragte sich Jamie. Ein Hund oder eine Katze? Obwohl er noch nie gehört hatte, dass die Mittagssonne diesen Tieren etwas ausmachte …

Gibt es hier vielleicht irgendwo einen Fluchtweg?, fragte er die Köpfe, während die Schamanin weiter über dem Rätsel brütete.

Hohles Gelächter erfüllte die Luft. *Glaubst du, wir wären noch hier, wenn es einen Fluchtweg gäbe?*

Das half ihm auch nicht weiter.

Jetzt ergriff der Schädel auf Kilaks Stock wieder das

Wort. *Wie kommt es eigentlich, dass du meinen Cousin Nanuk kennst, Jamie Wave?*

Daraufhin erzählte Jamie dem Geist von Siku dem Weißen, wie er auf der Eisscholle gestrandet und mitten im Eismeer getrieben war. Und was er mit Nanuk dem Zerstörer ausgehandelt hatte, um seine eigene Haut und die des Katers Jasper zu retten. Er entschuldigte sich wegen der Hose, die er trug, aber der Bär schien nichts Unwürdiges daran zu finden.

Und was habt ihr ausgehandelt?, fragte Siku stattdessen.

Ich habe versprochen, dass ich ihn zu den Männern führen würde, die dich getötet haben.

Die Luft in der Höhle erbebte, als der Schädel den Kiefer aufklappte und lautlos lachte. *Nun, Jamie Wave, wenn das so ist, wird es dir leider nicht möglich sein, dein Versprechen zu erfüllen.*

Und warum nicht?

Warum? Weil mich kein Mann getötet hat, sondern eine Frau.

Eine Frau? Wie konnte eine Frau ein so mächtiges Geschöpf wie Siku töten? Jamie hätte gewettet, dass es mindestens zwölf starke Jäger brauchte, um einen Eisbären von dieser Größe zu fangen und zu töten. Im nächsten Moment dämmerte ihm die Wahrheit. *Du meinst, Kilak hat dich getötet?*

Die Hexe hat mir meine Seele gestohlen mit dem ver-

fluchten Stein. Er war an einem Stock aus Walknochen befestigt. Ich habe den Stock im Todeskampf zerbrochen, und zur Strafe dafür hat sie nun meinen armen Schädel auf einen neuen Stock gesetzt.

Jamie dachte eine Weile darüber nach. Es war schrecklich, dass der Seelenstein so viel Macht besaß! Einen Augenblick fragte er sich, warum Miss Lambent ihn unbedingt haben wollte. Was wollte sie damit anfangen? Ihn ausprobieren? Und wenn ja, an wem? Dieser Gedanke war fast noch schrecklicher, und Jamie war beinahe froh, als Kilak plötzlich losgackerte.

„Ah ha ha ha ha ha! Ich kenne die Lösung des Rätsels, Gehörnter!"

Ach du Schreck, das Rätsel hatte er ja ganz vergessen! Und er wusste noch nicht einmal die Lösung.

„Es ist dein Schatten!", rief sie. „Er ist die ganze Zeit unter deinen Füßen, er folgt dir, egal wie schnell du gehst, er ist lang, wird länger, wenn die Sonne am Himmel emporsteigt, und verschwindet fast, wenn sie direkt über deinem Kopf steht."

Das war klug. Jamie wäre wahrscheinlich selbst nie darauf gekommen, aber er wusste sofort, dass es die richtige Lösung war.

Kilak führte einen kleinen Siegestanz auf und knallte dabei den Stock auf den Boden. Ihre dünnen Zöpfchen hüpften und schlingerten bei jedem Schritt wie ein Knäuel Schlangen und Aale, die sich unablässig ringelten und wanden. Und das Licht im Seelenstein leuchtete immer heller.

Endlich hielt Kilak inne und rang keuchend nach Luft. „Ah, ich bin die klügste Frau auf der ganzen Welt, das wusste ich ja schon immer. Danke für die gute Unterhaltung, Gehörnter. Doch jetzt habe ich genug von deinen Rätseln – es wird Zeit, dass ich dir deine Seele stehle!" Sie rief seltsame Beschwörungsformeln in das Gewölbe hinauf, und die geschnitzten Knochen an den Wänden erglühten in einem gespenstischen grünen Licht, während der Seelenstein sein zerstörerisches inneres Feuer entfachte.

Langsam ging Kilak auf Jamie zu, bis er das kalte grüne Licht in seinem Gesicht spürte.

Zum ersten Mal in seinem Leben fiel Jamie kein einziger Witz ein. Er konnte nur daran denken, dass er die Aufgabe nicht erfüllt hatte, die ihm gestellt worden war, und jetzt musste er sterben. Sein Kopf würde an einer Schnur in Kilaks Höhle enden, so wie die anderen Knochenschädel, die in alle Ewigkeit hier feststeckten und sinnlos aufeinander einplapperten.

Er würde weder seine Mum noch Cadence noch Jinny jemals wiedersehen, und er würde nie nach Bramstock zurückkommen. In diesem Augenblick vermisste er sie alle so schrecklich, dass ihm das Herz wehtat. Und er vermisste auch seinen Dad. *Wenn* jemand mit Kilak fertig geworden wäre, dann sein Dad, das wusste er. Ja, er vermisste sogar Miss Lambent, den Maskenladen und den Verräter Jasper, der ihn mit der bösen Hexe allein gelassen hatte. Es war vorbei. Jamie verlor alle Hoffnung. Er schloss die Augen und wartete darauf, dass der Stein ihm seine Seele raubte.

Kapitel 20

Nanuk der Zerstörer

Genau in diesem Moment gab es draußen einen großen Tumult.

Kilak stieß Jamie grob von der Tür weg. „Weg da, geh aus dem Weg! Diesen unverschämten Störenfrieden werde ich eine Lektion erteilen!"

Jamie stürzte der Länge nach ins Dunkel. Als er sich wieder aufrappelte, sah er durch die offene Tür – und traute seinen Augen nicht. Draußen standen mindestens zehn Eisbären, angeführt von Nanuks riesiger Gestalt. Aber die größte Überraschung war für Jamie das kleine schwarze Geschöpf, das sich in Nanuks dicken weißen Halspelz krallte.

Es war Jasper, der Kater.

„Wir sind gekommen, um dich zu retten, Jamie Wave", schrie Jasper. „Ich bin gerannt und gerannt, bis ich den großen weißen Bären gefunden habe – bist du da, Jamie? Lebst du noch? Sind wir noch rechtzeitig gekommen?"

„Ja!", rief Jamie. „Ich bin da und am Leben!"

„Ihr kommt gerade recht, um eurem Freund Gesellschaft zu leisten", feixte die Schamanin. „Aber wenn ihr ihn haben wollt, müsst ihr in meine Höhle eintreten und dem Stein erlauben, dass er euch alle der Reihe nach begrüßt."

Höhnisch schwenkte sie ihren Stab vor ihnen. „Nur ein Küsschen auf die Stirn, das ist alles."

Nanuq stellte sich auf die Hinterbeine, und Jasper fiel laut jaulend zu Boden. „Geh aus dem Weg, alte Frau, oder ich beiße dir den Kopf ab!", brüllte der Bär.

Kilak lachte. „Sieh an, wie mutig du auf einmal bist mit deinen ganzen Freunden im Schlepptau. Willst du ihnen nicht erzählen, wie du das letzte Mal vor mir und meinem Stab Reißaus genommen hast? Du bist gerannt wie ein Schneehase!" Und wieder stimmte sie die Worte an, die den Seelenstein aufleuchten ließen.

Nanuks Fell sträubte sich. Er plumpste mit den Vorderpfoten auf den Boden zurück, sodass der ganze Fels erbebte. Ein Schwall von Eissplittern prasselte in die Höhle herunter. „Ich fürchte mich nicht vor dir, alte Frau, sondern vor deiner unnatürlichen Magie! Aber eines sollst du wissen: Wenn du mich tötest, wird Aput vortreten, und wenn du ihn niedermachst, wird Imak kommen, und wenn Imak fällt, werden Mala und Arn ihren Platz einnehmen. Du kannst uns nicht alle töten."

Tapfer gesprochen, Cousin!

Nanuk blickte sich erschrocken um. „Ich habe eine Stimme gehört, ein Flüstern nur, aber es klang wie die Stimme meines Cousins Siku."

Der bin ich, wenn auch nur noch als Knochen, sagte der Geist von Siku. Und dann klapperte der Schädel auf Kilaks Stock mit dem Kiefer, dass es in der ganzen Höhle widerhallte.

Jamie schauderte, und Nanuk legte die Ohren an. Sein Nackenfell sträubte sich wie bei einem wütenden Hund. „Da kratzt etwas innen in meinem Kopf, aber ich kann die Worte nicht verstehen."

„Der Schädel auf dem Stock dort, das ist alles, was von Siku noch übrig ist", rief Jamie Wave. „Er spricht mit dir, aber anscheinend hört ihn niemand außer mir. Ich habe versprochen, dich zu den Männern zu führen, die deinen Cousin getötet haben. Aber es war kein Mann, der seine Seele gestohlen hat. Es war die alte Frau, Kilak, mit dem bösen Stein, der auf Sikus Stirn funkelt. Es ist ein Seelenstein, und Kilak hat damit nicht nur deinem Cousin die Seele gestohlen, sondern auch allen anderen Geschöpfen, deren Knochen ihr Haus und ihr Anwesen zieren!"

Die Bären knurrten, als sie das hörten. Sie alle hatten die unzähligen Schädel und Skelette gesehen, die den Weg zur Höhle der Schamanin säumten. Und das grüne Licht, das aus dem Stein strömte, ließ die Schädel an der Decke und den Höhlenwänden aufflackern. Doch die Tür war nicht breit genug, dass die Bären hereinstürmen konnten, und die Schamanin zu schlau, um sich hinauslocken zu lassen.

Schließlich trat Nanuk vor. „Du kannst dein Versprechen als erfüllt betrachten, kleiner Inuk, denn jetzt werde ich meinen armen Cousin rächen." Und schon brach der Eisbär durch die Tür und stürzte sich auf die Schamanin.

Kilak bewegte sich erstaunlich flink für ihr Alter. Sie stieß den Stab in die Luft wie eine angreifende Schlange, um Nanuk mit dem grünen Stein zu berühren und ihm seine Seele zu stehlen. Aber im letzten Moment klappte der Schädel seinen Kiefer weit auseinander und blockierte dadurch den Angriff mit dem Seelenstein.

„Ha! Jetzt weiß ich sicher, dass du es bist, Cousin", brüllte Nanuk. „Waren wir nicht ein tolles Team, als wir noch zusammen die Karibus jagten und die schönen fetten Robben?"

Wieder schwenkte die Schamanin ihren Stab, und wieder wehrte der Schädel den Angriff ab.

Kilak wich einen Schritt zurück, griff nach oben und packte einen der Schädel, die am Dach baumelten. Sie riss den Lederriemen ab, an dem er befestigt war, und schleuderte den Schädel auf Nanuk. Heulend sauste der Schädel durch die Luft und prallte gegen das Bein des Eisbären, bevor er auf den steinharten Boden knallte.

Währenddessen wickelte Kilak blitzschnell den Riemen um Sikus Kiefer und zurrte ihn fest. „So, du wirst mir nicht mehr dazwischenfunken und meine Geheimnisse verraten", schimpfte sie. Dann ging sie auf Nanuk zu.

Der Seelenstein flammte hell wie ein Stern.

Jasper!

Jamie Wave schickte einen stummen Verzweiflungsschrei in die Luft.

Ja?, antwortete der Kater leise und zögernd.

Auf drei rennst du zwischen den Beinen der Hexe hindurch, und dann stoße ich sie um. Wir müssen Nanuk retten! Bist du bereit? Eins, zwei, drei …

Los!

Auf, Jamie Wave!

Mögen die Götter dir Schnelligkeit geben!

Von den guten Wünschen der gestohlenen Seelen beflügelt, sauste Jamie über den Höhlenboden. Er flog geradezu. Und im selben Moment, als Jasper zwischen den Beinen der alten Hexe hindurchhuschte, stieß Jamie sie mit aller Kraft um. Kilak stolperte und stürzte auf den Boden, der Stab schoss davon. Immer wieder drehte er sich in der Luft, bald mit der Spitze nach oben, bald nach unten, bis er zu schweben schien und dann kerzengerade wie ein Speer heruntersauste. Der Seelenstein zeigte jetzt direkt auf Nanuks hochgereckte Nase.

Jamie war nie besonders sportlich gewesen. Wenn sie in der Schule Fußball spielten, stellten sie ihn ins Tor, damit er aus dem Weg war – obwohl er nie einen Schuss hielt. Basketbälle schlüpften ihm durch die Finger, als wären sie mit Butter eingefettet. Und das einzige Mal, als er beim Kricket mitmachen musste, hatte er jeden Wurf versiebt.

Doch jetzt stand das Leben seines Freundes Nanuk auf dem Spiel. Ohne zu zögern, hechtete Jamie in die Luft, höher, als er je gesprungen war, und griff nach dem Stock. Mitten im Sprung fiel ihm der Wikingerhelm vom Kopf, und einen Augenblick stieg Panik in ihm auf. Würde er ohne Maske je wieder nach Hause kommen oder musste er nun für alle Zeiten an diesem Ort des Grauens bleiben? Aber Jamie durfte jetzt nicht an sich selbst denken. Er spannte seine Muskeln bis zum Zerreißen an. Dann streckte er die Finger, so weit er konnte, bis sie ihm fast von der Hand abbrachen. Mit einer Fingerspitze streifte er den Stock, bekam ihn jedoch nicht zu fassen.

Aber er hatte ihn aus der Bahn gebracht. Der Stab drehte sich ein paarmal um die eigene Achse und purzelte auf den Boden, wo er zwischen dem Eisbären und der Schamanin landete, die der Länge nach auf dem Rücken lag. Was dann geschah, konnte hinterher niemand so genau sagen. Der Seelenstein feuerte gleißend helle, grüne Blitze durch die Höhle, sodass Jamie geblendet die Augen schloss. Ein markerschütternder Schrei ertönte, dann versank alles in tiefster Schwärze und Totenstille.

Jamie blinzelte heftig. Eine Zeit lang sah er gar nichts, außer dem silbrig grünen Nachbild des Lichts, das hinter seinen Lidern flackerte.

Nach einer Weile streifte etwas Warmes und Pelziges seine Hand.

„Aaaah!"

Ich bin's doch nur, sagte Jasper leicht gekränkt.

„Tut mir leid. Was ist passiert?"

Ich glaube, die alte Hexe wird keine Zauberflüche mehr aussprechen.

Allmählich verblassten die Nachbilder, und trotzdem konnte Jamie kaum etwas in der Höhle erkennen. Das grüne Feuer war ausgegangen, und die Eisbären drängten sich vor der Tür und spähten hinein, sodass fast kein Tageslicht durchsickerte. Aber als Jamies Augen sich an die Dunkelheit gewöhnt hatten, konnte er die reglose Gestalt der Schamanin ausmachen: Sie lag auf dem Rücken, den Stab quer über der Brust und den Kopf gegen den Schädel von Siku dem Weißen gepresst.

Ein gewaltiges Grollen erfüllte die Höhle – ein Erdbeben? Dann begriff Jamie, was es war: Die Eisbären lachten. Warum lachten sie? Das erschien ihm ziemlich makaber unter diesen Umständen.

Er spähte angestrengt in die Finsternis. War Kilak wirklich tot? Sie rührte sich nicht, und ihre Augen sahen irgendwie komisch aus. Er ging näher heran und zuckte zurück: Die Pupillen der Hexe waren so weit nach hinten verdreht, dass nur das Weiße sichtbar war. Es war ein grässlicher Anblick, als seien ihre Augen durch hart gekochte Eier ersetzt worden.

Jamie schauderte. Er hatte noch nie einen Toten gesehen und fand es gar nicht witzig.

Endlich trat wieder Stille ein, und Nanuk wandte sich

an Jamie: „Verzeih unser ungebührliches Gelächter, Jamie Wave. Uns wurde heute Gerechtigkeit zuteil, eine lang ersehnte Gerechtigkeit, und das hat die Anspannung gelöst, unter der wir alle standen. Seit Jahr und Tag gelobe ich, Siku zu rächen, aber er wollte sich wohl lieber von einem kleinen Wikingerjungen helfen lassen als von seinem berühmten Cousin, Nanuk dem Zerstörer."

„Der Junge hat dir das Leben gerettet!"

„Er ist ein Held!"

„Ich bin kein Wikinger", sagte Jamie leise. „Und auch kein Held. Ich bin nur ein ganz normaler Junge aus Bramstock. Und ich will so schnell wie möglich zurück. Ich will nicht noch mehr solche Abenteuer erleben."

Der Tod der alten Frau war ihm an die Nieren gegangen. Er wollte nur noch nach Hause zu seiner Mum und seiner Schwester und mit Jinny Briggs Witze austauschen.

Aber du bist wirklich ein Held, Jamie Wave, sagte der Kater zu ihm. *Hör doch.*

Jamie runzelte die Stirn. Er lauschte, hörte aber nichts. *Ich weiß nicht, was du meinst. Was soll ich hören?*

Hörst du nicht die Stimmen der Toten?

Jamie lauschte noch angestrengter und hörte trotzdem nichts.

Du hast sie befreit. Jetzt, wo die Schamanin tot ist, die ihre Seelen gestohlen hat, haben sie endlich ihren Frieden gefunden. Du hast den Fluch des Seelensteins gebrochen.

Und jetzt können wir ihn unbesorgt nach Bramstock zurückbringen.

Jamie fiel ein Stein vom Herzen. *Wirklich? Aber wie soll ich ohne die Maske zurückkommen?*

Jasper schubste etwas mit seinen Pfoten vor Jamies Füße hin. *Sie ist ein bisschen verbeult, aber sie wird dich trotzdem nach Hause bringen. Nimm jetzt den Stein aus dem Schädel, und dann hauen wir ab.*

Und tatsächlich, als Jamie hinunterblickte, lag der Wikingerhelm zwischen den Pfoten der Katze, mit Staub und Spinnweben bedeckt, aber noch ganz.

Jamie setzte ihn auf. Er seufzte vor Erleichterung. Dann nahm er mit zitternden Fingern Sikus Schädel. Die Kiefer waren reglos und starr, als sei nicht der leiseste Hauch seines Wesens zurückgeblieben. Auch der Seelenstein lag still und stumpf da; alle Magie schien aus ihm gewichen.

Ist es nicht gefährlich, ihn anzufassen? Jamie hatte immer noch Angst, dass ihm der Stein seine Seele stehlen könnte.

Da kam Jasper herüber und legte mutig seine Pfote auf den tödlichen Stein. Nichts passierte, und schnell zog er die Pfote wieder zurück. *Er tut dir nichts,* versicherte er.

Widerstrebend griff Jamie nach dem Seelenstein. Sein Herz klopfte bis zum Hals, aber das Ding blieb tot und matt, und seine Seele gehörte immer noch ihm. Er schloss die Finger um den Stein und zog ihn behutsam aus dem

Schädel von Nanuks totem Cousin. Bleischwer lag der Stein in seiner Hand. Jamie verdrängte schnell den Gedanken, wie viele Seelen er schon gestohlen hatte und vielleicht noch immer gefangen hielt.

Können wir jetzt gehen?, fragte er Jasper.

Ja, lass uns nach Hause gehen.

Nanuk trug die beiden durch das Dorf, und die ganze Eisbärensippe folgte ihnen in einer feierlichen Prozession. Wo immer sie vorüberkamen, starrten die Leute sie an, angstvoll und ehrfürchtig, und niemand wagte, die Hand gegen sie zu erheben. Selbst die Schlittenhunde verstummten, sobald sie sich näherten. Unterwürfig kniffen sie die Schwänze ein, und ihre seltsamen hellen Augen blickten verstört und unsicher. Auf der Jagd hatten sie hin und wieder ein paar Bärenjunge oder einen einzelnen verwundeten Bären gerissen, aber noch nie hatten sie sieben große Eisbären auf einmal gesehen, die wie Könige durch ihr Revier zogen. Das war keine Geschichte, die sie an ihre Welpen weitergeben würden – es war eine große Schande.

Unten am Fjord, wo das kalte schwarze Wasser gegen den Strand schwappte, nahmen die Bären Abschied. Sie verneigten sich der Reihe nach vor Jamie und dem Kater. Dann ging jeder seiner Wege, bis nur noch Nanuk, Jamie und Jasper auf dem Kiesstrand zurückblieben. Jasper spähte zu den Eisschollen und Eisbergen hinaus, die auf dem schwarzen Meer schwammen. Er blickte zur Sonne, die rötlich am Horizont schwebte, dann wieder auf die Eisschollen, als ob er etwas im Kopf ausrechnete.

„Da drüben", sagte er endlich und zeigte auf einen Eisberg, der wie ein weißer Eispalast aussah.

Nanuk schwamm hinüber und setzte sie an dem eisigen Hang ab. „Werde ich dich jemals wiedersehen, Jamie Wave?"

Jamie schüttelte den Kopf, sodass der Wikingerhelm verrutschte und die Augenschlitze halb über seinem Ohr saßen. Vielleicht war bei dem Sturz etwas zerbrochen? Jamie rückte die Maske wieder zurecht. Hoffentlich funktionierte sie noch, wenn sie durch das Portal zurückkehrten. „Ich glaube nicht, Nanuk."

„Dann musst du gehen und tun, wofür du geboren bist – dein Zuhause retten."

Jamie starrte ihn verdutzt an. Was hatte Jasper dem Eisbären erzählt? Er wusste nicht, was er sagen sollte. „Ähm, danke ... vielen Dank."

„Nein, ich habe dir zu danken, im Namen meiner ganzen Sippe", erwiderte Nanuk feierlich und neigte den Kopf. Nach einer Weile fügte er hinzu: „Und im Namen meines armen Cousins Siku." Vielsagend starrte er auf Jamies untere Hälfte.

Jamie folgte seinem Blick. „Ach so, ja ... äh ... tut mir leid. Warte einen Moment."

Er kämpfte sich aus der weißen Fellhose und erschrak,

als er sah, dass er darunter nichts anhatte außer einem weichen Ledertuch, das um seine Hüften geschlungen war. Er fror erbärmlich und kam sich wie ein Idiot vor, als er Nanuk das Bärenfell reichte.

Nanuk nahm es behutsam ins Maul und murmelte etwas von einem Robbenloch, das Sikus Lieblingsplatz gewesen war. Dann neigte der Eisbär den Kopf vor Jamie und dem Kater und glitt ins eisige Wasser zurück.

Jamie schluckte. Seine Kehle war wie zugeschnürt, denn er hatte Nanuk in der kurzen Zeit lieb gewonnen. Ein Junge weint nicht, hatte sein Dad ihm eingeschärft, und obwohl Jamie wusste, dass das nicht stimmte, hätte er es irgendwie als Versagen empfunden, wenn er in Tränen ausgebrochen wäre. Und dann würde sein Dad vielleicht nie wiederkommen, weil er sich für ihn schämte. Also schluckte er den Kloß in seiner Kehle hinunter und schaute Nanuk dem Zerstörer nach, bis er nur noch ein kleiner weißer Punkt auf dem großen schwarzen Meer war.

Jasper schlotterte am ganzen Leib. *Nichts wie weg hier, ehe wir noch erfrieren,* sagte er.

Er führte Jamie um den Berg herum zu einer Stelle, die wie eine Fata Morgana in der eisigen Luft schimmerte. „Bereit?"

Jamie zitterte nicht nur vor Kälte, sondern auch vor Angst, aber im letzten Moment, bevor sie durch das Portal gingen, schoss ihm ein Witz durch den Kopf.

„Wie nennt man eine Katze, die in einem Iglu wohnt?“

Jasper zuckte kurz mit den Schnurrhaaren. „Keine Ahnung.“

„Ein Eskimiau.“

Brüllend vor Lachen traten sie ins Leere.

Kapitel 21

Jinny

Die Welt drehte sich so schnell, dass die Wikingermaske auf Jamies Kopf zu rattern anfing. Obwohl ihm übel davon wurde, war Jamie klar, dass er die Maske unter keinen Umständen loslassen durfte, sonst würde er nie wieder nach Hause kommen.

Die ganze Zeit über klammerte sich Jasper an seiner Brust fest. Jamie spürte die scharfen Krallen, die sich durch seine Kleidung bohrten, aber diesmal machte es ihm nichts aus. Während ihres letzten Abenteuers hatte sich etwas zwischen ihnen verändert. Jamie hatte sich im Stich gelassen gefühlt, als Jasper aus der Höhle der Schamanin geflüchtet war. Aber in Wahrheit war der Kater dem riesigen Eisbären gefolgt und hatte ihn dazu gebracht, mit seiner ganzen Sippe zurückzukommen, um Jamie zu retten. Das war sehr mutig von ihm gewesen: Ein ausgewachsener Eisbär wie Nanuk konnte eine kleine Katze wie Jasper mit einem Happs verschlingen.

Und trotzdem: So ganz geheuer war der Kater Jamie noch immer nicht. Er hatte so eine gruselige Art, immer dann aufzutauchen, wenn man am wenigsten darauf gefasst war. So wie damals vor Mrs Briggs' Auto. Oder hing das vielleicht mit dem Versprechen zusammen, das Jamie ihm gegeben hatte? Ach ja, das Versprechen …

Gerade als ihm siedend heiß dieser Gedanke kam, purzelte er durch das Portal und landete unsanft auf dem Hintern. War er wieder im Maskenladen? Er hatte keine Ahnung; um ihn herum war es stockdunkel. Jamie grauste. Dunkel war schlecht. Im Dunkeln lauerten Monster. Monster und andere entsetzliche Geschöpfe. Denk jetzt nicht an so was, befahl er sich streng. Steh auf und mach, dass du nach Hause kommst.

Vergiss dein Versprechen nicht.

Jamie rappelte sich auf, löste Jasper behutsam von seiner Kleidung und setzte ihn auf den Boden.

Ich hab's nicht vergessen.

Frag sie! Frag sie, wo meine Familie ist. Frag sie, bevor du ihr den Stein gibst!

Jamie nahm die Wikingermaske ab und tastete nach einem Ausgang. Er berührte etwas Hartes, Kaltes, Glattes – der Spiegel? Und dann eine Tür. Er öffnete sie, aber es kam immer noch kein Licht.

Vorsichtig tastete sich Jamie weiter und gelangte auf einen Flur. Er kam in einen größeren Raum, aber auch hier war es stockfinster. Wo war er? Und vor allem, in welcher Zeit?

Während er sich allmählich an die Dunkelheit gewöhnte, nahm er Hunderte von Augen wahr, die auf ihn herunterstarrten. Unzählige Augen, die im Mondlicht glitzerten. Unzählige … Gesichter!

Sein Herz raste. Er hatte solche Angst, dass es eine Weile dauerte, bis er merkte, dass er im Maskenladen war. Er wollte gerade aufatmen, als sich eine Maske bewegte …

Jamie schrie auf, und im selben Moment legte sich eine Hand auf seinen Mund und erstickte den Schrei.

„Psst – keinen Lärm."

„Miss Lambent!"

„Sprich leise! Wo warst du denn, um Himmels willen? Ich warte seit Stunden auf dich!" Blitzschnell packte sie den schwarzen Kater und schüttelte ihn heftig. „Was hab ich dir gesagt? Nie im Dunkeln!"

„Wir hatten keine Wahl", keuchte Jasper, der hilflos mit den Beinen zappelte. „Entweder im Dunkeln oder gar nicht!"

Miss Lambent setzte den Kater auf die Theke und funkelte ihn böse an. „Mit dir rechne ich später ab. Und wehe, du haust ab!" Dann wandte sie sich an Jamie. „Gib mir den Stein!"

Das Versprechen! Denk an das Versprechen!

Jamies Magen krampfte sich zusammen. Er wühlte in seiner Tasche und zog den Seelenstein aus dem restlichen Krimskrams hervor. Der Stein lag stumpf und leblos in seiner Hand wie ein Stück ausgebrannte Kohle, und alle Magie schien aus ihm gewichen zu sein.

Miss Lambents Augen wurden groß und rund und funkelten vor Gier. „Aaah", seufzte sie. „Da ist er endlich! Der Seelenstein. Gib ihn mir."

Jamie wich einen Schritt zurück. „Ich … h-hab erst noch eine F-Frage", stotterte er.

Ihre Augen verengten sich, und Jamie lief es eiskalt über den Rücken.

„Es ist wegen … wegen J-Jaspers …"

Er kam nicht mehr dazu, seinen Satz zu vollenden. Miss Lambent packte ihn blitzschnell am Handgelenk, und ihr Griff war wie ein Schraubstock. „Gib das her", herrschte sie ihn an und riss ihm den Seelenstein einfach aus der Hand.

Kaum hatten sich ihre Finger um den Stein geschlossen, begann er zu glühen. Grünes Licht erstrahlte und schimmerte durch die Ritzen zwischen ihren Fingern. Jamie konnte sogar ihre Fingerknochen sehen, die sich schattenhaft unter der Haut abzeichneten, so grell war das Licht.

Unverhohlener Triumph war Miss Lambent ins Gesicht geschrieben, aber das war nicht das Schlimmste: Unter der Maske, die sie trug, traten ihre Schädelknochen hervor und die Falten und Runzeln ihrer Haut.

Plötzlich hatte Jamie Todesangst, obwohl er nicht genau wusste, warum. Ob sie den Stein an ihm ausprobieren würde? Ob der Seelenstein nun die wahre Miss Lambent in all ihrer Schrecklichkeit enthüllen würde und nicht nur die alte Frau, als die sie sich ihm bereits gezeigt hatte?

Jamie vergaß Jasper und sein Versprechen. Zitternd ließ er die verbeulte Maske auf den Boden fallen und wich zur Tür zurück.

„Ich gehe jetzt", wisperte er voll Grausen, aber Miss Lambent schien ihn nicht zu hören, so gebannt war sie von dem Stein.

Die Tür schwang auf, sobald er sie berührte, als hätte sie es eilig, ihn loszuwerden. Im nächsten Moment stand Jamie draußen in den kalten, verlassenen Straßen des nächtlichen Bramstock.

Jamie war noch nie nachts allein draußen gewesen. Einmal hatte er mit seinem Dad in den Hügeln gezeltet. Sie hatten ein Lagerfeuer gemacht und die ganzen Sternbilder am Himmel betrachtet. In dieser Nacht hatte er sich überhaupt nicht gefürchtet, nicht einmal, als eine große Schleiereule lautlos über ihre Köpfe hinweggeglitten war, das Gesicht und die Bauchfedern so weiß wie ein Geist.

Doch jetzt war niemand bei ihm und in der May Street war es stockdunkel. Keine einzige Straßenlampe brannte, und der Mond hatte sich hinter den Wolken versteckt. Es war so unheimlich. Jamie spürte Blicke in seinem Rücken, Blicke von Wesen, die ihn von den Dächern aus beobachteten, die hinter Giebeln und Schornsteinen lauerten oder in den Gullis unter den verrosteten Autowracks.

Anfangs ging Jamie langsam die Straße hinauf, blickte von einer Seite zur anderen und drehte sich immer wieder um, für den Fall, dass ihm jemand – oder etwas – folgte. Aber da war nichts.

Endlich, als er die Anspannung nicht länger ertragen konnte, fing er an zu rennen, und seine Schritte hallten laut auf dem feuchten Pflaster wider. Jetzt wusste die ganze Stadt, wo er war, aber zumindest war er in Bewegung und kein so leichtes Ziel mehr.

Keuchend rannte er um die Ecke und bog in die High Street ein. Hier verbreiteten die Neonlampen ihr fahles Zombielicht, und Jamie wurde langsamer. Er kam an der alten Spielhalle vorbei, an dem Billigladen, in dem alles nur ein Pfund kostete, an der Schusterwerkstatt und an den vielen kleinen Ramschläden, die draußen vor dem Einkaufszentrum lagen.

Erst als er zum Pizzapalast kam, fiel ihm die Verabredung mit Jinny und ihrer Familie wieder ein. Halb sechs. Wie lange sie wohl auf ihn gewartet hatten? Und was dachten sie jetzt von ihm, dass er einfach nicht aufgetaucht war? Jamie spürte, wie ihm die Röte ins Gesicht stieg.

Während er an einer guten Ausrede bastelte, mit der er sich bei Jinny am Montag in der Schule entschuldigen konnte, machte plötzlich ein Auto neben ihm halt. Ein Kopf schaute zum Fenster heraus. „Jamie, Jamie – bist du das?“

Es war Mrs Briggs.

Im nächsten Moment flog die Autotür auf. Jinnys Mutter taumelte heraus. Sie sah schrecklich aus – völlig aufgelöst und halb wahnsinnig vor Angst.

„Hast du Jinny gesehen?"

„Nein! Nein, wieso?" Jamie starrte sie erschreckt an. „Ist sie denn nicht bei Ihnen?" Es war eine ziemlich idiotische Frage, und er hätte sich am liebsten auf die Zunge gebissen.

Mrs Briggs' Augen glühten gespenstisch im Licht der Straßenlampen. „Sie ist losgegangen, um dich zu suchen, als du nicht zum Pizzapalast gekommen bist."

Jamie ließ den Kopf hängen. Das war schrecklich, einfach schrecklich. „Ich hab sie nirgends gesehen", murmelte er. Wie hätte Jinny auch wissen sollen, wo er hingegangen war? Er hatte ihr nichts von dem Maskenladen gesagt.

„Ich war schon bei der Polizei, aber die haben mich nur abgewimmelt. In Bramstock verschwinden ständig Leute, haben sie gesagt, und entweder tauchen sie wieder auf oder eben nicht. Aber ich weiß doch, dass Jinny niemals weglaufen würde – dazu ist sie viel zu vernünftig." Tränen schossen Mrs Biggs in die Augen und liefen über ihre Wangen.

Jamies Herz klopfte schneller. Das war alles zu viel für ihn, zu viel für einen Tag. Und es durfte einfach nicht sein, dass Erwachsene weinten. Kinder weinten, und die

Erwachsenen trösteten sie dann und brachten alles wieder in Ordnung. Wenn sie das nicht mehr schafften, war die Welt endgültig kaputt. Und Jinny war wirklich verschwunden.

„Es tut mir so leid, Mrs Briggs. Ich wollte ja zum Pizzapalast kommen, aber ich wurde … äh … aufgehalten …"

Jinnys Mum hörte gar nicht hin, sondern warf ihm ein zerknülltes Papier zu. „Das hat sie auf dem Tisch liegen lassen, als sie dir nachgegangen ist."

Es war Miss Lambents Visitenkarte. Jamie erinnerte sich jetzt, wie er in seinen Taschen gewühlt und einen Kaugummi für Jinny hervorgekramt hatte. Dabei musste sie auf den Boden gefallen sein.

„Ich war bei der Adresse, die auf der Karte steht", sagte Mrs Briggs. „Aber ich hab gleich gemerkt, dass das nicht stimmen kann. In der ganzen May Street gibt es doch nur zugesperrte Läden und verrostete Autos, sonst nichts. Keine Menschenseele war unterwegs. In dem Haus war alles dunkel, und ich kann mir nicht vorstellen, dass der Laden in den letzten hundert Jahren aufhatte, so schmutzig und verstaubt sind die Fenster. Ich hab an die Tür geklopft und gewartet, aber es kam niemand. Und ich stand da wie ein Idiot – ich meine, warum sollte meine Tochter in einem verlassenen Laden sein? Also bin ich zurück ins Einkaufszentrum. Ich habe sie sogar ausrufen lassen, aber sie ist nicht aufgetaucht. Zum Schluss bin ich nach Hause gefahren, falls wir uns verpasst hatten und sie allein zurückgegangen war. Aber dort war sie auch nicht …"

Schluchzend sank Mrs Briggs wieder auf den Fahrersitz und vergrub ihr Gesicht in den Händen. „Was geht denn nur vor in Bramstock? Hier stimmt doch was nicht. Die Leute können doch nicht einfach spurlos verschwinden!"

Jamie hatte schreckliche Schuldgefühle, und zwar an drei Fronten gleichzeitig. Erstens hatte er die Katze schon wieder im Stich gelassen. Zweitens hätte er längst zu Hause sein müssen – auch seine Mum stand wahrscheinlich gerade Todesängste aus. Und drittens – und das war das Allerschlimmste: Jinny war seinetwegen verschwunden. Es war seine Aufgabe, das wieder in Ordnung zu bringen.

Er wusste nicht, was er zu Mrs Briggs sagen sollte, also sagte er gar nichts. Er drehte sich einfach um und lief weg, so schnell er konnte, denselben Weg zurück, den er gekommen war. Er raste die High Street hinauf, dass seine Turnschuhe nur so aufs Pflaster klatschten, an dem Billigladen vorbei, an der Schusterwerkstatt, am Schlüsseldienst und dem Uraltkino. Er lief, bis ihm jeder Muskel wehtat und seine Lunge brannte. Er lief und lief, bis er das obere Ende der May Street erreichte. Dort blieb er stehen.

Es war noch immer stockdunkel. Dunkel und unheimlich. Alles in Jamie sträubte sich dagegen, in den Maskenladen zurückzugehen, zu Miss Lambent und ihrem gruseligen Seelenstein. Aber er musste es tun, Jinny zuliebe. Er wusste einfach, dass sie dort war und nach ihm suchte.

Vielleicht hatte Miss Lambent sie hereingezerrt und hielt sie gefangen? Oder sie hatte Jinny eine Maske aufgesetzt und sie auf irgendeine schreckliche Reise geschickt, sodass sie für immer in einer anderen Zeit und an einem anderen Ort feststeckte?

Jinny konnte ja nicht wissen, wer Miss Lambent in Wirklichkeit war, und würde einfach tun, was sie ihr sagte. Schließlich war sie ihre Lehrerin, und Jinny war immer eine brave Schülerin gewesen.

Jamie unterdrückte seine Angst und ging entschlossen auf den Maskenladen zu. Er drehte am Türknauf, doch die Tür bewegte sich nicht. Er rüttelte mit aller Kraft daran, und als auch das nichts nützte, hämmerte er mit den Fäusten gegen das Holz. Keine Antwort.

Da strich etwas um seine Beine. Fast hätte er geschrien, doch als er nach unten schaute, saß der schwarze Kater zu seinen Füßen.

„Jasper, Jasper, es tut mir so leid."

Die Katze stieß ein unverständliches Miauen aus, und Jamie fiel ein, dass sie sich ja nur in Gegenwart der magischen Masken verständigen konnten.

„Meine Freundin Jinny ist jetzt auch verschwunden.

Hast du sie vielleicht gesehen? Ist sie im Laden? Hat Miss Lambent sie geschnappt?"

Jasper starrte beschwörend in das Schaufenster des Maskenladens, dann blickte er wieder zu Jamie auf.

„Was? Was willst du mir sagen? Ist sie da drin?"

Der Kater maunzte und lief zur Ladentür.

„Sie ist da drin, stimmt's?" Jamie rüttelte wieder an der Tür, die aber keinen Zentimeter nachgab. Er spähte durch das staubige Glas, ohne etwas zu erkennen. Drinnen rührte sich nichts. Wo war Miss Lambent?

Es gab nur eine Lösung. Jamie lief zu einem Schutthaufen zwischen zwei verrosteten Autowracks, nahm einen Backstein hoch und schleuderte ihn durch das Glasfenster der Tür.

Noch nie in seinem Leben hatte er so etwas gemacht, jedenfalls nicht absichtlich. Einmal hatte er aus Versehen einen Fußball durch ein Fenster geschossen. Aber er war nicht so wie die Chaoten in seinem Viertel, die Buswartehäuschen und Telefonzellen zertrümmerten und überhaupt alles kurz und klein schlugen, was ihnen in die Quere kam. Zerstören war nicht Jamies Sache; er brachte die Dinge lieber wieder in Ordnung.

Das splitternde Glas machte einen Höllenlärm, und obwohl der Maskenladen so abgelegen war, wartete Jamie nur darauf, dass Polizeisirenen aufheulten.

Aber alles blieb still, und auch drinnen rührte sich nichts. Mit klopfendem Herzen streckte Jamie seine

Hand durch das Loch in der Tür, um an das Schloss heranzukommen. Erst jetzt fiel ihm wieder ein, dass innen ja gar kein Griff war. Er verfluchte sich für seine Dummheit, doch da ging die Tür wie von Zauberhand langsam auf.

Kapitel 22

Geschöpfe der Nacht

Miss Lambent war nirgends zu sehen.

Jamie rief nach Jinny, aber es kam keine Antwort. Er rannte an den Masken vorbei in das Spiegelzimmer im hinteren Teil des Ladens, aber auch dort war niemand. Er tastete die Wand im Flur ab, fand jedoch nichts als Staub und Spinnweben – offenbar gab es keine weiteren Räume in dem Haus.

Schließlich kehrte er in den Laden zurück und stand ratlos unter den Masken, die stumm auf ihn herunterstarrten. Wo konnte Jinny nur sein?

„Sie ist nicht da. Deine Freundin." Der schwarze Kater starrte ihn unverwandt an. „Aber sie war hier. Ich kann sie riechen. Ein Mädchen, jung. Sie muss schon eine Weile weg gewesen sein, als wir aus Grönland zurückgekommen sind."

„Woher weißt du das?"

„Weil ich ihren Handabdruck außen an der Tür gerochen habe, aber nicht an der Innenseite."

„Das versteh ich nicht."

„Sie ist nicht durch die Tür rausgegangen ..."

„Du meinst, sie ist durch den Spiegel gegangen?"

„Scheint so."

Dann musste Jinny eine Maske aufgesetzt haben. Aber welche? Jamie starrte auf die Masken in den Regalen. Es waren Hunderte – wie sollte er jemals herausfinden, welche sie genommen hatte?

Die Elvis-Presley-Maske und Margaret Thatcher gluckten immer noch beisammen. Daneben thronten Micky Maus und Ronaldinho, dann Harry Potter, Osama bin Laden, Tom und Jerry und Zinédine Zidane, Hannibal Lecter und Madonna, Superman und Batman, Spiderman und Wolverine; Bart Simpson, Mohammed Ali und David Beckham – oder war es Brad Pitt?

Dort drüben waren die ethnischen Masken aus aller Welt – die indischen und afrikanischen, die Maori- und Aztekenmasken, der Pharao und der Indianerhäuptling mit seinem prunkvollen Federbusch. Und hier die Wikingermaske, die Miss Lambent an ihren Platz zurückgestellt hatte.

Neben dem Kopf des Elefantengottes entdeckte Jamie eine Lücke, genau dort, wo er zuerst die Frankensteinmaske, dann William Shakespeare und Darth Vader herausgeholt hatte. Da lagen Feuerwehrmänner und Cowboys, Gorillas und Dinosaurier, die Zauberermaske mit dem hohen Hut, die griechische Kriegermaske, dann wieder eine Lücke zwischen einer schrillen Karnevalsmaske, einem gruseligen Monster und dem Grünen Mann.

Es war alles genauso, wie er es in Erinnerung hatte. Aber selbst wenn er herausfand, welche Maske Jinny genommen hatte, wie sollte er ihr dann folgen? Er würde genau dieselbe Maske brauchen, um zu ihr zu gelangen – an einen Ort in einer fernen Zeit am Ende der Welt. Arme Jinny. Jetzt war sie ganz auf sich allein gestellt.

Enttäuscht ließ er die Schultern hängen. „Ich habe sie verloren", sagte er kläglich. „Sie ist fort, und ich habe keine Ahnung, wo sie ist, und ich bin schuld daran. Wenn sie mich nicht gesucht hätte, wäre das alles nicht passiert. Aber warum? Warum macht Miss Lambent so was?" Es ergab keinen Sinn. Es sei denn, sie wollte noch mehr Steine haben und traute Jamie nicht zu, dass er sie allein holen konnte.

„Miss Lambent ist nicht, was du glaubst", orakelte der Kater.

„Was soll das heißen?"

„Sie ist sehr alt."

Das wusste Jamie bereits. Er konnte sich nur zu gut an die Runzeln und Falten unter der glatten Latexmaske erinnern, die aus einer verhutzelten alten Frau die schöne Miss Lambent machte.

„Wie alt genau? Siebzig Jahre? Achtzig?"

„Vierhundert Jahre auf jeden Fall. Und vor mir hatte sie andere Diener, also wer weiß?"

„Vierhundert Jahre?", wiederholte Jamie fassungslos. „Das gibt's doch gar nicht. Kein Mensch lebt so lange."

„Nein, normale Menschen nicht. Aber Miss Lambent ist nicht normal."

„Was ist sie dann?"

„Eine Zauberin."

Jamie bekam eine Gänsehaut. *Magie. Wir haben es hier mit Magie zu tun, dem seltensten und kostbarsten Gut der Welt.* Das hatte Miss Lambent zu ihm gesagt, und jetzt spürte er sie überall um sich herum. Er fühlte sich wie eine Fliege, die in einem Spinnennetz zappelt und sich vergeblich zu befreien versucht. „Und du warst ihr …" Jamie suchte angestrengt nach dem richtigen Wort.

„Ihr Hexentier, ja."

„Aber Katzen leben doch auch keine vierhundert Jahre."

„Katzen haben sieben Leben, wie du weißt. Wir kommen und gehen, kommen und gehen, und tragen unser Wissen von einem Leben zum anderen weiter. Ich war mit meiner Frau drei Leben lang zusammen. Aber unseren Jungen ging es in keinem dieser Leben gut. Die Menschenwelt kann ein sehr grausamer Ort sein. Besonders, wenn solche Leute wie die Weiße Frau das Sagen haben."

Jamie wurde plötzlich alles zu viel. Er war doch nur ein kleiner Junge, der Witze und Rätsel sammelte. Lachen war für ihn immer noch die beste Art, die schlimmen Dinge im Leben von sich fernzuhalten. Mit seinen Witzen konnte er Typen wie Klappe den Wind aus den Segeln nehmen. Er konnte sich selbst ablenken, wenn er Angst vorm Dunkeln hatte, und er konnte seine Mum und Cadence damit aufmuntern. Wenn andere lachten, ging es Jamie auch gleich besser. Witze erzählen sei seine Art, Licht in die Welt zu bringen, hatte seine Mum zu ihm gesagt, die Dinge in Ordnung zu bringen. Aber das war lange her, als sie noch nicht so komisch gewesen war wie jetzt. Bevor alles so hoffnungslos schiefging. Anscheinend konnten Witze gegen übernatürliche Kräfte auch nichts ausrichten.

„Was machen wir jetzt bloß, Jasper?"

„Wir kommen morgen wieder her, und dann müssen wir irgendwie aus ihr herauskriegen, wo sie Jinny hingeschickt hat. Und wo sie meine Frau und meine Kinder versteckt hält."

„Warum ist sie denn jetzt nicht da?"

„Nachts wirst du sie hier nicht finden; sie fürchtet sich vor der Dunkelheit."

Das konnte Jamie gut verstehen, obwohl er nicht gewusst hatte, dass sich auch Erwachsene im Dunkeln fürchteten, geschweige denn eine Zauberin. „*Die* fürchtet sich? Warum?"

„Aus gutem Grund: Die Weiße Frau hat einen Feind, der über die Nacht herrscht."

„Aber du hast gesagt, sie ist eine Zauberin. Dann muss sie doch magische Kräfte haben?"

„Ihre Kräfte wirken nicht so gut im Dunkeln und seine nehmen bei Nacht zu."

„Wer ist dieser Feind? Und wo lebt er?"

Jaspers Fell sträubte sich. „Vergiss es", sagte er. „Es war falsch, dir von ihm zu erzählen. Und noch dazu in den dunklen Stunden. Das ist einfach zu gefährlich." Er lief zur Ladentür und spähte hinaus. „Du musst jetzt nach Hause gehen. Es ist nicht gut, dass du um diese Zeit noch unterwegs bist. Wenn er weiß, dass du im Dunkeln draußen bist, wird er dich in seine Macht bringen wollen."

Das klang beunruhigend, aber Jamie verdrängte es schnell. „Und was ist mit dir? Wohin gehst du?" Er dachte daran, wie brutal Miss Lambent mit dem schwarzen Kater umgegangen war, wie sie ihn geschüttelt und bedroht hatte.

Jasper sah ihn ratlos an. Auf diese Frage schien er nicht gefasst gewesen zu sein. „Ich weiß es nicht", sagte er schließlich.

„Du kannst mit mir nach Hause kommen", schlug Jamie spontan vor. Seine Mum mochte zwar keine Katzen, aber sie war bestimmt so froh, wenn er wieder heil zu Hause war, dass sie nicht schimpfen würde. Und Cadence? Cadence liebte alle Tiere. Vielleicht munterte der Kater sie sogar auf.

Die Tür öffnete sich, sobald er sie berührte. Kaum waren sie draußen, glitt sie wieder zu, und das zersplitterte Glas über dem Türgriff begann zu rauchen und zu verschwimmen. Jamie traute seinen Augen nicht: Als der Rauch sich verzogen hatte, war die Scheibe wieder ganz. Das neue Glas blitzte im Mondlicht. Der Laden schien sich auf wundersame Weise selbst geheilt und vor der Welt verschlossen zu haben, ein magischer Ort, der nichts mit dem restlichen Bramstock zu tun haben wollte.

Jasper miaute.

Jamie verstand sofort, was ihm der Kater sagen wollte: Nichts wie weg hier!

Sie liefen zusammen die May Street hinauf in Richtung Einkaufszentrum. Als sie an der Stelle vorbeikamen, wo Jamie Mrs Briggs getroffen hatte, krampfte sich sein Herz zusammen. Wahrscheinlich kurvte sie noch immer durch die Stadt, um Jinny zu suchen.

Morgen würde er alles tun, um Jinny zu ihrer Mutter zurückzubringen, das schwor er sich. Aber im Augenblick blieb ihm nichts anderes übrig, als nach Hause zu gehen und seine eigene Mutter zu beruhigen. Die war bestimmt schon ganz außer sich.

Es war ein weiter Weg vom Einkaufszentrum bis zu Jamies Viertel, aber es half nichts, er musste zu Fuß gehen. Er hatte nur noch fünfzig Pence, und die Busfahrt kostete ein Pfund. Aber es waren sowieso keine Busse unterwegs.

Überhaupt rührte sich nichts in der Stadt, jedenfalls nichts Menschliches. Zweimal begegneten sie anderen Katzen, die zischten und fauchten, als sie vorübergingen.

Jasper ignorierte sie und reckte nur die Nase in die Luft. Er trottete dicht hinter Jamie her, den Schwanz hoch aufgerichtet wie eine Flagge. Jamie spürte die Augen der Katzen im Rücken, bis sie um die nächste Ecke bogen.

Als sie am Spielplatz vorbeikamen, tauchte eine Hundemeute aus dem Dunkeln auf und kam knurrend auf sie zu. Das Mondlicht spiegelte sich in ihren Augen und ließ ihre Fänge aufblitzen. Geschöpfe der Nacht, die im Reich der Dunkelheit zu Hause waren.

Jamie erstarrte. Sein Dad hatte ihm eingeschärft: Zeig nie deine Angst, wenn ein Hund dich angreift, sonst beißt er dich. Aber das war leicht gesagt. Jamie hatte Angst, genau wie Jasper, der blitzschnell Reißaus nahm und ihn seinem Schicksal überließ. Typisch Katze, hätte er fast gedacht, doch gleich fiel ihm ein, wie Jasper ihn unter Lebensgefahr vor Kilak gerettet hatte. Er hatte den Kater schon beinahe ins Herz geschlossen und war jetzt enttäuscht, dass er ihn ihm Stich ließ. Aber wie hätte Jasper ihm schon helfen können? Er war doch nur eine kleine Katze.

Die Hunde näherten sich langsam, Schritt für Schritt. Es waren mindestens zehn oder zwölf, und zwei davon waren riesig – ein Schäferhund und ein Rottweiler –, der Rest dagegen nur Terrier, Collies und Promenadenmischungen. Schon einer allein hätte Jamie übel zurichten können, aber in der Meute würden sie ihn in Fetzen reißen. Ein grässlicher Tod.

Jamie blickte sich rasch um. Da war nichts, was er nach ihnen werfen, nichts, womit er sich verteidigen konnte. Es war schlimmer, als wenn er von Klappe und seiner Bande in die Ecke gedrängt wurde. Die brachten ihn wenigstens nicht um, und zumindest bei Klappe hatte er die Chance, sich mit einem Witz aus der Klemme zu ziehen. Bei dieser Hundemeute würde das wohl kaum funktionieren.

Auf der anderen Straßenseite parkten Autos. Wenn er dort irgendwie hinüberkäme, könnte er sich vielleicht auf ein Autodach retten. Er machte einen Schritt nach rechts, dann noch einen.

Die Hunde verständigten sich stumm untereinander. Jamie sah, wie sie ihre Aufstellung änderten: Die eine Flanke schwenkte herum und schnitt ihm den Weg zu den Autos ab, als hätten sie seine Gedanken erraten. Bald würden sie ihn eingekreist haben, und er war ihnen hilflos ausgeliefert. Jamies Beine kribbelten, als wollten sie auf eigene Faust losrennen. Nicht weglaufen, ermahnte er sich streng. Wenn du wegläufst, jagen sie hinter dir her und greifen an.

Das Blut pochte ihm in den Ohren, als schösse es in seinem Körper herum und suchte verzweifelt nach einem Ausweg. Hatte er sich etwa auf die Zunge gebissen? Er hatte einen bitteren Eisengeschmack im Mund. Der Geschmack rief etwas in ihm wach, etwas, was verloren gewesen war oder verborgen in ihm gelauert hatte.

Er spürte, wie es in ihm wuchs und gegen seine Rippen wummerte. Er spürte es in der Kehle und bis in die Zähne hinein. Eine ungeheure Kraft, die ihn zu überwältigen drohte, die er nicht steuern konnte. Er öffnete den Mund, und ein gewaltiges Brüllen zerriss die Stille der Nacht. Dumpf und grollend hallte es von den Bäumen und Häusern wider, schwoll immer weiter und weiter an, als sei eine ganze Tigermeute in der Stadt zu Besuch.

Die Hunde blieben wie angewurzelt stehen und blickten sich ängstlich um. Einer der kleineren, ein glatthaariger brauner Terrier, begann zu jaulen und zu winseln. Sein Schwanz fiel kleinlaut nach unten. Ein Collie bellte wütend und steigerte sich in ein irres Gekläff hinein. Die Hinterläufe des Rottweilers bebten, und plötzlich rannte er los und verschwand zwischen den Bäumen. Einer nach dem anderen folgte ihm, bis nur noch der Schäferhund übrig war, der Jamie unsicher anstarrte, die Ohren flach an den Schädel gelegt.

Wieder versuchte Jamie zu brüllen, aber als er diesmal den Mund aufmachte, kam nichts heraus.

Der Schäferhund legte den Kopf schief und blickte neugierig zu ihm hoch. Seine Ohren richteten sich auf, ein Zeichen, dass er wieder Mut fasste. Schließlich war er der Leitwolf, das Alphatier, und nicht dieser komische kleine Junge da. Er würde ihm schon zeigen, wer hier der Meister war.

Jamies Herz flatterte in seiner Brust wie ein gefangener Vogel. Er wollte gerade zu den Autos spurten, als etwas Bleiches, Geisterhaftes über ihn hinwegglitt. Es war eine Eule, eine Schleiereule: Ihr Gesicht war starr und undurchdringlich wie eine Maske. Die Eule flog über die Bäume, kehrte in weitem Bogen zurück und segelte dicht über Jamie und den Hund hinweg.

Dann riss sie den Schnabel auf und stieß ein paar dumpfe Schuhu-Rufe aus, ehe sie lautlos in der Nacht verschwand.

Wie auf Kommando hörte der Schäferhund zu knurren auf. Er schaute Jamie lange an, dann drehte er sich um und trottete zum Spielplatz zurück, wo sein Rudel auf ihn wartete.

Jamies Herz schlug wieder normal oder jedenfalls fast. Plötzlich zeichnete sich eine kleine, maunzende Gestalt auf einem Autodach ab. Jasper. Er sah aus, als platzte er fast vor Stolz. Seine bernsteingelben Augen blitzten triumphierend im Mondlicht, und sein Schwanz war hoch aufgerichtet. Geschmeidig sprang er auf die Straße und trottete zu Jamie herüber. Dann lief er weiter in die Richtung von Jamies Wohnblock, als wäre nichts geschehen.

Ob der Kater die Eule zu Hilfe gerufen hatte? Ein komischer Gedanke, aber er hatte ja auch die Eisbären geholt. Und es hatte wirklich so ausgesehen, als ob die Eule dem Hund befohlen hatte, Jamie in Ruhe zu lassen. Katzen, Hunde und Eulen waren alles Geschöpfe der Nacht. Vielleicht gab es eine Art Pakt zwischen ihnen?

Etwas, was kein menschliches Wesen jemals verstehen würde?

Jamie hatte keine Ahnung, was hier abgelaufen war, aber eins wurde ihm immer klarer: Die Welt war ganz und gar nicht so, wie er sie bis vor Kurzem noch gesehen hatte. Nein, sie war viel seltsamer und voller Geheimnisse, die er nicht verstand. Es war eine Welt, in der die Leute spurlos verschwanden, eine Welt, in der sich seine schöne junge Kunstlehrerin als vierhundert Jahre alte Hexe entpuppte, eine Welt, in der an allen Ecken und Enden Magie im Spiel war. War er der Einzige, der von diesen Dingen wusste? Oder gab es auch noch andere? Wenn ja, ließen sie es sich jedenfalls nicht anmerken.

Seufzend lief er hinter dem schwarzen Kater her, und zehn Minuten später war er zu Hause.

Kapitel 23
Cadence

Trotz der späten Stunde war die Wohnung hell erleuchtet. Jamie wollte mit dem Kater auf dem Arm in sein Zimmer schleichen, aber er fand seine Mutter auf dem Sofa vor. Sie starrte ins Leere und die Augen wirkten riesig in ihrem erschöpften Gesicht.

Sobald Jamie hereinkam, stürzte sie sich auf ihn und umarmte ihn so heftig, dass Jasper fast zerquetscht wurde. Der Kater flüchtete jaulend unter einen Stuhl.

Mrs Wave sah ihm einen Augenblick verwirrt nach. Dann drehte sie sich wieder zu Jamie um.

„Tut mir leid, Mum. Ich weiß, du magst keine Katzen, aber sie hat mir praktisch das Leben gerettet … Und da wollte ich ihr ein warmes Plätzchen für die Nacht anbieten. Ich wollte auch nicht, dass es so spät wird – es war … äh … irgendwie unvermeidlich." Er suchte verzweifelt nach einer glaubhaften Ausrede, aber ihm fiel nichts ein. Seine Mutter anzulügen, war eine Kunst, die er nie wirklich beherrscht hatte. Er wartete auf den Wutausbruch, der gleich kommen würde, aber sie sagte nichts, sondern saß nur stumm da.

„Was ist denn, Mum? Was ist los?", fragte er. Aber in Wahrheit wusste er bereits, was kommen würde.

„Es ist wegen Cadence. Sie ist fort", murmelte sie und reichte ihm einen zerknüllten Zettel.

Jamie strich ihn glatt. In Cadences ordentlicher, geneigter Schrift stand dort:

Tut mir leid, Mum, aber ich muss weg. Ich hatte gestern Nacht einen irren Traum und weiß jetzt, wo Dad ist. Deshalb muss ich los. Grüß den kleinen Pups von mir! (War nicht so gemeint, Jamie. Hab dich lieb, ehrlich.)

Cadence

„Sie war schon weg, als ich aufgewacht bin. Und du auch."

Jamie schwieg zerknirscht. Wo war Cadence nur hingegangen? Und wie konnte sie wissen, wo ihr Dad war, nur weil sie irgendetwas geträumt hatte? Der Tag war schon schlimm genug gewesen und jetzt waren auch noch Cadence und Jinny verschwunden. Brach langsam die ganze Welt zusammen?

Plötzlich miaute Jasper lauthals unter dem Stuhl. Es hörte sich sehr aufgeregt an, aber ohne die Masken konnte Jamie ihn nicht verstehen. Das musste also bis morgen warten.

Jamie umarmte seine schluchzende Mutter und spürte, wie ihre Schultern bebten. „Mach dir keine Sorgen, Mum.

Wir holen sie zurück. Das versprech ich dir. Geh jetzt ins Bett."

Wortlos stand seine Mutter auf und trottete wie eine Schlafwandlerin in ihr Zimmer. Jamie sah, wie sie ihre Hand auf den Türgriff legte, dann verschwand sie nach drinnen. Ein heller Lichtstreifen schimmerte unter der Tür durch. Eine halbe Minute war es dunkel.

Ein komisches Gefühl stieg in Jamie auf. So als sei er irgendwie zu seiner Mutter geworden und seine Mutter zum Kind. Die Welt war auf den Kopf gestellt. Alles war falsch. Aber hier herumzusitzen und zu grübeln war auch keine Lösung.

Morgen wollte er Miss Lambent zur Rede stellen. Und diesmal würde er nicht lockerlassen, bis sie ihm all seine Fragen beantwortet hatte. Sie wusste, wo Jinny war, und wahrscheinlich auch, wo Cadence sich aufhielt. Ständig machte sie Andeutungen, dass in Bramstock etwas nicht stimmte, und es wurde Zeit, dass sie Klartext redete. Schließlich erzählte sie ihm dauernd, dass er eine wichtige Rolle dabei spiele, Bramstock zu retten. Er hatte zwar Angst davor, die ganze Wahrheit zu erfahren, aber er brauchte endlich Gewissheit. So langsam glaubte er wirklich, dass er der Einzige in Bramstock war, der von diesen Dingen wusste.

Während er wartete, dass seine Mum einschlief, merkte er, dass er einen Bärenhunger hatte. Er ging in die Küche und holte das Toastbrot hervor. Im Kühlschrank stand nur noch ein halb leeres Glas Senf. Er strich sich ein bisschen auf den Toast und schlang ihn in großen Bissen hinunter, damit er nicht so viel schmeckte.

Jasper stellte sich auf die Hinterbeine, legte die Vorderpfoten auf den Küchentisch und schnüffelte interessiert an Jamies Teller.

„Magst du Senf?", fragte Jamie.

„Miauu!"

Jamie deutete das als Zustimmung. Er brach ein Stück von seinem Toast ab und schob es der Katze hin. Eine große rosa Zunge schoss hervor, und in Sekundenschnelle war die gelbe Paste von dem Brot verschwunden, während Jasper vor Wonne seine orangen Augen verdrehte. Dann schlang er den feuchten Toast hinunter und starrte Jamie erwartungsvoll an. Sein kleines Maul war gelb verschmiert.

„Für eine Katze bist du ein ganz schönes Ferkel", sagte Jamie und schob ihm den Rest hin. Die Begeisterung, mit der sich Jasper über das Brot hermachte, munterte ihn ein bisschen auf. Als wollte der Kater ihm sagen: Essen muss man trotzdem. Und morgen sieht die Welt schon wieder besser aus.

Kurz darauf rollte sich Jasper auf seinem Bett ein, was Jamie noch mehr tröstete. Die ganze Nacht waberten dunkle Träume um ihn herum und versuchten, sich in seinen Schlaf zu drängen, aber keiner schaffte es. Denn der Kater, vom Senf gestärkt, passte gut auf seinen Freund auf und wehrte alle Albträume ab. Jamie brauchte auch seinen Schlaf, um den Herausforderungen gewachsen zu sein, die auf ihn zukamen.

Am nächsten Morgen in aller Frühe schlüpfte Jamie in sein FC-Bramstock-T-Shirt und verließ mit Jasper die Wohnung. Sie marschierten und marschierten, und als sie endlich ins Stadtzentrum kamen, läuteten irgendwo Kirchenglocken und ein paar Autos brummten auf der Straße. Hoch über ihnen glitt ein Flugzeug an dem blassblauen Himmel dahin und hinterließ einen weißen Kondensstreifen, stumm und friedlich, als gebe es weit und breit nichts Böses auf der Welt.

„Los, komm", sagte Jamie zu dem Kater, obwohl seine Beine immer schwerer wurden. Er wusste: Sobald er die May Street betrat, würde er die vertraute Welt weit hinter sich lassen. Die normale Welt, in der Flugzeuge verkehrten und Autos auf der Umgehungsstraße vorbeidonnerten und Kirchenglocken läuteten.

Die Tür zum Maskenladen glitt auf, leise wie ein Wispern. Drinnen stand Miss Lambent mit verschränkten Armen, als hätte sie Jamie genau in diesem Moment erwartet. Ihre grünen Augen funkelten gierig.

„Ausgezeichnet!", rief sie. Und ehe Jamie sichs versah, schnellte sie vor, von einer unglaublichen Energie erfüllt, und schloss die Tür hinter ihnen.

Miss Lambent war kaum wiederzuerkennen: Sie leuchtete von innen heraus, als ob der Seelenstein in ihr glühte.

Der Gedanke ließ Jamie das Blut in den Adern stocken. Was, wenn sie ihn anfasste?

„Schnell, such dir eine Maske aus."

Jamie nahm seinen ganzen Mut zusammen, und trotzdem klopfte ihm das Herz bis zum Hals, als er antwortete: „Ich mache gar nichts, bevor Sie mir nicht sagen, was hier vorgeht."

Miss Lambent sah ihn an, ein bisschen traurig, als hätte er sie irgendwie enttäuscht. „Ich wusste, dass es früher oder später dazu kommen würde." Den Blick auf einen unbestimmten Punkt hinter Jamies Kopf gerichtet, fuhr sie fort: „Die Leute sind misstrauischer geworden. Sie haben nicht mehr so viel Vertrauen wie in der alten Zeit. Und sie fürchten sich weniger. Nichts als Fragen und Zweifel heutzutage, statt dass sie im Staub kriechen vor Angst und sich Arme und Beine ausreißen, um meine Wünsche zu erfüllen." Ihre Augen hefteten sich jetzt auf Jamie, hart und unerbittlich. „Hüte dich, mir in die Quere zu kommen. Das ist nicht gut. Frag deine kleine Freundin."

„Was haben Sie mit ihr gemacht?", schrie Jamie wütend. Sie stritt es also nicht einmal ab. „Haben Sie ihr etwas angetan? Wenn ja, dann ..."

„Ich?" Miss Lambent legte eine Hand an ihre Brust. „Der kleinen Jinny etwas antun? Natürlich nicht, sie ist doch meine Schülerin. Ich würde mich niemals an einem Schüler vergreifen – Lehrer und Schüler, das ist etwas ganz Besonderes, Jamie, ein Vertrauensverhältnis, das mir heilig ist." Aber ihre Augen funkelten verräterisch dabei.

„Und wo ist sie dann?"

„Nun, sagen wir mal, sie hat eine kleine ... Reise gemacht."

Jamies Augen wurden kugelrund. „Sie haben sie gezwungen, eine Maske aufzusetzen. Sie haben sie durch den Spiegel gestoßen!", brachte er hervor.

Miss Lambent lächelte ihn mit schmalen Augen an.

Wütend fuhr Jamie fort: „Ich hole Ihnen keine Steine mehr, wenn Sie Jinny nicht auf der Stelle heil zurückbringen!"

„Ach du liebe Güte. Ich fürchte, das kann ich nicht", erwiderte sie scheinheilig. „Jinny ist auf eine ziemlich weite Reise gegangen."

Es war alles viel schwieriger, als Jamie erwartet hatte. Der Kater begann, um seine Knöchel herumzustreichen. Er schien auf sich aufmerksam machen zu wollen. Hatte er ihm etwas mitzuteilen, was er vor Miss Lambent nicht sagen konnte?

„Oh, nein, untersteh dich! Glaubst du, ich merke nicht, was hier vorgeht?", zischte die Hexe und stürzte sich auf den Kater, der blitzschnell die Flucht ergriff. Er sprang auf die Theke und kauerte dort, die Ohren flach an den Kopf gelegt.

Jamie konnte praktisch Jaspers Herz unter seinem Fell hämmern sehen. Etwas an der Verletzlichkeit des zarten

Tierchens rief den Tiger in ihm wach, der er einmal gewesen war, und er drehte sich wütend zu Miss Lambent um. „Was haben Sie mit Jaspers Familie gemacht?", schrie er sie an.

Miss Lambent gab keine Antwort, sondern starrte nur den schwarzen Kater an, bis dieser zurückwich. „Wehe, du sagst auch nur ein einziges Wort, du nichtsnutzige kleine Ratte, dann wirst du es büßen, verlass dich drauf." Sie zischte dem Kater etwas zu, drei Worte nur, die vermutlich magisch waren, denn Jasper bäumte sich entsetzt auf und seine Hinterbeine zitterten.

Dann wandte sie sich an Jamie, ein falsches Lächeln im Gesicht. „Was immer er dir erzählt hat, es ist nicht wahr. Er ist ein hinterhältiger Lügner, der dauernd irgendwelche Schauermärchen erfindet – so war er schon immer."

„Schon immer … also vierhundert Jahre lang?"

Miss Lambents Augen wurden schmal. „Er scheint dir ja wirklich die tollsten Lügen aufgetischt zu haben. Was hat er denn sonst noch gesagt?"

„Dass Sie eine Hexe sind!", stieß Jamie hervor. Er wollte sie überrumpeln, damit sie ihm im Eifer des Gefechts verriet, wo Jinny war.

Aber Miss Lambent warf nur den Kopf zurück und lachte. Sie lachte und lachte, bis ihr die Tränen über die Wangen liefen. „Herrje, ist das alles? Ich dachte, das wüsstest du längst!" Jetzt lachte sie nicht mehr. Sie packte Jamie an der Schulter, und ihre Finger waren wie Eisen.

„Und jetzt hör mir gut zu, Jamie Wave. Vor dir liegt eine dritte Aufgabe, die letzte und größte von allen, und erst wenn du diese Aufgabe erfüllt hast, kannst du Jinny retten. Hast du mich verstanden?"

Jamie presste die Lippen zusammen und nickte. „Und was ist mit meiner Schwester? Was haben Sie mit Cadence gemacht?"

Miss Lambent sah ihn verwundert an. „Von deiner Schwester weiß ich nichts."

„Das glaub ich Ihnen nicht! Als ich gestern Nacht nach Hause gekommen bin, war sie verschwunden. Sie hat eine Nachricht hinterlassen, dass sie einen Traum hatte und jetzt meinen Vater suchen will."

„Was interessieren mich deine Schwester oder dein Vater? Und ich bin nicht im Traumgeschäft, Jamie. Dieser kleine Trick muss von jemand anderem stammen."

Nichts läuft hier nach Plan, dachte Jamie. So kam er nicht weiter.

Er probierte es noch einmal: „Sie haben mal gesagt, Bramstock braucht mich. Ich könnte etwas tun, um die Dinge in Ordnung zu bringen. Gemeinsam könnten wir Großes vollbringen, haben Sie gesagt. Und wenn ich schon diese dritte Aufgabe für Sie erfüllen soll, dann müssen Sie mir wenigstens verraten, warum. Ich habe Ihnen schon zwei magische Gegenstände gebracht: das Schwert des Tuareg-Häuptlings und den Seelenstein der Schamanin. Und ich habe gesehen, wie Sie die Magie aus diesen

Dingen gesaugt haben. Aber wozu? Ich will es wissen! Ich will verstehen, was das alles soll. Und ich will wissen, wo Jinny und Cadence und mein Dad sind! Sagen Sie es mir! Sie müssen es mir sagen! Dann geh ich auch."

Es war die längste Rede, die Jamie je in seinem Leben gehalten hatte und das ganz ohne Stottern. Am Ende hatte er fast geschrien. Seine Kehle fühlte sich rau und wund an, als hätte er mit Sand gegurgelt.

Miss Lambents Gesicht verdüsterte sich. „Ich habe keine Zeit für solche Mätzchen. Und deine kleine Freundin auch nicht. Nimm deine letzte Maske, Jamie, oder du wirst Jinny nie wiedersehen." Ohne ein weiteres Wort zog sie eine Maske vom Regal und drückte sie ihm auf den Kopf.

„Und vergiss deinen Begleiter nicht", fügte sie zuckersüß hinzu. Sofort huschte etwas Kleines, Schwarzes an ihr vorbei und verschwand im Dunkel des Hinterzimmers.

Jamie folgte dem Kater. „Okay, Jasper", sagte er widerstrebend. „Bringen wir es hinter uns."

Dann traten sie zusammen durch den Spiegel.

Kapitel 24

Der Herr des Himmelsees

Die Arme und Beine von sich gestreckt wie ein Seestern, purzelte Jamie kopfüber in die Tiefe. Im Fallen hielt er die Maske fest, die sich mit aller Gewalt von ihm trennen wollte. Er durfte sie nicht verlieren – das wäre wirklich das Letzte, was er sich jetzt leisten konnte. Kaum hatte er das gedacht, als ihm zu seinem Entsetzen einfiel, dass er nicht einmal wusste, welche Maske er aufhatte. Er hatte sie diesmal nicht selbst ausgesucht, sie war ihm einfach zugewiesen worden. Alles lief aus dem Ruder.

Ich könnte jeder sein, dachte er. Jeder Mensch, jedes Wesen. Und überall landen. Überall in der Weltgeschichte.

Kein beruhigender Gedanke. Und während er weiter abwärtstrudelte, fühlte er sich von allem abgeschnitten, was ihm vertraut war – wie ein formloses Atom, das durch Zeit und Raum fiel, für immer verloren. Er kam nicht dazu, sich länger Gedanken über dieses Gefühl zu machen, denn plötzlich schoss ihm der Boden entgegen. Mit voller Wucht landete er, dass ihm jeder Knochen im Leib wehtat. Die Maske rutschte ihm über die Augen.

Stöhnend rückte er sie wieder zurecht, und auf einmal flutete Licht herein, so hell, dass Jamie die Augen zukneifen musste.

Er blickte sich um. Der Ort hier entsprach überhaupt nicht seinen Erwartungen. Nach der glühenden Wüste und dem eisigen Nordmeer hatte er mit etwas noch viel Extremerem gerechnet, etwas Gefährlichem, Unheimlichem. Aber die Landschaft hier war einfach nur schön.

Er blickte auf einen weiten, stillen See hinaus, der silbrig blau unter einem blassen Himmel lag. Steile Waldhänge und schneebedeckte Gipfel spiegelten sich kopfüber in der glatten Wasserfläche, und in der Mitte segelten kleine weiße Wattewölkchen dahin.

„Willst du noch lange so herumstehen?", ertönte eine Stimme hinter ihm. Er fuhr herum, und da war Jasper, hoch oben in den Ästen einer Weide. Jamie wusste irgendwie, dass es eine Weide war, obwohl er keinen blassen Schimmer hatte, was eine Weide von anderen Bäumen unterschied. „Oder bist du vielleicht so nett und hilfst mir hier herunter?", maunzte der Kater.

Jamie stellte einen Fuß auf den Baumstamm und sah, dass er immer noch seine Nikes trug. Und seine Jeans. Und sogar sein FC-Bramstock-T-Shirt. Das war komisch. Bei seinen anderen Reisen hatte er immer die Kleidung gewechselt. Vielleicht lag es daran, dass Miss Lambent diesmal die Maske für ihn ausgewählt hatte. Aber komisch war es trotzdem.

Er setzte seinen linken Fuß auf einen Ast und kletterte immer weiter hinauf. Jasper war schon fast in Reichweite, als die Maske zwischen den Zweigen hängenblieb und ihm vom Gesicht zu rutschen drohte. Jamies Fuß glitt ab, und er rutschte noch mehr aus der Maske heraus. Im nächsten Moment landete etwas Schweres laut jaulend auf Jamies Kopf und er purzelte zusammen mit dem Kater auf den Boden.

Jamie setzte sich vorsichtig auf. Alles war schwarz. War er blind geworden? Aber nein, nur die Maske war verrückt, sodass die Augenlöcher und der Mund jetzt an seinem Hinterkopf saßen. Er drehte sie wieder zurück, und da saß der Kater vor ihm und grinste, als könne er kein Wässerchen trüben.

„Was sollte das denn?", fuhr Jamie ihn an.

„Sag lieber Danke."

„Wofür? Weil du mich fast umgebracht hast?"

„Wenn die Maske kaputtgeht, kommen wir nie nach Bramstock zurück."

Was vielleicht gar nicht so schlecht wäre, dachte Jamie. Ja, doch – ein neuer Anfang, keine Magie, keine Albträume, keine Masken; keine Miss Lambent und keine Schule … Aber dann schüttelte er den Kopf und verdrängte den Gedanken.

Der Kater betrachtete ihn mit schief gelegtem Kopf. „Du siehst vielleicht bescheuert aus."

„Na toll, vielen Dank. Wer bin ich eigentlich?"

Jasper lächelte verschmitzt. „Ah, die ewig gleiche Frage. Wer von uns vermag sie schon zu beantworten? Wer bin ich, und warum bin ich hier?"

Jamie verdrehte die Augen. „Ich bin Jamie Wave, und ich bin hier, um Jinny Briggs zu suchen."

„Bravo, Jamie", sagte Jasper leise. „Hoffentlich weißt du das auch noch, wenn es gefährlich wird."

„Schlimmer als jetzt kann es nicht mehr kommen."

„Die Welt ist voller Überraschungen."

„Tut mir leid, dass ich es wieder nicht geschafft habe, rauszufinden, wo deine Familie ist."

„Vielleicht klappt es ja beim dritten Versuch", sagte der Kater leise. Aber es klang nicht sehr zuversichtlich.

Jamie wechselte schnell das Thema. „Also gut", sagte er energisch. „Sagst du mir jetzt, welche Maske ich aufhabe, oder nicht?"

„Geh doch zum Wasser und schau selbst nach!"

Jamie drehte sich um und war wieder ganz überwältigt von der Schönheit der Landschaft. Der See war so still und blau und reglos wie die gemalten Muster auf dem alten chinesischen Teeservice seiner Mutter. Es fehlte nur noch die Pagode mit dem geschweiften Dach und das kleine Boot in der Mitte des Sees.

„Ganz richtig, wir sind in China", sagte der schwarze Kater, der offenbar Jamies Gedanken gelesen hatte.

Jamie drehte sich um und starrte ihn durchdringend an. „Mach das ja nicht wieder."

„Was?“, fragte Jasper unschuldig, mit Augen so groß wie Untertassen.

„Das weißt du genau“, sagte Jamie streng. „Und du brauchst dich gar nicht über mich lustig zu machen.“ Denn die Augen des Katers wurden immer größer. Sein Fell sträubte sich, bis Jasper aussah wie eine Punkerkatze, die sich das Fell vom Kopf bis zur Schwanzspitze mit Haargel aufgestylt hatte.

„Hör jetzt auf damit!“, rief Jamie.

Hinter ihm ertönte lautes Wasserschwappen.

Ganz, ganz langsam drehte Jamie sich um. Und was er sah, ließ ihm das Blut in den Adern gefrieren.

Denn dort, mitten auf dem See, der gerade noch so still und blank dagelegen hatte, tauchte ein Monster auf, wie Jamie es noch nie gesehen hatte – weder im wirklichen Leben noch in Büchern oder Filmen.

Die Kreatur war riesig, gut sieben Meter hoch. Sie hatte den Kopf eines Kamels, die Ohren einer Kuh, Hörner wie ein Hirschgeweih, die wilden Augen eines Dämons, den dicken, gewundenen Hals einer Schlange und zwei ledrige Flügel wie die der größten Fledermaus der Welt. Die Haut des Monsters war leuchtend grün-golden und blitzte und schillerte, wenn es sich aufbäumte.

Ein Stück unter seinem Kinn schwebte eine kleine, glühende Kugel in der Luft, die ständig ihre Farbe wechselte: erst Gold, dann Rot, dann ein schimmerndes Perlmutt.

„Wer wagt es, den Herrn des Himmelsees zu stören?" Das Monster brüllte nicht, nein, es klang mehr wie Musik. Als sei ein ganzes Orchester irgendwo in der Nähe versteckt, das seine Worte mit fremdartigen Instrumenten begleitete. Der Blick des Monsters huschte an dem schwarzen Kater vorbei und blieb an Jamie Wave haften.

Jamie starrte fasziniert zurück. Er hatte noch nie so seltsame Augen gesehen: glänzend schwarz und lila, und das Monster blinzelte von links nach rechts, statt von oben nach unten, so wie normale Leute. Außerdem waren die Pupillen nicht rund, sondern lange, senkrechte Schlitze.

Jamie öffnete den Mund, um etwas zu antworten, aber er brachte keinen Ton heraus.

„Aller guten Dinge drei sind, wie immer es heißt", fuhr das Monster fort. „Drei anmutige Kraniche, drei Ballen rote Glücksseide, drei weise Ratgeber, die Geschenke bringen. Und heute es nicht anders ist: obwohl der dritte Löwe etwas klein und schwarz und schwächlich mich dünkt."

Die Worte waren Jamie vertraut, aber etwas an ihrer Reihenfolge verwirrte ihn. Er blinzelte verzweifelt, versuchte sich zu konzentrieren und merkte schließlich, dass er klarer denken konnte, wenn er dem Monster nicht in die Augen blickte.

„Es tut mir leid … Sir", sagte er und verneigte sich

tief, um seinem Blick auszuweichen. „Ich weiß nicht, was Sie meinen."

„Drei Löwen ich heute gesehen habe", wiederholte die Kreatur.

Drei Löwen? Jamie trat einen Schritt vor und sah auf sein Spiegelbild im Wasser des Sees, das jetzt wieder ruhig war. Erschrocken fuhr er zurück, so seltsam war der Anblick. Die Maske, die er trug, war ein großer bunter Kopf: gelb, grün, rot und schwarz, mit langen Fransen über riesigen Glupschaugen, einem großen, lächelnden Mund und einem Spiegel mitten auf der Stirn.

Einen solchen Löwen hatte Jamie noch nie gesehen, nicht mal im Fernsehen. Das hier sah mehr wie der Kopf eines riesigen Karnevalshundes aus. Sehr merkwürdig.

Jamie nahm seinen ganzen Mut zusammen und schaute wieder zu dem Herrn des Himmelsees auf. „Bin ich ein Löwe, Sir? Und wenn ja, was für eine Sorte Löwe? Und wer sind die anderen beiden?"

„Ah, sieh an, ein Philosoph. Ausgezeichnet, ausgezeichnet! Was für wunderbare Gespräche in meinem wässrigen Königreich wir haben werden! Lange dieser Drache auf den einen gewartet hat, der so gut mich unterhalten wird", krähte das Monster entzückt. Es warf den Kopf zurück und breitete seine zarten Flügel aus, dass das Sonnenlicht durch die Flughäute schimmerte wie geschmolzenes Gold. Die Kugel, die unter seinem Kinn schwebte, wirbelte herum und versprühte ein silbriges Licht.

Das ist der dritte magische Gegenstand, sagte Jasper in Jamies Kopf. *Den musst du der Hexe bringen. Es ist die Perle der Weisheit und des ewigen Lebens. Und die will sie haben.*

Jamie merkte, dass es viel leichter war, die Perle anzusehen als den Drachen. Denn um einen Drachen handelte es sich hier, das wusste er, auch wenn die Drachen in seinen Büchern ganz anders aussahen als das Monster vor ihm.

„Ähm, ich bin kein Philosoph, wenn ich ehrlich sein soll", sagte er. „Ich bin nur ein ganz normaler Junge. Und ich suche meine Freundin."

„Ah, eine Freundin, du sagst? Eine Freundin zu suchen, das eine schöne Sache ist. Besser als Gold oder Silber oder …", der Drache neigte seinen riesigen Kamelkopf zu Jamie hinunter, „… oder eine Perle."

Ein harter Glanz trat in seine Augen und nagelte Jamie am Boden fest. Die Perle schwoll unter dem Kinn des Monsters an wie ein Luftballon und wurde immer größer. „Denn viele Schatzsucher zum Himmelsee kommen. Auf Perlen sie aus sind und ganz besonders auf meine. Nicht zufällig meine Perle es ist, die du suchst, Löwenjunge?"

Jamies Kopf glühte unter der Maske. Er war ein miserabler Lügner. Wenn Jasper doch bloß nichts gesagt hätte, dann könnte er jetzt ganz unbefangen antworten. Er riss die Augen von dem Drachen los und nahm seinen ganzen Mut zusammen.

„Meine F-Freundin heißt J-Jinny Briggs", sagte er, so fest er konnte. „Und ich wollte dich fragen, ob du sie vielleicht gesehen hast."

Der Drache sah ihn listig an. „Nun, so verrate mir, wie deine J-Jinny Briggs aussieht? Vielleicht einen langen Bart sie hat, und einen Teller Maulbeeren sie trägt? Oder hat sie vielleicht einen Knoten aus glattem schwarzem Haar und von reinstem Himmelsblau ein Gewand? Mit einem kranken Kind sie vielleicht kommt und um eine Gunst sie bettelt, Weihrauch sie mir bringt und eine Schüssel Rahm als Opfergabe?"

Jamie schüttelte den Kopf und die Maske rutschte schwerfällig auf seinem Gesicht hin und her. „Ich glaube nicht. Sie ist n-nur ein M-Mädchen, ungefähr genauso g-groß wie ich. Mit r-rotem Haar."

„Rotes Haar sie hat? Glück, die Farbe von. Und Glück du wirst brauchen. Wisse, dass einen Bruder ich hatte, dessen Farbe Rot war. Wild und stark er war, voller Leben." Der Drache machte ein bekümmertes Gesicht.

„Was mit ihm passiert ist?", fragte Jamie, der unwillkürlich in die seltsame Sprechweise des Drachen verfiel. „Ich meine", verbesserte er sich schnell, „was ist mit ihm passiert?"

„Die Sonne er verschluckt hat und zu Asche verbrannt

ist. Nicht sehr glücklich, sein Geschick. Aber vielleicht nicht wirklich rot er war. So viele verschiedene Rottöne es gibt, und manche mehr Glück bringen als andere. Vielleicht, wenn du die exakte Natur des Rots der Haare deiner Freundin mir sagst, mein Gedächtnis wie ein Fisch springt. Ist es zum Beispiel von der Farbe der untergehenden Sonne über dem Gelben Meer oder von dem tiefen Rot einer reifen Kirsche oder gelbrot wie das Herz des Feuers?"

Darüber hatte Jamie sich noch nie Gedanken gemacht. Seufzend sagte er: „Tut mir leid, Sir, aber für so was hab ich jetzt überhaupt keine Zeit. Jinny ist wahrscheinlich in Gefahr, und ich muss sie so schnell wie möglich finden."

„Zeit, der kleine Löwe spricht von? Zeit? Ah, was ist Zeit? Ihr armen kleinen Sterblichen, immerzu ihr euch Sorgen macht! Wie lange währt denn euer Leben?" Der Drache nahm seine Hände und zählte an den Klauen ab: „Eine Eintagsfliege: ein einziger Tag. Ein Grashüpfer: einundfünfzig Tage. Ein Hund: acht oder zehn Jahre. Ein Löwe: fünfzehn vielleicht. Ein Mensch? Fünfzig, sechzig, vielleicht siebzig. Einmal ich einen Mann von dreiundachtzig Jahren getroffen habe, aber krumm und verhutzelt er war wie ein alter Stock. Für einen wie mich eine solche Lebenszeit nicht mehr als das Zwinkern von Auge ist."

Wie um die Bedeutung seiner Worte zu unterstreichen, nagelte er Jamie wieder mit seinem Blick fest: „Kannst du erraten, wie alt ich bin, Löwenjunge?"

Jamie schüttelte den Kopf.

„Dreitausendzweihundertundachtundzwanzig Jahre, drei Monde und fünf Tage. Dreitausend lange Jahre ich brauchte, um zu dem prächtigen Wesen zu werden, das vor dir du siehst. Ein Ei ich war, ein kleines Ei wie ein Edelstein, und dann nicht mehr als eine Wasserschlange viele Jahrhunderte lang. Nach einem halben Jahrtausend zu riesiger Größe ich heranwuchs: größer als der größte Karpfen, mit Schuppen und allem Drum und Dran. Weitere tausend Jahre in dieser Gestalt ich im Himmelsee lebte, bis mein wahrer Kopf mir wuchs und vier kleine Eier ich legte. Und wieder fünfhundert Jahre vergingen, bis auf dem Kopf mir diese schönen Hörner sprossen und *Khoi Lung* ich wurde. Dann erst meine Schuppen zusammenwuchsen und in die schöne glatte Haut sich verwandelten, derer jetzt ich rühmen mich darf – seidiger als die seidigste Lilienblüte.

Und in all dieser Zeit Kriegsheere über die Ebenen stürmten und in einem Meer von Blut ich sterben sah. Krähen ihr Fleisch pickten und zu Staub ihre Knochen zerfielen. Kaiserreiche ich aufsteigen und fallen sah, und die Kaiser wie Sommerfalter kamen und gingen. Wolken über mich hinwegrollten wie Wellen, Vulkane ausbrachen und zu kleinen Hügeln verwitterten. Nur der Himmelsee und sein Herr, der Himmelsdrache, überdauerten.

Und jetzt, ein volles Jahrtausend später, meine Flügel ich habe und *Ying Lung* ich bin. Dreitausend Jahre ich brauchte, um schön und weise zu werden, dreitausend Jahre, in denen meine Perle ich ausgebrütet habe.

Arme kleine Sterbliche, wie gar so gern meine Perle sie mir stehlen möchten, um mehr Leben zu haben. Einer ist schon gekommen heute und dann noch einer. Gewarnt ich bin: gewarnt und gewappnet."

Dann schoss der Drache blitzschnell hervor und packte Jamie mit seinen Klauen. Und bevor Jamie auch nur Luft holen, geschweige denn ein Wort herausbringen konnte, hatte der Drache seinen gewaltigen Rücken gekrümmt und war mit ihm unter das spiegelglatte Wasser des Sees getaucht.

Jamie konnte nichts sehen, aber er spürte die Geschwindigkeit, mit der sie hinabsausten, tiefer und immer tiefer, sodass ihm die Löwenmaske durch den Wasserdruck fest ans Gesicht gepresst wurde. Schwarze Sterne schwammen vor seinen Augen. Würde er jetzt ertrinken? Er holte tief Luft, was aber keine gute Idee war, und machte den Mund schnell wieder zu. Komischerweise hatte er kein Wasser geschluckt.

Er runzelte die Stirn unter seiner Maske, öffnete vorsichtig wieder den Mund und schmeckte ... Luft. Oder war es Wasser? Auf jeden Fall konnte er es einatmen. Hatte er sich etwa in einen Fisch verwandelt? Oder träumte er? Vielleicht (und eine kalte Hand schien nach seinem Herzen zu greifen) war er ... war er schon tot?

Doch dann ließ der Druck um seinen Bauch nach, er spürte Grund unter den Füßen und stellte fest, dass er sich nicht mehr bewegte. Oder jedenfalls nicht mehr mit Schallgeschwindigkeit. Stattdessen schwankte er entsetzlich hin und her (wie eine betrunkene Wasseralge, frotzelte der witzige Teil seines Gehirns).

Als er das Gleichgewicht endlich wiedergefunden hatte, spähte er neugierig durch die Augenlöcher seiner Maske. Was er sah, warf ihn fast wieder um: Vor ihm ragte ein großer, silbrig schimmernder Palast auf. Ein Wald aus geschnitzten Silbersäulen trug ein silbernes Dach mit geschweiften Rändern. Und innen dehnte sich ein silbriger Boden aus, so weit das Auge reichte, geschmückt mit zahllosen Säulen.

Zwei wuchtige Pfeiler umrahmten den Eingang des Palasts, und auf einem davon thronte ein Bronzelöwe mit einem überdimensionalen Kopf. Neben seiner rechten Pranke stand eine kleine Gestalt, die wohl ein Löwenjunges darstellen sollte. Das Kleine war allerdings ziemlich mager für einen Löwen. Eigenartig, wie die Chinesen Löwen darstellten. Jamie schüttelte den Kopf und trat in den Palast.

Erst als er im Schutz der großen Säulenhalle stand, fragte er sich, wo der Drache geblieben war. Er wirbelte herum, um zu sehen, ob er hinter ihm lauerte, aber von dem Himmelsdrachen gab es weit und breit keine Spur. Stattdessen starrten ihn hundert chinesische Löwen an.

Blitzschnell flüchtete sich Jamie hinter eine Säule. Würden die Monster gleich über ihn herfallen und ihn fressen? Doch nichts geschah. Als Jamie vorsichtig einen Blick vor die Säule warf, streckten die Löwen auch alle ihre merkwürdigen Köpfe hinter den Säulen hervor. Alle hatten dieselben farbenprächtigen Gesichter: gelb, grün, rot und schwarz, mit langen Fransen über den riesigen Glupschaugen. Und das Seltsamste war, dass alle Sweatshirts mit dem FC-Bramstock-Logo, Jeans und Turnschuhe trugen.

Jamie trat hinter der Säule hervor und die anderen Löwen ebenfalls, und als er die Hand zum Gruß hob, winkten alle zurück. „Hallo, Jamie", sagte er leise und kam sich wie der letzte Idiot vor, als die anderen Löwen lautlos dieselben Worte mit den Lippen formten – einige an den Wänden, andere am Boden, der Rest an der Decke. Jamie hatte endlich begriffen, dass er in einem Spiegelsaal stand.

Er holte tief Luft und rief noch einmal laut: „Hallo?" Und seine Stimme grollte durch den Raum, dass sie wie hundert Löwen auf einmal klang. Niemand antwortete, und Jamie versuchte es noch einmal. „Jinny?"

Das Wort vervielfachte sich und hallte ungehört von den Wänden und Säulen wider. Und wo war überhaupt

Jasper? Jamie rief seinen Namen, aber außer dem hundertfachen Echo kam nichts zurück.

Anscheinend musste er tiefer in den Palast hinein. Am Ende des Spiegelsaals entdeckte er eine gigantische Tür, deren Ränder mit einer langen Reihe kunstvoll ineinander verschlungener Drachen verziert waren. Jamie nahm seinen ganzen Mut zusammen und stieß sie auf.

Dahinter lag Dunkelheit, in der unzählige kleine Lichter flimmerten. Als Jamie den Raum betrat, ließ der Luftzug die Lichter flackern und tanzen. Es waren Kerzen, wie er jetzt sah, winzige Kerzen, über den ganzen Boden verteilt.

„Hallo?", rief er wieder, auf das schreckliche hundertfache Echo gefasst, aber diesmal verschluckte die Dunkelheit seine Stimme wie ein Wal eine Elritze. Jede der Kerzen warf nur einen winzigen Lichtkreis und doch spürte Jamie den weiten Raum, der sich über ihm wölbte, als stünde er unter der aufstrebenden Kuppel der dunkelsten und gewaltigsten Kathedrale der Welt. Er trat einen Schritt vor, und im selben Moment knallte die große Drachentür, durch die er gekommen war, hinter ihm zu.

Jamie schluckte. Er drehte sich um und tastete mit der Hand nach der Tür, aber hinter ihm war nur eine glatte Wand und auch vom Türgriff fehlte jede Spur. Jetzt saß er in der Falle. Es war genauso wie bei der Tür des Maskenladens.

War das Ganze vielleicht nur ein ausgeklügelter Trick von Miss Lambent, eine boshafte Prüfung, mit der sie herausfinden wollte, ob er der richtige Held für ihre Pläne war?

Plötzlich hörte Jamie etwas im Dunkeln atmen. Ein gewaltiges, röchelndes Atmen, als würde mit dem größten Blasebalg der Welt Luft in den Raum gepumpt.

Kapitel 25

Die Kammer der Wahrheit

Jamies Herz klopfte schneller, und sein Atem ging in kurzen Stößen, als ob seine Lunge auf ein Drittel ihrer normalen Größe geschrumpft wäre. Er zitterte vor Angst. Von wegen Held!

Ein seltsames grünliches Licht glühte jetzt im Dunkeln auf. Es schimmerte und pulsierte, und Jamie konnte den Blick nicht davon abwenden. Das Licht wirbelte herum und wurde heller, gewann an Kraft und Intensität, und plötzlich erkannte er, dass es die Drachenperle war. In dem immer heller erstrahlenden Schein zeichnete sich ein riesiger silberner Thron ab, auf dem der Herr des Himmelsees saß.

„Willkommen in meinem Schloss, kleiner Sterblicher", hob der Drache mit einer gewaltigen, grollenden Stimme an, die Jamie an Erdbeben und Gewitter und laute Trommelwirbel denken ließ. „In der Kammer der Wahrheit du bist, aus der kein Lügner jemals herauskommt. Darf ich einladen dich, über deinen Kopf zu schauen?" Und damit griff der Drache nach der Perle und schleuderte sie in die Dunkelheit hinauf.

Jamie folgte ihrer Flugbahn. Hoch oben in der Kuppel hielt sie an, wuchs und verharrte einen Augenblick, ehe sie langsam wieder schrumpfte und nach unten schwebte. In dem Sekundenbruchteil, in dem der Lichtschein der Perle die Kuppel erleuchtete, glaubte Jamie dort oben tausend scharfe, weiße Zähne zu sehen, die wie Messer blinkten.

„Das sind die Zähne all der Drachen, die mir in meinem langen Leben gedient haben. Ihre Körper im Wasser meines Sees sich auflösen, wenn sie sterben, nur ihre Zähne ich behalte. Und Drachenzähne magische Kräfte haben, wie jeder weiß. Schärfer sie sind als die schärfste Klinge; härter als Karfunkelstein. Ein Krieger, der das Glück hat, zu finden einen Drachenzahn, niemals kann von der Waffe eines anderen Sterblichen getötet werden." Der Drache hielt inne und wartete, bis Jamie diese Information verdaut hatte. „Weißt du, warum ein Lügner die Kammer der Wahrheit niemals verlässt?"

Jamie schüttelte stumm den Kopf. Er brachte kein Wort heraus.

Der Drache sah ihn freundlich an. „Unwissenheit die Nacht des Geistes ist, ohne das Licht von Mond oder Sternen. Dein Mond und deine Sterne zu sein erlaube mir, damit Erleuchtung ich dir bringe." Er deutete in die schaurige Kuppel hinauf. „Eine Lüge lässt die Drachenzähne auf den Lügner herabsausen und tausendfach ihn durchbohren. Und da ein Drachenzahn selbst Diamanten zerschneidet, so weißt du, wie leicht er durch Fleisch und Knochen dir fährt."

Jamie schauderte.

„Ein paar Fragen ich dir stellen werde. Beantworte sie gut, und wir werden sehen, ob ein Löwe oder ein Lügner du bist. Hast du mich verstanden?"

Jamie nickte. Vielleicht ist es nur ein Rätselwettbewerb, so wie die beiden letzten Male, flüsterte eine Stimme in seinem Kopf. Wenn ja, würde er vielleicht überleben. Falls er es ohne Jasper schaffte. Seine Knie wurden watteweich.

„Und wenn meine Fragen ich gestellt habe und am Leben du noch bist", fuhr der Drache fort und grinste schauerlich, „so darfst du drei Fragen mir stellen. Denn ich, kleiner Sterblicher", er spreizte eine Klaue und wetzte die Krallen an seiner schuppigen Brust, bis sie blinkten, „... die Quelle aller Weisheit bin. Aus diesem Grund die Perle der Weisheit und des ewigen Lebens ich trage." Der Drache beugte sich vor und heftete seinen durchdringenden Blick auf Jamie.

Als Jamie ihm in die Augen blickte, wurde ihm schwindelig.

„Wer bist du? Deinen wahren Namen sage mir, und deine Abkunft und deine Sippenbande. Und vor den Drachenzähnen hüte dich, wenn falsch du antwortest."

Es war also doch kein Rätselwettbewerb, sondern eher ein Verhör. Jamie zitterte.

„Mein N-Name ist Jamie W-Wave. Aber ich f-fürchte, ich w-weiß nicht, w-was meine A-Abkunft und m-meine S-Sippenbande sind."

Der Drache verdrehte die Augen, und Jamie konnte einen Augenblick aufatmen, als der lähmende Blick von ihm wich. „Heutzutage ihr gar nichts mehr lernt? Deine Abkunft, Löwenjunge, das deine Vorfahren sind, deine Verwandtschaft, dein Stammbaum."

Stammbaum? Jamie war doch kein Rassehund!

„Etwas über deine Familie ich will hören und über deine Sippe oder deinen Stamm, über die Gegend, aus der du kommst, und wen du unterstützt. Kurz, alles, was dich ausmacht, damit in der Ordnung aller Dinge einen Platz ich dir zuweisen kann."

Jamie wusste nicht, was der Drache von ihm wollte, aber er holte tief Luft und fing noch einmal von vorn an. „Mein Name ist Jamie Wave. Meine Mutter heißt Jemima Wave, mein Vater Thomas Wave und meine Schwester Cadence Wave. Wir wohnen alle in der Stadt Bramstock in England. Aber ich gehöre nicht wirklich zu einer Sippe oder einem Stamm oder so was." Plötzlich hatte er eine geniale Idee. „Aber ich unterstütze den FC Bramstock, obwohl das ziemliche Nieten sind. Ich glaube, in dieser Saison haben sie noch kein einziges Spiel gewonnen. Wahrscheinlich steigen sie ab."

Der Drache sah verwirrt aus. „Was ist dieser FC Bramstock?", fragte er.

„Das ist unser Fußballverein", erklärte Jamie bereitwillig und deutete dabei auf das Vereinslogo auf seinem T-Shirt.

Aber dadurch wurde der Drache auch nicht klüger, was ihm offenbar nicht gefiel. „Was ist das, Fußball? Nie davon gehört ich habe."

Das verblüffte Jamie, doch dann fiel ihm etwas ein: „Ach so, in anderen Ländern heißt es auch ‚Soccer' – zum Beispiel in Amerika."

„Amerika?" Der Himmelsdrache kratzte sich mit einer schimmernden Klaue am Kopf. „Was ist Amerika?"

Und so was nennt sich Quelle der Weisheit, dachte Jamie, nahm es aber schnell wieder zurück, falls der Drache Gedanken lesen konnte. „Das ist … äh … ein riesiger Kontinent im …" Er musste jetzt genau die Richtung überlegen und stellte sich eine Weltkarte vor, „… im Osten von China, wenn man über Japan oder über das Meer kommt, oder weit im Westen, wenn man den ganzen Weg über Russland und Europa kommt und dann das Meer in dieser Richtung überquert. Und Nordamerika wird auch ‚Vereinigte Staaten' genannt, weil es … äh … aus vielen Staaten besteht, und es ist ein sehr reiches und großes und mächtiges Land." Das war so ungefähr alles, was er über Amerika wusste.

Der Drache verengte die Augen. „Größer und reicher und mächtiger als China?"

Jamie merkte jetzt, dass er sich mit diesem Thema auf

ein gefährliches Pflaster gewagt hatte. War Amerika größer als China? Er wusste es nicht genau. Und was „reicher" und „mächtiger" anging – woher sollte er wissen, wie solche Dinge beurteilt wurden? Und was war die richtige Antwort? Ganz zu schweigen davon, welche Antwort der Herr des Himmelsees hören wollte. Jamie wurde es ganz heiß unter seiner Maske. Besonders, wenn er daran dachte, dass über ihm im Dunkel die tödlichen Drachenzähne lauerten.

Was immer du machst, du darfst auf keinen Fall lügen, ermahnte er sich. „Ich weiß nicht", sagte er wahrheitsgemäß. „Aber ich kann dir erklären, was Fußball ist", fuhr er schnell fort, falls der Drache wütend über seine Unwissenheit sein sollte. „Das ist ein Spiel, an dem elf Spieler teilnehmen. Oder eigentlich zweiundzwanzig, wenn man beide Seiten mitrechnet. Und es gibt einen Schiedsrichter, zwei Linienrichter und einen dritten Funktionär, obwohl in Bramstock nie genug Mitglieder da sind – manchmal kreuzt die halbe Mannschaft nicht auf. Und ... ähm ... die Spieler kicken einen Ball auf dem Spielfeld herum und schießen Tore, wenn sie können." Er merkte selbst, wie lahm das klang, aber der Drache beugte sich interessiert vor.

„Tore?"

„Das sind Pfosten, die an beiden Enden des Spielfelds aufgestellt und mit einem Netz bespannt sind. In jedem Tor steht ein Mann mit großen Handschuhen und passt auf, dass der Ball nicht ins Netz geht." Fußball war viel schwieriger zu erklären, als er gedacht hatte.

„Nur ein Mann gegen einundzwanzig? Wie ungerecht. Ein wahrer Held er sein muss, der Mann-mit-den-großen-Handschuhen. Ich ihn gern kennenlernen würde."

„Ähm, ehrlich gesagt sind es zwei, einer für jede Mannschaft. Das heißt, es sind nur zehn Spieler, die gegen die beiden Torwarte kämpfen. Und ein paar davon sind Verteidiger, die normalerweise nicht angreifen ..." Jamie verstummte. Es war hoffnungslos.

„Trotzdem", sinnierte der Himmelsdrache, „zehn Spieler gegen einen, das eine Übermacht ist von ..." Er überlegte einen Augenblick, dann verkündete er stolz: „Zehn zu eins! Das mir sehr ungerecht erscheint, selbst für den Mann-mit-den-großen-Handschuhen."

„Ah", sagte Jamie, dem plötzlich die rettende Idee kam. „Aber an diesem Punkt kommt die Abseitsregel ins Spiel ..."

„Die Abseitsregel?"

Jamie überlegte angestrengt. Wie waren noch mal die neuen Abseitsregeln? Mr Jessop hatte sie vor ein paar Wochen im Unterricht erklärt, aber Jamie hatte alles vergessen. Wie hätte er auch ahnen sollen, dass er diese Information irgendwann einmal dringend brauchen würde? Er hätte jeden für verrückt erklärt, der ihm prophezeit hätte, dass er eines Tages einem über dreitausend Jahre alten chinesischen Drachen in einem Unterwasserschloss mit unzähligen tödlichen Drachenzähnen über seinem Kopf die neue Abseitsregel erklären würde.

„Äh, die ist ziemlich kompliziert, und eigentlich hab ich sie selbst nicht richtig verstanden. Aber Fußball ist ein total beliebter Sport: Millionen Menschen in der ganzen Welt schauen zu, wenn der Ball bei den Weltmeisterschaften rollt."

Der Drache schüttelte traurig den Kopf. „Über dreitausend Jahre in der Welt ich gelebt habe, und noch immer mich die Sterblichen verwirren. Millionen Menschen, nur wegen eines Balls? Manchmal ich glaube, der einzige Normale in der Welt ich bin." Seufzend fügte er hinzu: „Genug jetzt von diesem Fußball. Erzähl mir von deinem Vater."

Jamie war einen Augenblick völlig überrumpelt. „Mein V-Vater? Ähm ... Er ist nicht mehr bei uns. Er ist letztes Jahr gegangen."

„Und wo ist er jetzt?"

„Ich weiß nicht. Verschwunden, irgendwo."

„Verschwunden. Irgendwo", wiederholte der Drache mit hallender Stimme. „Ich glaube, ein Widerspruch das ist."

Jamie runzelte die Stirn. „Das versteh ich nicht."

„Wenn er verschwunden ist, kann er nicht irgendwo sein."

Der Einwand war zwar logisch, aber nicht sehr hilfreich. Jamie ließ den Kopf hängen. „Ist er aber", beharrte er. „Verschwunden, meine ich. Und meine Schwester Cadence auch. Sie ist gestern von zu Hause weggegangen, und niemand weiß, wohin. Und meine Freundin Jinny ist auch verschwunden, das hab ich dir ja schon gesagt …"

„Ein Vater, eine Freundin und eine Schwester verschwunden? Das mir höchst nachlässig erscheint." Der Drache legte seine Klauenhände auf die Perle unter seinem Kinn. Dann hielt er den Kopf schief, als lauschte er auf etwas, das Jamie nicht hören konnte. „Verschwunden bedeutet nur, dass etwas nicht dort ist, wo du es vermutest", sagte er mit dunkler Stimme. „Nichts in der Welt je wirklich verloren geht. Ein schlaues Kaninchen drei Ausgänge hat in seinem Bau."

Jamie verdrehte innerlich die Augen. War der Drache in den dreitausend Jahren auf der Welt vielleicht ein bisschen verrückt geworden? Aber was der Herr des Himmelsees als Nächstes sagte, ließ ihm den Atem stocken.

„Warum bist du hergekommen, Löwenjunge? Überleg dir gut, was du antwortest."

Das war die Frage, vor der Jamie die ganze Zeit gezittert hatte. Er würde eine Menge erklären müssen, und er konnte sich nicht vorstellen, dass die Zähne über seinem Kopf viel von langen, umständlichen Erklärungen hielten. Er schloss die Augen. Ein Schweißtropfen lief ihm den Rücken hinunter. Was sollte er sagen? Sein Herz klopfte wild. Er musste eine Entscheidung treffen.

„Ehrlich währt am längsten“, hatte seine Mutter immer gesagt. Aber wenn er die Wahrheit sagte, würde der Drache ihn sicher töten. Und wenn er nicht die Wahrheit sagte, würden ihn die Zähne töten.

Er holte tief Luft und räusperte sich. „Das ist eine lange Geschichte, und ich kann nur hoffen, dass du Geduld mit mir hast.“

Der Himmelsdrache nickte großmütig. „Fahre fort.“

Und so erzählte Jamie dem Drachen von Bramstock und den seltsamen Dingen, die dort vorgingen. Wie die Leute von Albträumen geplagt wurden, die sie am Schlafen hinderten, sodass sie müde und vergesslich wurden oder die ganze Zeit schlecht gelaunt waren. Und wie manche von ihnen einfach verschwanden, so wie sein Vater. Die, die übrig blieben, waren nur noch Schatten ihrer selbst, ja, seine eigene Mutter verkroch sich hinter geschlossenen Vorhängen im Haus und fürchtete sich vor der Außenwelt.

Dann erzählte er dem Drachen von den Masken, die sie in der Schule gemacht hatten. Er schilderte, wie seine Freundin Jinny ihm geholfen hatte und wie er einen Augenblick tatsächlich ein Tiger geworden war, als er die Maske aufgesetzt hatte. Und schließlich erzählte Jamie von dem Maskenladen, dessen Besitzerin wochentags Miss Lambent hieß und Kunstlehrerin an seiner Schule war. Wenn man sie dort sah, war sie … na ja, wirklich hübsch, aber das lag an der Maske. Und Jamie erzählte, wie Miss Lambent die Maske vor ihm abgelegt hatte und eine uralte Frau darunter zum Vorschein gekommen war. *Wie* alt, hatte er allerdings erst erfahren, als der Kater es ihm gesagt hatte, und er hatte auch nicht gleich gemerkt, dass sie eine Hexe war.

„Vierhundert Jahre?", fragte der Drache. „Das ist nicht so alt. Ich selbst bin …"

„Dreitausend Jahre", unterbrach ihn Jamie.

„Dreitausendzweihundertundachtundzwanzig Jahre, drei Monde und fünf Tage", verbesserte ihn der Himmelsdrache geduldig. „Mindestens achtzigmal älter ich bin als die sterbliche Hexe und noch viel mehr als achtzigmal weiser und mächtiger."

Dem wollte Jamie nicht widersprechen, und er fuhr stattdessen mit seiner Geschichte fort.

Er erzählte dem Drachen, wie Miss Lambent ihn in den Maskenladen gelockt hatte und wie er dort eine Tuareg-Maske ausgesucht und ihr das Tigerauge mitgebracht hatte. Und wie er bei seinem nächsten Besuch den Wikingerhelm ausgewählt hatte und mit dem Seelenstein zurückgekommen war. Er beschrieb die Wirkung dieser beiden magischen Steine auf Miss Lambent, und der Drache hörte ihm jetzt sehr genau zu.

„Und du sagst, dass sie hinter der Maske sich versteckt, weil sie sich vor jemandem fürchtet?"

„Sie fürchtet sich im Dunkeln."

„Was ist so furchterregend an der Dunkelheit?"

„Na ja, im Dunkeln sind wilde Hunde unterwegs, Geschöpfe der Nacht, so was in der Art. Aber sie sagt, sie versteckt sich vor jemand … Jemand ganz Schrecklichem, der über die Nacht herrscht."

Der Drache klopfte nachdenklich mit einer Klaue an seine Zähne. „Interessant. Erzähle weiter, wie du hierhergekommen bist an den Tianshan-See."

Und so erzählte Jamie, wie Jinny verschwunden und er in den Maskenladen zurückgekehrt war, weil er gewusst hatte, dass Miss Lambent sie gefangen hielt.

„Aber sie war nicht da. Miss Lambent hat Jinny auch so eine Maske aufgesetzt, wie ich sie trage, und sie hierhergeschickt, weil sie wusste, dass ich ihr folgen würde."

„Aber du sagst, dass die ersten beiden Male die Maske du selbst ausgesucht hast. Aus freien Stücken."

Ja, das hatte Jamie geglaubt, aber vielleicht hatte er in Wahrheit gar keine Wahl gehabt. Er dachte an die seltsame Art, wie ihm die Wikingermaske in die Hände gefallen war. Vielleicht hatte Miss Lambent ihn die ganze Zeit beeinflusst. Der Kater hatte schließlich immer genau gewusst, welchen Gegenstand er ihr mitbringen sollte. Und der Kater konnte seine Gedanken lesen.

Was, wenn Miss Lambent und der Kater unter einer Decke steckten und der Kater nur so tat, als ob er sein Freund sei? Und diese ganze Geschichte von Jaspers verschwundener Familie vielleicht nur Tarnung war? Jamie wurde erst heiß, dann kalt vor Schreck.

Aber der Kater hatte ihn vor den Hunden gerettet. Er war mit ihm nach Hause gekommen und hatte auf seinem Bett geschlafen. Er hatte ihm alle möglichen Dinge erzählt … Vielleicht nur das, was Miss Lambent ihn wissen lassen wollte? Jamie schüttelte den Kopf. Das war alles zu viel für ihn. Er wollte jetzt nicht darüber nachdenken …

„So bist also nur wegen deiner Freundin nach Tianshan du gekommen", sagte der Drache in das Schweigen hinein.

Jamie krümmte sich. Über sich spürte er die Zähne, hart wie Karfunkelstein und so scharf, dass sie jeden Diamanten durchschnitten. Er schluckte. Als er den Mund öffnete, um zu antworten, merkte er, wie ihm der schlimmste Stotteranfall aller Zeiten die Zunge lähmte, und er stolperte hoffnungslos über die Worte: „Und wegen der P-P-P-P-P-P…"

„Wegen der Perle?", sagte der Drache sanft. „Meiner Perle?" Es klang traurig, aber Jamie konnte nicht genau sagen, warum: weil ihm jemand die Perle stehlen wollte oder weil er enttäuscht war, dass dieser Jemand Jamie Wave hieß.

„J-J-Ja", stotterte er so leise, dass er es selbst kaum hörte. Er ließ den Kopf hängen und spürte, wie er feuerrot unter der verhassten Maske wurde. Jetzt war er verloren.

Der Drache lehnte sich auf den Thron zurück. Er streichelte nachdenklich seine Perle, erst in die eine Richtung, dann in die andere, bis die Farben zu fließen begannen und sich gegenseitig über die Oberfläche jagten: Violett und Orange, Rubinrot und Schokoladenbraun und Rosa und immer mit einem Hauch Perlmutt darin.

Die Zähne hingen drohend über ihm. Jamie hatte sich überlegt, dass an den Zähnen selbst bestimmt gar nichts Übernatürliches war. Er glaubte nicht, dass sie mit magischen Kräften ausgestattet waren und wussten, ob jemand ein Lügner war oder nicht. Diese Gabe lag wahrscheinlich irgendwo zwischen dem Drachen und der Perle. Es musste einen Mechanismus geben, den der Drache auslösen konnte, eine unsichtbare Schnur, die die Zähne herunterkrachen ließ wie ein Fallgitter in einer mittelalterlichen Burg. Er starrte auf den Boden und wartete und wartete, bis ihm aufging, dass die Zähne vielleicht doch nicht herunterkrachten, weil er ja die Wahrheit gesagt hatte.

Ermutigt von diesem Gedanken hob er den Kopf ein winziges Stück. Die Klauen des Drachen glitten noch immer über die Perle, sodass sie unter seinem Kinn herumhüpfte und ihr weiches Licht über die dunklen Wände tanzte.

Schließlich raffte Jamie seinen ganzen Mut zusammen. „Ich h-hab mir gedacht … wenn du mir v-vielleicht sagen könntest, wo J-Jinny ist, dann könnte ich sie mitnehmen und wir k-könnten ohne die P-Perle zurückgehen. Ich w-will sie dir nicht stehlen. St-Stehlen ist schlecht, und ich glaube nicht, d-dass Miss Lambent die Perle für einen g-guten Zweck haben will, egal was sie sagt."

Miss Lambent würde ihm den Hals umdrehen. Aber daran wollte er jetzt nicht denken.

Der Drache hob den Kopf und blickte Jamie ruhig an. „Eine Entscheidung ich getroffen habe."

Jamies Knie schlotterten. Was würde der Himmelsdrache tun?

„Hier herüber komm!"

Würde er ihm den Kopf abbeißen? Oder ihn mit seinem Schlangenleib einschnüren und erdrücken wie eine Boa constrictor? Oder würde ihm die Perle etwas antun? Vielleicht sein Gehirn auslöschen, sodass er nicht mehr wusste, wer er war, geschweige denn, warum er gekommen war? Vielleicht hatten sie mit Jinny schon dasselbe gemacht …

Mit bleischweren Füßen schleppte er sich zum Thron hinüber, doch dann passierte etwas Erstaunliches: Der Drache streckte seine Klauenhand aus und legte sie sanft auf Jamies Schulter. „Klug der Löwenjunge ist. Klug und ehrlich, ich glaube. Diesen alten Drachen mit deiner seltsamen Geschichte in Bann du gehalten hast, und dafür ich dir danke. Drei Fragen du mir jetzt stellen darfst. Deine Hände auf die Perle lege und deine erste Frage stelle. Und vorsichtig sei! Nur einmal ich dich warne."

Zitternd legte Jamie seine Hände auf die Kugel, für die er so weit durch Raum und Zeit gereist war. Sofort schwoll die Perle an, und ihre Farben wirbelten herum, bis ihm schwindlig wurde.

„Nun komm", sagte der Drache. „Wer eine Frage stellt, mag fünf Minuten lang wie ein Narr sich fühlen; aber wer nie eine Frage stellt, für immer ein Narr bleibt."

Jamie holte tief Luft und dachte angestrengt nach. Schließlich sagte er: „Wo ist Jinny Briggs?"

Es war, als löste sich dichter Nebel im Inneren der Perle unter den Strahlen einer sengenden Sonne auf. Und dann erschien ein klares Bild von dem Palast des Himmelsdrachen mit seinen Türpfeilern im Vordergrund, überragt von einem einzigen Bronzelöwen.

Jamie runzelte die Stirn. Warum wurde ihm dieses Bild gezeigt? Doch während er noch hinstarrte, bewegte sich die Gestalt auf dem Türpfeiler. In Sekundenschnelle verlor sie ihre blinkende Bronzefarbe und die bullige, kämpferische Haltung und wurde immer kleiner und blasser, bis nur noch ein kleines Mädchen mit einer prächtigen Karnevalslöwenmaske auf der Säule stand. Es hatte seinen Fuß auf ein kleines dunkles Löwenjunges gesetzt, das klagend sein rosa Mäulchen aufriss.

„Jinny!", schrie Jamie entzückt. „Jasper!" Aber halt – er wusste ja nicht einmal mehr, ob er dem Kater vertrauen konnte! Er verstummte.

Ehrfürchtig sah er den Drachen an und wollte ihn

schon fragen, ob es Jinny und Jasper gut ging und ob sie mit ihm zurückgehen durften. Aber dann fiel ihm zum Glück ein, dass er damit seine beiden letzten Fragen vergeudet hätte, und hielt lieber den Mund.

„Das Mädchen gestern gekommen ist. Ich wusste, sie war von der geschickt, die meine Perle begehrt, obwohl sie schwor, dass sie nichts davon wisse. In Bronze ich sie verwandelt habe: der beste Weg, Seelenfrieden zu erlangen. Der andere nur ein nichtsnutziger Strolch ist. Mitnehmen darfst du die beiden, wenn du wünschst", sagte der Himmelsdrache, als könnte er seine Gedanken lesen.

Oder vielleicht konnte die Perle Gedanken lesen. Jamie starrte sie bestürzt an, aber ihre Farben wirbelten weiter wie Tinte, die in Milch floss.

„Und jetzt deine zweite Frage, Löwenjunge."

Jamie sammelte sich. Dann fragte er die Perle: „Wo ist meine Schwester Cadence?"

Wieder lichtete sich der milchige Nebel in der Perle und gab ihm eine klare Sicht auf ... ja, was denn? Nichts, was er im ersten Moment erkennen konnte. Es war dunkel und düster, mit Schatten und Spinnweben verhangen. Das war ziemlich merkwürdig. Cadence hatte schreckliche Angst vor Spinnen und würde nie irgendwohin gehen, wo es so viele gab. Jedenfalls nicht freiwillig. Angestrengt starrte Jamie in die Kugel, konnte aber weit und breit nichts von Cadence sehen.

„Konzentrieren musst du dich", ermahnte ihn der

Himmelsdrache. „Die Perle dein Gedächtnis braucht, um deine Schwester zu finden, von der sie noch nie gehört hat."

Also dachte Jamie mit aller Kraft an seine Schwester: an ihr goldblondes Haar, auf das sie so stolz war, dass sie es am liebsten offen ließ. Wie sie über seine Witze lachte, um ihn nicht zu enttäuschen, und wie sie nichts auf der Welt mehr verabscheute als Orangenmarmelade.

Und plötzlich war sie da. Sie tanzte in der Perle und ihre langen blonden Haare glänzten wie Gold – war das der Widerschein eines Lagerfeuers? Cadence lachte mit zurückgeworfenem Kopf. Ihre Augen blitzten, und sie lachte und lachte, wie Jamie sie seit einer Ewigkeit nicht mehr lachen gesehen hatte. Jedenfalls nicht, seit ihr Dad verschwunden war.

Aber wo war sie? Allmählich gewöhnten sich Jamies Augen an die düstere Umgebung. Im Schein der Laternen, die kleine Lichtfünkchen versprühten, konnte er schlanke, hohe Pfeiler ausmachen, wie halb geschmolzene Kerzen. Erst auf den zweiten Blick sah er, dass die matten Lichter sich bewegten und dass es keine Laternen waren, sondern unzählige Leuchtkäfer.

Der Blickwinkel veränderte sich. Neben Cadence tauchten nun viele andere Leute auf, die um ein gewaltiges Feuer tanzten. Über ihnen thronten ein oder zwei Eulen mit geisterhaft blassen Gesichtern. Und über den Eulen schwirrten Hunderte und Aberhunderte kleiner, zarter

Wesen in der Luft, von den umhersurrenden Leuchtkäfern blitzartig erhellt. Sie wirbelten im Zickzack, als würden sie von einem launischen Wind getrieben.

„Fledermäuse!"

Kopfüber hingen sie von der Decke wie lauter winzige, zusammengeklappte Regenschirme – Hunderte, ja, Tausende Fledermäuse, die ledrigen Hautflügel eng an ihre pelzigen kleinen Körper gelegt.

Aber wo lebten Fledermäuse in solchen Massen? Jamie hatte schon öfter Leute jammern hören, dass sich Fledermäuse unter ihrem Dach eingenistet hatten, und im Glockenturm einer Kirche bei Churnock hauste eine kleine Fledermauskolonie. Das war sogar in den Nachrichten gekommen, weil die Glocken nicht mehr geläutet werden durften. Fledermäuse zählten zu den geschützten Tierarten und durften nicht gestört werden. Aber im Grunde konnte sich Jamie nur einen Ort vorstellen, an dem diese Tiere in solchen Massen auftraten: in einer Höhle.

Und dann fielen ihm die Tropfsteinhöhlen ein. Als er ein kleiner Junge war, war sein Vater mit ihm und Cadence dort gewesen. Jamie hatte sich vor der Dunkelheit gefürchtet, die sich jenseits des Lichtkegels ihrer Taschenlampe ausdehnte und schwärzer als die schwärzeste Nacht war. Und dann diese eisige Kälte!

„Ist das nicht fantastisch?", hatte sein Dad gerufen und die Arme hochgerissen wie ein Orchesterdirigent.

„Die schönste Kathedrale der Welt – besser als jedes Königsschloss!"

Und es war tatsächlich ein bisschen wie in einer Kirche gewesen. Dieselbe eisige Luft und derselbe modrige Steingeruch, dieselbe gähnende Leere über ihren Köpfen, erfüllt von nichts als Schemen und Schatten. Und endlose Reihen von Kalkstein-Stalaktiten, die wie Orgelpfeifen aussahen. („Und vergesst nicht", hatte sein Vater feierlich gesagt, „Stalagmiten ragen vom Boden auf, und Stalaktiten hängen von der Decke herunter. Den Unterschied könnt ihr euch leicht merken: Das ‚T' in ‚Stalaktiten' geht von oben nach unten, und das ‚M' in ‚Stalagmiten' von unten nach oben.")

Jamie hatte die Höhle schrecklich gefunden: zu dunkel, zu feucht. Er war buchstäblich erstarrt dort unten und hatte sich an die Hand seines Vaters geklammert wie ein Ertrinkender an einen Rettungsring. Und Cadence? Cadence hatte sich vor Angst die Seele aus dem Leib geschrien und war Hals über Kopf hinausgestürzt.

Freiwillig war sie also bestimmt nicht in eine Höhle gegangen, schon gar nicht in eine, die wie eine der Tropfsteinhöhlen im Churnock-Wald aussah. Das war alles sehr merkwürdig. Vielleicht hatte sich die Perle geirrt?

Trotzdem würde Jamie hingehen und nachsehen, sobald er wieder in Bramstock war. *Falls* er überhaupt zurückkam. Und Miss Lambents Wutanfall überlebte, weil er die Perle nicht mitgebracht hatte …

Der Drache sah ihn neugierig an, und seine seltsamen Augen waren hell wie Stirnlampen. „Und jetzt deine dritte Frage, Jamie Wave."

Die Frage brach aus Jamie hervor, ehe er es verhindern konnte. Eigentlich wollte er etwas ganz anderes fragen: Was wird Miss Lambent tun, wenn sie die Perle in die Hände bekommt? Er befürchtete nämlich, dass Miss Lambent die Perle selbst holen würde, wenn er ohne sie zurückkam. Und dass ihre Macht dann grenzenlos sein würde.

Aber die Frage, die stattdessen aus ihm hervorsprudelte, kam aus seinem tiefsten Herzen.

„Wo ist mein Vater?"

Der Drache legte den Kopf schief. „Diese Frage der Kern des ganzen Rätsels ist, ich glaube. In die Perle blicke, Jamie Wave, und an ihn denke, wie du in Erinnerung ihn hast."

Und Jamie gehorchte, von einer unerklärlichen Angst erfüllt.

Er erinnerte sich: an den Abend auf dem Rummelplatz, als die grellen Neonlichter sich in den dunklen Augen seines Vaters spiegelten wie Flammen. Wie sein Dad ihm die Sternbilder am Nachthimmel gezeigt hatte, mit einer Leidenschaft und Genauigkeit, als ob er jedes einzelne persönlich besucht hätte. Und wie das Mondlicht seine Haut mit einem silbrigen Schimmer übergoss. Oder wie sein Vater ein Nest aus Pappkartons gemacht hatte, das sie in der Dunkelheit in den Park brachten, um zu beobachten, wie sich Igel, Katzen und Füchse darin einnisteten.

Jamie war die Tageswelt damals oft ganz fern und unwirklich erschienen – Frauen mit Kinderwagen, Kinder auf der Schaukel, Familien, die am Teich Enten fütterten. Die stille Nachtwelt schien das wahre Gesicht des Parks zu verkörpern, in der ein Igelschnauben wie das Trompeten eines Riesenschweins klang oder Fuchsgebell zu schaurigem Geisterheulen anschwoll. Die fröhliche Tagesfassade dagegen kam ihm manchmal so falsch vor wie eine Theaterkulisse.

All diese Gedanken an seinen Vater stiegen in Jamie auf, aber die Perle blieb unergründlich dunkel – graublau wie die anbrechende Dämmerung. Sie spiegelte keine seiner Erinnerungen wider.

Jamie konzentrierte sich mit aller Kraft, bis ihm fast der Kopf platzte, und jetzt endlich tanzte Feuer darin, dessen wildes Licht alles andere in der Kugel verzerrte.

Blinzelnd versuchte Jamie, hinter die Flammen zu sehen. Nach einer Weile erkannte er zwei schattenhafte Gestalten an einem dunklen Ort, der sich über ihren Köpfen zu wölben schien.

Da! Nur eine winzige Sekunde war es heller geworden, aber Jamie hatte ihn sofort erkannt.

Thomas Wave.

Dieses Profil würde Jamie überall erkennen – die lange,

gerade Nase, die straffen Rasta-Zöpfchen, die vorstehenden Wangenknochen. Das war sein Dad, hundertprozentig. Obwohl etwas anders an ihm war – etwas Komisches. Als hätte jemand über ihn drübergekritzelt. Jamie wusste selbst nicht, warum ihm dieser Gedanke kam. Und neben seinem Dad, ganz flüchtig nur, sah er Cadence.

Kapitel 26

Ein ungewöhnliches Geschenk

Jamie starrte den Drachen an, dann die Perle; dann wieder den Drachen.

„Sie sind zusammen! Sie hat ihn gefunden!"

Eine Welle von widersprüchlichen Gefühlen schwappte über ihn hinweg. Das erste war Erleichterung, dass sein Vater noch lebte. Das zweite Eifersucht, weil er mit Cadence zusammen war, und schließlich der Kummer, verlassen worden zu sein. Jamie und seine Mum waren zurückgeblieben, verloren und vergessen. Und wie war es möglich, dass sein Dad seit über einem Jahr weg war und doch so nahe, dass Cadence weniger als einen Tag gebraucht hatte, um ihn zu finden? Noch dazu hatte Jamie eine Frage verschenkt! Hätte er doch nur genauer hingesehen, als ihm die Perle seine Schwester gezeigt hatte …

Und trotzdem wusste er immer noch nicht ganz sicher, wo die beiden waren, er konnte nur raten.

Vor Enttäuschung traten ihm Tränen in die Augen. Er wollte sie wegwischen, aber die Maske war im Weg. Am liebsten hätte er sie abgerissen und zertrampelt, bis nur noch ein Haufen platt gequetschter Plastikmüll übrig war, so wie das labbrige Gummiding, das im Regal des Maskenladens gestanden hatte. Jamie wollte nur noch weg – weg von der Maske, von dem Drachen und der grässlichen Perle; weg von Magie und allem anderen Nonsens. Und er wollte seine Familie wiederhaben, so wie sie früher gewesen war, ehe in Bramstock alles den Bach runtergegangen war.

„Die Zeit man nicht zurückdrehen kann", sagte der Drache traurig. „Wer wie ich über dreitausend Jahre gelebt hat, das wissen muss. Die Welt sich weiterdreht, immer weiter und weiter. Nur wenn es keinen Weg mehr gibt, wahre Verzweiflung man spürt."

„Ich habe keine Ahnung, was du meinst", sagte Jamie wütend. „Alles ist kaputt! Alles ist falsch! Und ich verstehe überhaupt nichts mehr!"

„Dann die Ursache du wirst finden müssen. Wenn die Ursache du findest, kennst du das Problem. Und wenn das Problem du erkannt hast, vielleicht du es lösen kannst. Auch wenn es nie mehr so wird, wie es war, kannst vielleicht besser du machen, was kommen wird."

„Ich bin doch nur ein Junge", seufzte Jamie.

„Ja, aber ein besonderer Junge, ich glaube."

Besonders? Er? Von wegen! Jamie war müde, niedergeschlagen und ratlos. Mit einem bitteren Lächeln dachte er daran, dass solche Typen wie Klappe und Michael Rose noch vor wenigen Wochen das größte Problem seines Lebens gewesen waren!

Die Perle hatte mehr Fragen aufgeworfen als beantwortet. Aber zumindest hatte er Jinny gefunden, und der Drache hatte gesagt, dass er sie mit nach Hause nehmen durfte. Das war immerhin etwas, ein kleiner Sieg in dem ganzen schrecklichen Chaos. Mit hängendem Kopf wandte er sich ab.

„Was willst du jetzt tun?", fragte der Drache.

„Nach Hause gehen", sagte Jamie.

„Warte!"

Widerstrebend drehte er sich um, und der Drache hielt ihm die Perle hin.

„Das hier du brauchen wirst für das, was als Nächstes du tun musst."

Jamie starrte den Drachen ungläubig an. „Und was ist das?", fragte er.

„Nun, deine Welt retten", verkündete der Himmelsdrache, als könne es keine andere Antwort geben. „Denn wisse, Jamie, zwei Energien überall im Spiel sind: Schwarz und Weiß, Tag und Nacht, weiblich und männlich, Himmel und Erde, Yin und Yang. Diese Energien zugleich sich ergänzen und im Widerspruch zueinander stehen. Im Gleichgewicht sie gehalten werden müssen, sonst alles verloren ist."

Nichts von alledem ergab einen Sinn für Jamie, und er fragte sich, warum der Drache sich die Mühe machte, es ihm zu erklären. Oder was das Ganze mit seiner Familie zu tun hatte, die er wieder zusammenbringen wollte. Er sah die Farben in der Perle herumwirbeln. Schließlich trennten sich ein kräftiges Schwarz und Weiß und vereinigten sich wieder zu einem Symbol. Es sah in Jamies Augen wie eine schwarze Kaulquappe aus, die ihren weißen Zwilling umarmte. Zusammen bildeten sie einen harmonischen Kreis.

„Wenn genau du hinschaust, du sehen wirst, dass jede dieser Energien ein Element oder Samenkorn der anderen enthält."

Und tatsächlich entdeckte Jamie, dass jede der beiden Kaulquappen ein Auge in der anderen Farbe hatte.

„So eng sie verbunden sind, dass die eine ohne die andere nicht existieren kann. Und doch versuchen sie manchmal, sich voneinander loszureißen oder sich sogar zu zerstören. Das nicht geschehen darf. Und vielleicht, Jamie Wave, in dieser Zeit und unter diesen Umständen derjenige du bist, der es verhindern muss."

„Ich?"

Der Himmelsdrache sah ihn freundlich an. „Die Perle sagt mir, ein Träger des Lichtes du bist, ein Meister des Lachens. Und das, Jamie Wave, die beste Gabe der Welt sein kann. Die Probleme des Lebens ins richtige Licht sie rückt. Einen Witz erzähle mir, Löwenjunge, und dann auf den Heimweg dich mache."

Jamie runzelte die Stirn. „Ich soll dir einen Witz erzählen?" Ihm war der Spaß vergangen, als er Cadence und seinen Vater zusammen in der Perle gesehen hatte.

Und dieses Zeug über den Ausgleich der Energien in der Welt hatte ihn mehr angestrengt als Physik und Mathe bei Mr Hope. Noch nie hatte er sich so wenig als „Meister des Lachens“ gefühlt wie in diesem Moment.

„Seit über tausend Jahren keinen Witz mehr gehört ich habe“, sagte der Drache traurig. „Und der letzte auch nicht sehr lustig war.“

Jamie suchte fieberhaft nach etwas Lustigem – irgendetwas –, aber sein sonst so witzeversessenes Gehirn verweigerte ihm einfach den Dienst. Alle Witze, die ihm einfielen, waren ungeeignet, weil sie zu viel Wissen über die moderne Welt und einen absurden Humor voraussetzten, den er dem Drachen nicht zutraute. (Was macht eine Biene, wenn sie auf ihrem Handy nicht telefonieren will? Sumsen.) Womit in aller Welt soll man einen dreitausendjährigen Drachen zum Lachen bringen?

Er dachte an die Bilder, die er in der Perle gesehen hatte, und endlich kam ihm eine Idee.

„Okay“, sagte er und holte tief Luft. „Weißt du, was eine Vampirfledermaus ist?“

Der Himmelsdrache nickte.

„Also gut. Eines Nachts kommt eine Vampirfledermaus von der Jagd in die Höhle zurück und ist ganz voller Blut. Müde hängt sie sich mit ihren Krallen an die Decke, den Kopf nach unten, und will nur noch schlafen. Aber die anderen Fledermäuse riechen das Blut an ihr und fragen sie, wo sie es herhat. Die Vampirfledermaus ist total erschöpft. Sie öffnet ein Auge und sagt ihnen, dass sie den Mund halten und sie schlafen lassen sollten. Aber die anderen hören einfach nicht auf. Sie seien am Verhungern, jammern sie, und hätten die ganze Nacht nichts zu beißen gefunden. Sie quälen die Vampirfledermaus so lange, bis sie schließlich nachgibt.

‚Also gut', sagt sie. ‚Folgt mir.' Sie fliegt aus der Höhle hinaus und alle anderen hinterher: Tausende und Abertausende Vampirfledermäuse in einer großen schwarzen Wolke. Sie sausen durch das Tal, über die Ebene und in einen riesigen Wald. Sie fliegen meilenweit. Endlich wird die Fledermaus langsamer, und alle anderen flappen aufgeregt mit den Flügeln. ‚Seht ihr den Baum dort drüben?', fragt sie.

‚Ja, ja, ja – klar sehen wir den!', schreien die Fledermäuse gierig.

‚Da könnt ihr froh sein – ich hab ihn nämlich nicht gesehen.'"

Der Drache schaute Jamie an und schien auf eine Fortsetzung zu warten. Dann veränderte sich sein Ausdruck, als er endlich den Witz kapierte, und er schlug sich begeistert seine kleinen Klauenhände vor den Mund. Unterdrücktes Grunzen und Glucksen drang darunter hervor. „Man soll nicht über das Unglück von anderen lachen, ich weiß", sagte er nach dem letzten Gluckser. „Aber diese Geschichte zu komisch ist. Und jetzt deine Hand ausstrecke."

Jamie gehorchte, und der Drache legte ihm die Perle hinein. Sie war schwerer, als Jamie erwartet hatte. Er ließ sie beinahe fallen, und als die Perle das spürte, schrumpfte sie schnell auf die Größe eines Kricketballs.

„Das ich dir gebe. Damit mache, was du musst."

„Aber das kann ich doch nicht einfach … annehmen."

Der Himmelsdrache streckte sich und gähnte. „Mein Geschenk es an dich ist. Eine Leihgabe du es nennen kannst, wenn dir das lieber ist. All die Jahre von Dieben ich belästigt wurde, die meine Perle zu stehlen gekommen waren. Nichts mehr von Wert ich jetzt habe und nichts mehr fürchten muss. Endlich ausruhen ich kann." Und damit legte er sich hin und wickelte den Schwanz um seine Nase, fein säuberlich wie eine Katze, die sich zum Mittagsschlaf einrollt. Im nächsten Moment war die Höhle von lautstarkem Schnarchen erfüllt.

Jamie betrachtete die Perle der Weisheit und des ewigen Lichts. Er konnte es immer noch nicht glauben, dass der Drache sie ihm gegeben hatte. Geschenkt, im Tausch gegen einen Witz. Und es war nicht mal ein besonders guter gewesen …

Plötzlich fielen ihm jede Menge Witze ein: Sie jagten sich in seinem Kopf, und jeder wollte als Erster hinaus. Zum Beispiel der von dem Zauberer und dem Papagei. Jamie lächelte unwillkürlich.

„Komm schon", sagte eine Stimme hinter Jamie. „Wir müssen gehen."

Er drehte sich um, und zwei orange Augen starrten ihn an. Es war Jasper. Jamie steckte die Perle behutsam in eine seiner Taschen. Er hatte keine Ahnung, was er damit anfangen sollte, aber das wollte er vor der Katze nicht zugeben.

Jinny wartete draußen bei der Säule, auf der sie vorher als Bronzelöwe gestanden hatte. Als sie Jamie kommen sah, lief sie ihm entgegen und umarmte ihn. Ihre Masken stießen aneinander, und sie lachten verlegen.

„Du bist gekommen, um mich zu retten! Du bist ein wahrer Freund, Jamie Wave."

Jamie wurde unter seiner Maske knallrot vor Freude. „Komm", sagte er und nahm ihre Hand. „Wir gehen nach Hause." Er drehte sich nach dem Kater um, der sie aus dem See herausführen sollte.

„Ich weiß, was du über mich denkst", sagte Jasper leise. „Und einiges davon stimmt auch. Ich war ihr Diener, aber jetzt arbeite ich für jemand anderen. Du musst mir vertrauen, ich werde dir alles erklären. Wenn wir es überleben."

„Wenn wir es überleben?", wiederholte Jamie.

„Na ja, die Weiße Frau wird nicht gerade erfreut sein, wenn du ihr die Perle nicht gibst."

Bis zu diesem Moment hatte Jamie nicht gewusst, dass er bereits eine Entscheidung getroffen hatte. Aber der Kater hatte Recht: Er würde die Perle der Weisheit und des ewigen Lebens Miss Lambent nicht geben.

Ob es an der Magie der Perle lag oder an der Hilfe des schlafenden Drachen, würde Jamie wohl nie erfahren. Aber kaum hatte er sich gewünscht, wieder bei der Weide am Seeufer zu sein, wo er mit Jasper diese Welt betreten hatte, da waren sie auch schon dort. Und das Erstaunlichste war, dass sie nicht einmal nass waren.

Der schwarze Kater stand neben dem Baum. „Bereit?", fragte er, machte einen Satz und verschwand im Nichts.

Jinny schnappte nach Luft. „Wo ist er hin?"

„Zurück in den Maskenladen. Und dorthin gehn wir jetzt auch."

„Das versteh ich nicht." Jinnys Stimme klang ängstlich und verloren unter ihrer Maske. „Ich versteh überhaupt nichts mehr. Es muss ein Traum sein. Dabei hat alles so logisch angefangen für einen Traum. Als du nicht zum Pizzapalast gekommen bist, hab ich Mum gesagt, dass ich aufs Klo muss, und hab mich rausgeschlichen, um dich zu suchen. Ich hab nämlich eine Karte von so einem Maskenladen gefunden, die dir im Einkaufszentrum aus der Tasche gefallen war. Es war zum Glück nicht weit zur May Street, und ich bin den ganzen Weg gerannt – ich dachte, du hast einfach die Zeit vergessen. Aber als ich dort hinkam, war nur Miss Lambent da, und sie hat mir etwas auf den Kopf gesetzt und mich durch einen Spiegel geschubst. Dann bin ich durch einen dunklen Raum gefallen und in China gelandet, und da war ein Drache, und … Das hört sich alles so durchgeknallt an …"

Jamie biss sich auf die Lippen. „Denk nicht zu viel drüber nach, das ist am besten.“

„Ich hab eine Tante, die ein bisschen verrückt ist. Einmal ist sie mitten in der Nacht im Schlafanzug die Schnellstraße entlanggehüpft, und als die Polizei sie angehalten hat, hat sie gesagt, dass sie dem Rattenfänger von Hameln folgen will, so wie die ganzen anderen Kinder. Und Verrücktheit ist doch erblich, oder?“

„Ich kenne niemand, der weniger verrückt ist als du, Jinny, ehrlich“, sagte Jamie.

Dann musste Jinny sich hinter ihn stellen und ihre Arme um seine Taille schlingen. „Lass ja nicht los“, schärfte er ihr ein. „Ganz egal was passiert.“

Es war, als stürzten sie ins Bodenlose, ein grässliches Gefühl, das aber nur wenige Sekunden anhielt, ehe sie auf den Teppichboden in dem kleinen Raum hinter dem Maskenladen purzelten.

Jasper wartete schon auf sie. Er zitterte vor Angst.

„Keine Sorge, Jasper“, sagte Jamie. „Du kannst ja nichts dafür, wenn ich Miss Lambent die Perle nicht gebe.“

Doch insgeheim wartete er nur darauf, dass Miss Lambent kreischend zur Tür hereinsprang, die goldenen Augen funkelnd vor Zorn und ihre Hände wie Klauen nach ihm ausgestreckt.

Stattdessen herrschte eine Stille, die ihm die Kehle zuschnürte, und Jasper sagte leise: „Ich glaube, das solltet ihr euch ansehen.“

Kapitel 27

Die Geschichte der Magie

Jamie folgte dem schwarzen Kater durch den Flur in den Laden. Im ersten Moment konnte er nicht viel sehen: Zum einen trug er noch immer die blöde Löwenmaske, aber vor allem war es draußen inzwischen Nacht geworden. Anscheinend waren sie viel länger im Reich des Himmelsdrachen geblieben, als er gedacht hatte. Jamie nahm die Maske ab und tastete an der Wand nach dem Lichtschalter.

Als die nackte, grelle Glühbirne aufflammte, bot sich ihnen ein Bild der Verwüstung. Fast alle Masken waren aus den Regalen gezerrt und auf den Boden geschmissen worden. Einige waren zerrissen, andere zerquetscht und zertrampelt. Überall lagen sie in Fetzen herum, scheinbar willkürlich verstreut.

Jamie erkannte die Wange und Nase und ein Stück von dem Efeukranz, die zum Grünen Mann gehört hatten und nun mitten auf einer venezianischen Karnevalsmaske lagen. Der Pferdehaarschmuck von dem antiken griechischen Helm zierte jetzt Margaret Thatchers zerquetschten Gummikopf, sodass sie wie eine heruntergekommene, heimatlose Britannia-Figur aussah. Elvis Presley hatte ein Micky-Maus-Ohr ergattert, und Bart Simpson und Darth Vader waren hoffnungslos ineinander verheddert.

Die Wikingermaske, die Jamie bei seiner Suche nach dem Seelenstein getragen hatte, war zu einem undefinierbaren Klumpen aus Metall und Plastik zertrampelt worden. Von dem Tuareg-Tagelmust, der ihn in die Sahara entführt hatte, war überhaupt nichts zu sehen. Jamie war irgendwie traurig darüber, als ob es das Ende seiner Möglichkeiten bedeutete, das Ende künftiger Abenteuer.

Er wusste selbst nicht, warum er so fühlte, weil er die Reisen bisher als etwas Gefährliches und Ungewolltes angesehen hatte, das ihm einfach aufgezwungen worden war – wie eine Strafe, die er zu Unrecht bekommen hatte. War er so verändert durch seine Erlebnisse? Oder hatte in Wahrheit schon immer etwas Abenteuerlustiges in ihm geschlummert, das ihn dazu trieb, sein Leben aufs Spiel zu setzen?

Und dann drängte sich ihm eine viel dringendere Frage auf: Wo war Miss Lambent? Hatte sie diese sinnlose Zerstörung angerichtet, in einem Anfall von Wut und Enttäuschung? Oder wollte sie jede weitere Reise dieser Art verhindern?

Wohl kaum. Nach allem, was Miss Lambent ihm erzählt hatte, war der Maskenladen ihre Zuflucht, ihr

Tagesversteck vor dem Feind, dem sie so sorgfältig aus dem Weg ging. Der, vor dem sie solche Angst hatte.

Jamie blickte sich in dem Chaos um und entdeckte immer mehr beunruhigende Dinge. Zum Beispiel Fellbüschel, die zwischen den Überresten einer Pharao- und einer Posh-Spice-Maske lagen. Und dort drüben an der Glastür, waren das etwa Blutspritzer?

„Was ist denn hier passiert? Wer hat das gemacht?", fragte Jinny, die hinter ihm stand. „Ist jemand verletzt? Und wo ist Miss Lambent?"

Lauter gute Fragen, die Jamie nicht beantworten konnte. „Ich weiß nicht", sagte er kopfschüttelnd. „Aber ich werde es herausfinden."

„Ich komme mit, egal, wo du hingehst", verkündete Jinny energisch. Sie hatte ihre Löwenmaske abgenommen und sah in dem grellen Licht der 100-Watt-Birne blass, aber wild entschlossen aus. Ihr rotes Haar glühte wie Feuer.

„Ich weiß nicht, ob das so eine gute Idee ist."

„Du redest schon wie mein Dad. Der denkt auch immer, dass Mädchen zu nichts taugen, wenn es gefährlich wird. Und dabei ist Mum diejenige, die immer die Spinnen aus dem Haus trägt. Das macht mich noch ganz krank! Ich wollte auch nie Ballettstunden nehmen – ich wollte Kung-Fu lernen!"

Jamie grinste. Er dachte daran, wie Jinny ihn in der Schule verteidigt und Michael Rose die Meinung gesagt hatte. „Ich will dir ja nicht vorschreiben, was du tun sollst", sagte er schließlich. „Ich will dich nur warnen, damit du weißt, was dich erwartet: In Bramstock passieren seltsame Dinge – und es ist Magie im Spiel."

„Mit dir zusammen kann ich alles verkraften", erklärte Jinny im Brustton der Überzeugung. „Dazu sind Freunde doch da. Und wenn du allein gehst, mach ich mir nur Sorgen."

„Aber es könnte gefährlich werden."

„Gefährlicher, als wenn man von einem chinesischen Drachen gefangen genommen wird?"

Jamie nickte.

Jinny zuckte mit den Schultern. „Man lebt nur einmal", sagte sie.

„Das stimmt nicht ganz", protestierte Jasper.

Jamie sah den schwarzen Kater nachdenklich an. „Ich wette, du weißt viel mehr über alles, was hier vorgeht, als du zugibst", sagte er. „Und langsam wird's Zeit, dass du auspackst, oder?"

Jinny starrte den Kater fassungslos an. „Der hat ja geredet!", rief sie.

Jaspers Fell sträubte sich. „Na klar hab ich geredet!", zischte er empört. „Wieso glaubt ihr Menschen immer, dass ihr die einzige intelligente Lebensform auf diesem Planeten seid?" Zu Jamie gewandt, fuhr er fort: „Wenn ich dir sage, was ich weiß, häutet sie meine Jungen. Das hat sie mir angedroht."

„Sie häutet deine Jungen?", wiederholte Jinny entsetzt.

„Sie hält meine Frau und meine beiden Kleinen irgendwo gefangen. Ich kann sie nicht finden."

„So was Grässliches würde Miss Lambent nie tun", rief Jinny. Kein Mensch würde so etwas tun, aber schon gar nicht Miss Lambent. Sie war immer Jinnys Lieblingslehrerin gewesen. Jedenfalls bis zu dem Moment, als sie sie durch den Spiegel gestoßen hatte.

„Miss Lambent ist nicht das, was du glaubst", sagte Jamie. Er bückte sich und zog etwas aus dem Trümmerhaufen am Boden hervor.

Das Ding war blass und labbrig wie ein Gummihandschuh, aber als Jamie die Maske umdrehte, fing sie an zu kreischen. Es war Miss Lambents Gesicht.

„Das ist ja furchtbar! Jemand hat ihr das Gesicht abgerissen!"

„Das ist nur ihre Maske", erklärte Jamie. „Darunter sieht Miss Lambent ganz anders aus als in der Schule – in Wirklichkeit ist sie eine total verschrumpelte alte Frau."

„Und eine Hexe", fügte Jasper hinzu. „Vielleicht sogar noch mehr, nach allem, was der Himmelsdrache gesagt hat. Ein Geist womöglich oder eine kleinere Gottheit."

„Hast du gelauscht?"

„Information ist mein Geschäft."

„Du hörst dich wie ein Spion an", lachte Jinny.

„Bin ich ja auch."

„Und für wen arbeitest du?", fragte Jamie.

Der schwarze Kater seufzte. „Ich frage dich jetzt noch einmal: Hilfst du mir, meine Frau und meine Kinder zu suchen? Wirst du die Perle nach ihnen fragen?"

„Ja, klar helfen wir dir", sagte Jinny sofort. „Oder, Jamie?"

Jamie zögerte. „Okay", sagte er schließlich. „Aber wenn du uns irgendwie hintergehst, kannst du allein weitersuchen."

Jasper nickte. „Das ist in Ordnung. Wir beide sind aufeinander angewiesen: Du brauchst mich, weil du von mir wissen willst, was hier vorgeht, und ich brauche dich, weil, na ja, weil du der Einzige bist, der den Tag noch retten kann. Im wahrsten Sinn des Wortes." Und er lächelte leise, als hätte er einen Witz gemacht, den nur er verstand.

„Ich bin schon eine ganze Weile damit beschäftigt, die einzelnen Puzzleteile zusammenzufügen", fuhr Jasper fort. „Vor langer, langer Zeit, im siebzehnten Jahrhundert, habe ich als Diener bei der Weißen Frau angefangen." Jinny schnappte nach Luft, als sie das hörte, aber der Kater redete ohne Erklärung weiter. „Das waren schlechte Zeiten für eine schwarze Katze, versteht ihr, wegen der ganzen Hexenverfolgungen und Katzenverbrennungen. Ich musste schlau und gerissen sein und immer auf der Hut, um am Leben zu bleiben. Der Laden hier war damals noch ein normales Haus, in dem die

Weiße Frau ihre Magie ausübte – kleinere Sachen zuerst: ein paar Tinkturen gegen Krankheiten, hin und wieder ein Liebeselixier oder auch mal einen Zauberfluch. Und ich musste Botengänge für sie machen, Froschaugen besorgen oder Molchzehen. Ein paar Masken hatte sie auch schon – einige selbst gemacht, andere von reisenden Sängern gekauft." Er deutete mit der Pfote zum Hinterzimmer. „Wenn es Ärger mit den Hexenjägern gab oder mit Leuten, bei denen ein Zauberspruch nicht so gewirkt hatte wie geplant, setzte sie eine von den Masken auf und machte eine Reise. Manchmal bündelte sie ihre Magie, bannte sie in Steine und versteckte diese an einem sicheren Ort ..."

Jamie starrte Jasper an. „Soll das heißen, dass die Steine, die ich ihr mitgebracht habe, mit Magie aufgeladen waren?"

„Ihre eigenen Magiesteine hat sie längst aufgebraucht", entgegnete der Kater. „Aber die Weiße Frau besitzt ein altes Grimoire. Darin sind alle magischen Steine aufgelistet, in die viel ältere und mächtigere Zauberer ihre Magie gebannt haben. Und diese Steine hat die Weiße Frau dann gesammelt."

„Ein Grim-was?"

„Das ist ein altes Zauberbuch", warf Jinny ein, die oft die seltsamsten Dinge wusste.

Jamie nickte langsam. „Ja, stimmt – da war so ein altes Buch mit einem Ledereinband, total zerfleddert und voller Eselsohren, das sie bei sich hatte, als ich zum ersten Mal hierherkam."

Der Kater schnüffelte im Raum herum, bis er auf ein Häufchen Asche und ein paar rußgeschwärzte Messingbeschläge stieß. „Und das hier sind wohl die traurigen Überreste", sagte er beinahe wehmütig.

Er schnaubte in die Asche, die noch warm war, und ein paar Flöckchen schwebten in die Luft und trudelten langsam wieder herunter wie Krähenfedern. „Ich weiß bis heute nicht, wie der Meister ins Spiel kam. Ob er schon immer da war, ob sie ihm auf einer ihrer Reisen begegnet ist, oder ob sie einen Stein gestohlen hat, der ihm gehörte. Jedenfalls waren sie plötzlich verfeindet und haben sich mit ihrer Magie bekämpft. Anfangs war es nur Kleinkram, billiger Hokuspokus, ein bisschen Gestaltwechsel, oder sie haben sich gegenseitig beklaut. Aber dann – es war in der Zeit des Bürgerkriegs –, haben sich ihre Streitereien immer mehr hochgeschaukelt. Bevor alles endgültig aus dem Ruder lief, haben sie einen Waffenstillstand geschlossen. Von da an herrschte sie über die Tagesstunden und er über die Nacht, und so ist es auch geblieben. Bis jetzt."

„Und was will sie mit den magischen Steinen anfangen?", fragte Jinny, die immer noch nicht glauben konnte, dass Miss Lambent eine Hexe war.

Jamie erzählte ihr von den Reisen, die er für Miss Lambent gemacht, und wie er ihr das Tigerauge aus der

Sahara und den Seelenstein aus der Arktis mitgebracht hatte. Wie der erste Stein sie mit ungeahnter Energie aufgeladen und der zweite sie so mit Licht durchflutet hatte, dass die Knochen unter ihrer Haut durchschimmerten. Dann nahm Jamie die Perle der Weisheit aus seiner Tasche und legte sie auf die staubige Ladentheke. Sie wuchs sofort zu ihrer alten Größe und sah nicht viel anders aus als die Kristallkugel einer Wahrsagerin.

Jinnys Augen weiteten sich. „Was ist das?"

„Das ist die Perle der Weisheit und des ewigen Lebens, der ewigen Wahrheit und des ewigen Lichts", verkündete Jamie feierlich. „Und wenn sie die in Hände bekommt, sind wir geliefert. Aber anscheinend bin ich nicht der Einzige, der das kapiert hat", fügte er mit einem vielsagenden Blick zu Jasper hinzu.

Wenn Katzen erröten könnten, wäre Jasper jetzt zweifellos rot geworden, aber unter seinem dicken schwarzen Fell war natürlich nichts zu sehen. Das ist einer der vielen Gründe, warum Katzen so gute Spione sind, ganz abgesehen von ihrer angeborenen leisetreterischen Art.

„Ja, es stimmt, ich habe dem Meister berichtet, dass du dabei bist, den letzten Stein zu holen", gab Jasper zu.

„Aber wie hast du das gemacht? Du warst doch die ganze Zeit bei mir?"

„Die Eule", sagte Jasper. „Erinnerst du dich an die Eule, die über dich hinwegflog, als die Hunde dich angegriffen haben?"

Jamie nickte. Er hatte damals ja gleich gewusst, dass das nicht mit rechten Dingen zuging.

„Sie hat die Hunde verscheucht und ich habe ihr eine Botschaft an meinen Meister mitgegeben."

„Und wer ist dein Meister?"

„Nenne ihn, wie du willst", sagte der Kater. „Er hat viele Namen. Der König unter dem Hügel. Herr der dunklen Welt. Der König der Schatten. Natürlich ist keiner davon sein richtiger Name. Ich weiß nicht, ob er sich an den noch erinnert oder überhaupt einen hat."

Jamie starrte den Kater an. Jedes Kind wusste, wer der König der Schatten war. Er herrschte über das Elfenreich unter der Erde. Wenn man sich nachts zwischen den Hügeln verirrte, konnte man den Hofstaat des Schattenkönigs in den Talsenken sehen: Die Elfen tanzten um aufrecht stehende Steine herum, und ihre Haut schimmerte perlmuttweiß und lila im Mondlicht. Und wenn sie einen Menschen dabei ertappten, wie er sie beobachtete, nahmen sie ihn mit, und er sah seine Freunde und seine Familie nie wieder.

Der König der Schatten ritt auf Mondstrahlen und stahl Babys aus ihrer Wiege. Er kam nie bei Tageslicht heraus, sondern herrschte über die Nacht, denn beim kleinsten Sonnenstrahl verbrannte das Elfenvolk zu Asche. Aber manchmal starrte einen der Schattenkönig aus dem Dunkel eines Spiegels oder einer silbernen Teekanne heraus an – obwohl in Jamies Viertel niemand eine silberne Teekanne besaß. Und wenn man dem Blick des Schattenkönigs begegnet war, musste man ihm folgen, wo immer er hinging, und man vergaß sogar seinen eigenen Namen.

Jeder kannte diese alten Geschichten. Aber das waren Legenden! Es gab keinen Zauberer in Bramstock, der einen magischen Krieg mit ihrer Kunstlehrerin führte … Jamie musste lachen. „Das ist doch bescheuert! Den König der Schatten gibt es ja gar nicht."

Jinny, die hinter ihm stand, fasste schnell an das Holz der Theke. Es war ein Reflex, gegen den sie nicht ankam. Ihre Mutter und ihre Oma machten das auch. „Um das Schicksal nicht herauszufordern", sagte ihre Mum immer.

„Doch, es gibt ihn. Er ist so wirklich wie du und ich, nur viel furchterregender, du wirst schon sehen. Bevor das alles hier passiert ist, hast du ja auch nicht an Magie geglaubt, aber jetzt hast du sie mit eigenen Augen am Werk gesehen. Und bald wirst du auch den König der Schatten zu Gesicht bekommen. Oder glaubst du vielleicht, das alles …", Jasper deutete mit der Pfote auf das Chaos um sie herum, „… war ein Unfall? Magie ist eine seltsame, unberechenbare Macht, Jamie. Nicht einmal die, die täglich damit umgehen, verstehen wirklich, wie sie wirkt. Aber eins steht fest: Das hier ist das Werk seiner Diener. Wahrscheinlich hatten sie den Auftrag, die Masken zu zerstören – der Meister kennt ja ihre Macht."

Jasper schaute weg. „Wenn ich allerdings gewusst hätte, dass sie so gewalttätig vorgehen, hätte ich ihm niemals den Tipp gegeben, dass sie heute Nacht hier auf uns wartet."

Jamie brauchte eine Weile, um alles sacken zu lassen. Es ging ihm völlig gegen den Strich, dass es eine Gestalt wie den König der Schatten geben sollte, der über Diener und magische Kräfte verfügte. Der gegen Miss Lambent kämpfte oder vielmehr gegen die Weiße Frau, wie der Kater sie nannte.

Plötzlich fiel ihm etwas ein. „Dann hast du also gewusst, dass wir erst im Dunkeln zurückkommen?"

„Das alte China ist ziemlich weit weg", erwiderte der Kater und blinzelte mit seinen orangefarbenen Augen.

„Und du hast auch gewusst, wo wir hingehen?", schrie Jamie empört.

Der Kater warf einen Blick auf die leeren Regale. „Ich kenne jede einzelne Maske hier. Ich kenne sie seit Jahrhunderten. Wenn eine nicht an ihrem Platz ist, sehe ich es sofort. Hier gab es zwei chinesische Löwenmasken, und als wir gestern Abend zurückgekommen sind, fehlte eine davon."

„Dann hast du also gewusst, wo Jinny war! Wir hätten sofort dorthingehen und sie vor dem Drachen retten können."

„Na ja, er war doch am Ende ein sehr netter alter Drache", wandte Jinny versöhnlich ein.

„Jamie schnaubte. Zum Glück, ja – aber er hätte dich auch fressen können!“

„Chinesische Drachen sind nicht wie ihre westlichen Kollegen“, entgegnete Jasper milde. „Ich musste das Risiko eingehen. Du hast deine Lieben, die du retten willst, und ich habe meine. Außerdem hätte uns die Weiße Frau mit aller Macht daran gehindert, bei Nacht durch den Spiegel zu gehen.“

„Ja, ich weiß, sie hat Angst im Dunkeln“, sagte Jamie. „Das hat sie mir selbst gesagt. Und daran sieht man auch, dass sie die Perle unbedingt in ihre Finger kriegen will. Sonst hätte sie heute ja nicht bis abends im Laden gewartet, obwohl die Dunkelheit so gefährlich für sie ist. Was meinst du, wozu sie die Perle braucht?“

„Wozu sie die braucht?“, wiederholte Jinny. „‚Die Perle der Weisheit und des ewigen Lebens‘? Das heißt wohl, dass sie ewig leben will.“

Der Kater nickte langsam. „Und dass sie die einzige Magierin in dieser Gegend sein will. Der König der Schatten zieht seine Macht aus den Menschen, die er mit seinen Albträumen gefügig macht, und die Weiße Frau zieht ihre aus den magischen Steinen. Beide sind jetzt sehr mächtig, und ich glaube, sie sind an einem Punkt angelangt, wo sie sich nicht mehr mit Tag oder Nacht begnügen werden. Sie werden versuchen, den anderen auszuschalten, um alleine in Bramstock herrschen zu können. Und vielleicht nicht nur in Bramstock …“

„Ich dachte immer, dass die Dunkelheit das Böse verkörpert und Licht das Gute, aber nach allem, was du erzählt hast, ist einer so böse wie der andere", sagte Jinny, nachdem sie das alles einigermaßen verdaut hatte.

„Oder so gut wie der andere", stimmte der Kater zu. „Ich glaube, sie können nicht anders. Sie werden von widerstreitenden Kräften gesteuert. Irgendwie müssen sie daran gehindert werden, sich gegenseitig zu zerstören. Das Gleichgewicht muss wiederhergestellt werden."

„Aber wie denn?", rief Jamie verzweifelt.

„Das", erwiderte der Kater, „ist, fürchte ich, dein Problem."

Kapitel 28

Die Höhle

Jamie näherte sich der Perle und legte ganz, ganz vorsichtig seine Hände darauf. „Perle“, sagte er, „was soll ich tun?“

Nichts geschah. Keine Bewegung, keine Bilder. Einfach gar nichts.

Er seufzte. „Ich glaube, es funktioniert nicht mehr.“

„Komm, bitte“, sagte der Kater und stupste Jamie mit der Pfote an. „Du musst eine genauere Frage stellen, zum Beispiel, wo die Hexe meine Frau und meine Kinder versteckt hat.“

„Wie heißen sie?“

„Cressida, Flo und Aurelio.“

Das waren die drei Wörter, die Miss Lambent Jasper im Laden ins Ohr gezischt hatte, die Wörter, die Jamie für einen Zauberfluch gehalten hatte! Allmählich glaubte er dem schwarzen Kater. „Also gut“, sagte Jamie. „Ich versuche es.“

Lautlos bewegte er die Lippen, die sich in der Perle spiegelten, holte tief Luft und sagte: „Wo hist Jaspers Familie versteckt – Cressida, Flo und Aurelio?“

Eine ganze Weile rührte sich nichts, und Jamie war mehr denn je überzeugt, dass die Perle kaputt war. Oder vielleicht hatte sie nur in Gegenwart des Drachen funktioniert? Das Einzige, was die Perle ihm zeigte, war das Spiegelbild seines eigenen Gesichts, grotesk vergrößert. In seinen riesigen schwarzen Pupillen sah er ein kleineres Bild von sich selbst, das fragend zu ihm zurückstarrte. Und wäre er fähig gewesen, noch genauer hinzuschauen, hätte er sich auch in dieser Spiegelung gespiegelt gesehen und immer so weiter, bis ins Unendliche. Er seufzte: „Wo ist Miss Lambent?"

Im nächsten Moment wogte und wirbelte es im Inneren der Perle und ein Nachthimmel mit unzähligen winzigen Silberpünktchen und einem weißen Vollmond erschien. Dann verlagerte sich der Blickwinkel nach unten – etwas Winziges, Dunkles rückte näher, und am Boden tauchten schemenhaft Gestalten und Tiere auf.

Jamie suchte vergeblich nach den drei Katzen. Stattdessen zeichnete sich eine große, dünne Gestalt mit zotteligem weißem Haar vor dem Vollmond ab. Sie wurde an einem Strick vorangezerrt, der fest um ihre Handgelenke geschnürt war. Eine Hundemeute lief neben ihr her, während Fledermäuse und Eulen über sie hinwegjagten. Die Gefangene wandte ihm einen Augenblick ihr Gesicht zu, und Jamie erkannte die alte Hexe. Das Mondlicht spiegelte sich in ihren karamellfarbenen Augen, sodass sie gespenstisch glühten.

Jetzt veränderte sich der Blickwinkel erneut, und Jamie sah, dass eine der Gestalten, die Miss Lambent führten, der Schulschläger Klappe war. Auch sein Kumpel Michael Rose war da, er ging mit einem schweren Knüppel hinter der Gefesselten her. Jamie schnappte nach Luft.

„Was ist? Was hast du gesehen?", drängte der schwarze Kater.

Jamie schüttelte den Kopf. „Tut mir leid", sagte er. „Deine Familie hab ich nicht gesehen. Aber ich habe Miss Lambent gefunden."

Jinny spähte ihm über die Schulter. „Das ist nicht Miss Lambent!"

„Doch – so sieht sie unter der Maske aus."

„Aber die ist ja uralt!"

„Als ich sie das erste Mal ohne ihre Maske gesehen habe, hat sie noch viel älter ausgesehen", sagte Jamie. „Sie hat eine Menge Energie aus den Steinen gesaugt, die ich ihr mitgebracht habe, das hat sie verjüngt."

Jinny starrte die Frau, die sich als ihre Kunstlehrerin ausgegeben hatte, mit einer Mischung aus Faszination und Grauen an. Dann trat ein verwunderter Ausdruck in ihre Augen. „Hier! Schau mal!", rief sie, aber die Perle schien nicht an Jinnys Entdeckung interessiert zu sein, sondern schwenkte den Hügel entlang zu einer Stelle, wo ein großer roter Schlund klaffte. Der Zugang zu den Tropfsteinhöhlen.

Jamie starrte fröstelnd darauf. Er hatte es ja gewusst,

schon als die Perle ihm seinen Vater und seine Schwester gezeigt hatte. Der König der Schatten hatte sie alle gefangen genommen, alle, die er mit seinen Albträumen gequält hatte, einschließlich Miss Lambent. Und die wiederum hatte Jaspers Familie in ihre Gewalt gebracht. Es wurde Zeit, dass dem Grauen ein Ende gemacht wurde. Dieser Missbrauch von Magie musste aufhören, damit die Welt wieder normal werden konnte. Aber wie? Auf diese Frage hatte er dummerweise keine Antwort.

„Wir müssen zu den Tropfsteinhöhlen", verkündete Jamie. „Dort finden wir die Antwort auf alle unsere Fragen. Wenn wir hierbleiben, erreichen wir gar nichts."

Wie zur Bestätigung schrumpfte die Perle blitzschnell in seinen Händen, bis sie klein genug war, dass er sie wieder in die Tasche stecken konnte.

Jaspers Augen weiteten sich vor Kummer. „Du brauchst eine Maske", seufzte er. „Damit du mich hören kannst."

„Ich dachte, es ist zu gefährlich, nachts eine Maske aufzusetzen?"

Der Kater blinzelte ihn an. „Das ist deine Entscheidung", sagte er. „Du kannst auch ohne gehen, wenn dir das lieber ist, aber wie sollen wir uns dann im Dunkeln verständigen? Nachdem der König der Schatten jetzt hat, was er will, wird er wohl kaum weiter nach Masken suchen. Außerdem glaubt er ja, dass alle kaputt sind."

„Ich setze bestimmt keins von diesen zerfetzten Dingern auf!" Jamie verschränkte trotzig die Arme.

„Ich spüre hier irgendwo noch eine Maske, die heil geblieben ist", sagte Jasper.

Er ging zum Rand des Trümmerfelds und schubste mit seinen Pfoten behutsam die Überreste einer zerbrochenen Maske beiseite. Mit den Hinterpfoten scharrte er alles Unbrauchbare weg, bis er gefunden hatte, was er suchte.

Jamie hob es auf. Es war eine weiße venezianische Karnevalsmaske, eine, die nur Nase und Augen bedeckte und mit einem Gummiband am Kopf festgehalten wurde. Entschlossen setzte er sie auf.

„Also gut, dann gehen wir." Jasper drehte sich um und stolzierte mit hoch erhobenem Schwanz zur Ladentür.

„Warte!", rief Jinny. „Ich brauche auch eine Maske!"

„Eine ist gefährlich genug", gab der Kater herablassend zurück.

Jinny packte Jamie am Arm. „Aber wenn wir getrennt werden …"

Jamie bückte sich und wühlte am Boden herum. Als er sich wieder aufrichtete, hatte er etwas Glitzerndes, Pinkfarbenes in der Hand, das wie eine Feenmaske aussah. Obwohl er momentan wahrlich andere Sorgen hatte, war er einen Augenblick ziemlich erleichtert, dass er dieses Ding nicht selbst tragen musste.

Die Tropfsteinhöhlen lagen gut fünf Meilen außerhalb von Bramstock. In der eisigen Nachtluft erschien das entsetzlich weit, besonders als sie die Bushaltestelle erreichten und feststellen mussten, dass um diese Zeit keine Busse mehr fuhren. Überhaupt waren die Straßen gespenstisch leer – kein Auto, kein Moped, ja nicht mal ein Fahrrad war zu sehen. Niemand war unterwegs, und in keinem der Häuser, an denen sie vorüberkamen, brannte Licht. Sie gingen über den alten Marktplatz mit dem Glockenturm und dem Kriegerdenkmal und hatten das Gefühl, in einer verlassenen Filmkulisse herumzulaufen. Die Pommesbude war leer, und selbst die Neonlichter waren abgeschaltet. Niemand stand vor dem Pub herum, um eine letzte Zigarette zu rauchen, und der Parkplatz vor dem Krankenhaus, wo die drei Krankenwagen standen, war ebenfalls menschenleer. Nur widerstrebend gestand sich Jamie ein, wie seltsam und unheimlich das alles war.

„Komisch", sagte er endlich. „Das ist, als ob alle mit einem Raumschiff ins All gebeamt worden wären, nur wir nicht."

„Oder als ob eine schreckliche Katastrophe alles menschliche Leben auf unserem Planeten ausgelöscht hätte."

„Na ja, jedenfalls in Bramstock."

„Fällt euch sonst nichts auf?", fragte Jasper.

Jinny und Jamie sahen ihn an.

„Nicht nur die Menschen sind verschwunden. Habt ihr irgendwo einen streunenden Hund gesehen? Oder eine einzige Katze? Und von den Boten des Meisters, die ihre nächtliche Traumfracht abliefern, ist auch nichts zu sehen. Das ist beängstigend."

Jinny und Jamie schauderten. Sie kamen an der geschlossenen Tankstelle vorbei, an dem Supermarkt, der normalerweise rund um die Uhr aufhatte. Alles lag dunkel und verlassen da, und auch im Industriegebiet rührte sich nichts. Aber als sie an ein paar kleinen Läden vorbeikamen, huschte plötzlich etwas lautlos auf die Straße und wandte einen Augenblick den Kopf, sodass sich der Mond in seinen Augen spiegelte.

Jinny klammerte sich an Jamies Arm fest.

„Keine Angst", sagte Jasper. „Das ist nur ein Fuchs. Füchse ergreifen keine Partei in dem Kampf. Der hier ärgert sich bestimmt nur, dass wir ihn beim Abendessen gestört haben."

Nach ein paar Schritten sahen sie, was der Kater gemeint hatte: Eine der Mülltonnen vor dem Pizza- und Dönerimbiss war umgerissen worden, und Dutzende von würzig riechenden Papieren und Kartons lagen auf dem Straßenpflaster verstreut.

Jamie lächelte, denn ihm war ein bescheuerter Witz eingefallen: „Kommt ein Fuchs in eine Pizzeria. ‚Eine Salamipizza, bitte.' – Sagt der Pizzabäcker: ‚Soll ich sie in vier oder in acht Stücke schneiden?' – Der Fuchs überlegt kurz und antwortet dann: ‚Bitte nur in vier, acht schaffe ich nicht.'"

Jasper sah ihn verständnislos an, aber Jinny kicherte so,

dass ihr die Maske vom Gesicht fiel. Jamie musste sie aus dem Straßendreck angeln und sie ihr wieder aufsetzen.

Die Häuser verloren sich jetzt im Dunkel der umliegenden Landschaft, und bald ragten hohe Hecken zu beiden Seiten der schmalen Straße auf. Nach einer Weile kamen sie an eine Kreuzung mit einem Hinweisschild. Die größere Straße führte nach Rookford, die kleinere bog rechts nach Little Delving ab, der Ortschaft, die in der Nähe der Tropfsteinhöhlen lag.

Sie nahmen die rechte Abzweigung und marschierten noch einmal zwanzig Minuten durch Stille und Dunkelheit. Nach einer Weile kamen sie am Hof der Jaggards vorbei. Sie sahen die zerbrochenen Zäune und die Traktoren und Mähdrescher, die auf der Koppel unbenutzt vor sich hin rosteten. Nirgends im Haus brannte Licht, und auch aus den Kuhställen und den Hühnergehegen war kein Laut zu hören. Nicht einmal die Wachhunde bellten, als sie vorüberschlichen.

An der Bachfurt überquerten sie den Churnock-Fluss. Das Wasser lag wie eine schlafende Schlange unter ihren Füßen, vom Mondlicht versilbert und hier und da von Wirbeln und Strudeln aufgewühlt. Von hier ging ein Fußweg ab, eine Abkürzung in die Hügel, sodass sie nicht durch das Dorf Little Delving mussten.

Sie kletterten über einen alten Zaun und landeten auf einem dunklen Pfad, über den sich alte Holunder- und Weißdornbüsche wölbten.

Jamie hatte das Gefühl, wenn er jetzt den Mund aufmachte, wären seine Worte weit über den Churnock-Wald hinaus zu hören bis in die tiefsten Tiefen des Höhlenlabyrinths hinein, das sich unter dem knorrigen Wurzelgeflecht der Bäume in die Erde wand.

Schweigend tauchten sie oben am Hang wieder auf. Der große bleiche Mond hing lampenhell am Himmel und riss sie aus der Dunkelheit heraus wie die Suchscheinwerfer eines Polizeihubschraubers. Jamie drehte sich um, und Jinny fuhr erschrocken zurück, denn unter der venezianischen Maske wirkte sein Gesicht so geisterhaft flach und weiß wie das einer Schleiereule.

„Hier haben wir sie gesehen – Miss Lambent", flüsterte er. „Als wir in die Perle geschaut haben. Das ist der Hügelkamm, auf dem sie entlanggezerrt wurde."

„Aber das war doch schon vor einer Ewigkeit", sagte Jinny, der die Füße wehtaten. „Hoffentlich kommen wir nicht zu spät."

„Zu spät wofür?", fragte der Kater.

Darauf wusste keiner von ihnen eine Antwort. Jinny fragte Jamie, ob er einen Plan habe.

„Ein Plan ist vielleicht zu viel gesagt, aber ich hab eine Idee", erwiderte Jamie und angelte die Perle aus seiner Tasche.

Jasper fauchte und spuckte. Es klang, als ob Wasser in einer heißen Pfanne zischte. „Nein, bloß nicht!", protestierte er. „Oder willst du alle hier alarmieren? Magie ruft

Magie herbei. Und diese ganzen Steine hier verstärken die magische Wirkung der Perle noch." Er zeigte mit den Pfoten auf die alten Steinkreise neben ihnen. „Das ist gar keine gute Idee. Vielleicht ist es am besten, wenn ihr hierbleibt und ich allein nachsehe, was da unten vor sich geht."

Jamie schüttelte entschieden den Kopf. „Nein, wir bleiben zusammen."

„Traust du dich wirklich, dem König der Schatten gegenüberzutreten? Er kann sehr furchterregend sein."

„Aber du arbeitest doch für ihn."

Jasper nickte heftig. „Ja, das stimmt und es stimmt auch wieder nicht", sagte er. „Bei Zauberern muss man auf der Hut sein, verstehst du? Wer zu viel Macht besitzt, wird unberechenbar. Sie sind unersättlich und fürchten nichts so sehr wie den Verlust ihrer Macht. In diesem Spannungsfeld zwischen Gier und Angst können sie äußerst gefährlich werden. Ich habe gelernt, niemandem zu vertrauen. Und an deiner Stelle würde ich es genauso halten. Wo Magie im Spiel ist, kannst du deinen Augen nicht trauen. Vergiss nicht, was die Weiße Frau gesagt hat …"

„Nichts ist, wie es scheint."

Jasper nickte. „Es werden Wächter im Wald sein." Er zeigte auf einen Hügel, der weit vor ihnen aufragte. „Darunter liegen die Tropfsteinhöhlen. Folgt mir und macht, was ich sage, auch wenn es euch noch so seltsam vorkommt. Habt ihr verstanden?"

Jamie sah Jinny an, die ganz fremd in ihrer Elfenmaske aussah. Jinny erwiderte seinen Blick ruhig und nahm seine Hand. „Bereit?“, flüsterte sie.

„Ja“, murmelte Jamie. „Ich bin bereit.“

Hand in Hand liefen sie durch das Moor. Sie schlugen einen Bogen um die Steinkreise und den großen Wächterstein, der ganz allein aufragte. Dann überquerten sie einen Bach und arbeiteten sich durch den sumpfigen Grund auf der anderen Seite, während der Kater leichtfüßig von Grasbüschel zu Grasbüschel hüpfte.

Schließlich keuchten sie einen steilen Hang hinauf und kamen in den dunklen Teil des Waldes. Riesige Buchen reckten ihre Äste in den Nachthimmel, die Blätter sperrten das helle Mondlicht aus, und die Stämme schimmerten blass und glatt im Dunkel. Das Gehen hier war leicht, denn unter dem dichten Laubdach wuchs nicht viel außer ein paar stark duftenden weißen Blumen, Hirschhornfarn und vereinzelten Brombeerhecken. Bucheckern und alte Blätter knirschten unter ihren Füßen und ließen Jamie erschrocken zusammenzucken. Bestimmt konnte man sie meilenweit hören!

Und tatsächlich, eine Sekunde später schwebte eine bräunliche Eule über ihren Köpfen, umkreiste sie und flatterte dann eilig in die Richtung zurück, aus der sie gekommen war.

„Und vergesst nicht – ihr macht genau, was ich sage“, erinnerte Jasper sie, dann lief er voraus.

Jinny sah Jamie fragend an, und Jamie zuckte mit den Schultern. „Machen wir, was er sagt."

Ängstlich und etwas misstrauisch folgten sie dem Kater.

Plötzlich zerriss ein Heulen die Stille der Nacht. Jinny krallte ihre Finger in Jamies Hand. Ein zweites Heulen mischte sich in das erste, und jetzt ertönte Hundegebell. Es waren urtümliche Laute, wie die Rufe eines jagenden Wolfsrudels. Im nächsten Moment glaubten sie Fußgetrappel auf der anderen Seite des Hangs zu hören, das immer näher kam.

Jamie spürte, wie sich seine Nackenhaare sträubten. Am liebsten wäre er gerannt, so schnell ihn seine Füße trugen, um sich in Sicherheit zu bringen. Aber gab es in Bramstock überhaupt noch so etwas wie Sicherheit und Geborgenheit?

Endlich erreichten sie den Waldrand und konnten ins Tal hinunterschauen. Ganz tief unten klaffte der rote Schlund, den sie in der Perle gesehen hatten. Davor loderte ein riesiges Feuer und unzählige Gestalten tanzten um die Flammen, tauchten aus dem Schatten auf und verschwanden wieder darin.

Die Gefahr kam jetzt immer näher: Die Hundemeute dicht hinter ihnen jagte den Hang herauf, keuchend und kläffend, und blasse Atemwölkchen stiegen in die Nachtluft auf. Jinny stöhnte leise – sie fürchtete sich vor Hunden.

„Ist schon gut", sagte Jamie. „Ich pass auf, dass dir nichts passiert."

„Sie tun euch nichts. Er wird sie geschickt haben, damit sie auskundschaften, wer ihr seid", sagte der Kater und starrte mit schmalen Augen auf das heranjagende Rudel.

Der Leithund machte einen großen Satz und raste in vollem Tempo auf sie zu. Jamie erkannte den großen Schäferhund, der die Hundemeute beim Spielplatz angeführt hatte.

Wenige Meter vor ihnen hielt er abrupt an. „Du schon wieder, elender Spion", knurrte er Jasper an. „Und was hast du da für Kreaturen im Schlepptau? Dreckige, stinkende Maskenträger! Du hast vielleicht Nerven, so was ins Reich des Meisters zu bringen!"

Die restliche Meute hatte den Anführer jetzt eingeholt und stand hechelnd da, mit funkelnden Augen und sabbernden Fängen. Das Mondlicht schimmerte silbrig in ihren Augen. Sie sahen aus wie Geisterhunde.

Jasper richtete sich auf. „Zurück, Turk! Und halte dein Gesindel in Schach. Ich bringe dem König der Schatten einen kostbaren Fang. Den wird er gern entgegennehmen. Wenn du den beiden auch nur ein Haar krümmst, wird er es dich büßen lassen – mit so viel Qual und Schmerz, wie du nur ertragen kannst, ehe du deinen letzten Atemzug tust. Und du weißt, dass ich nicht übertreibe."

Der Schäferhund bleckte seine großen schwarzen Lefzen. Er stellte seine gelben Fänge zur Schau, die lang und scharf und tödlich waren, um zu zeigen, dass er für seinen Erzfeind, den Kater, nichts als Verachtung übrig hatte. „Die Masken werden ihm nicht gefallen. Pass nur auf, dass nicht du dafür zahlen musst." Er wandte sich an sein Rudel: „He, Jungs, wie wär's mit 'nem schönen fetten Katzenbraten heute Abend?"

Lautes Knurren und hämisches Gelächter ertönte, aber die Meute blieb auf Abstand.

Der Schäferhund trat noch einen Schritt vor und schnüffelte in die Luft. „Ich kenne dich", sagte er zu Jamie. „Ich glaube, wir sind uns schon mal begegnet."

Jamie kämpfte gegen seine Angst an. Er spürte, wie Jinny ihm die Hand drückte, und erwiderte den Druck, heilfroh, dass er einen Augenblick von Turks lauerndem Blick abgelenkt war. „Ja, stimmt – du und deine Straßenköter, ihr habt mich mal auf dem Heimweg belästigt."

„Was hast du gesagt? Straßenköter?", bellte einer der Hunde, den Jamies abfällige Bemerkung offenbar tief getroffen hatte. Es war ein hässlicher Mischlingshund mit einem breiten, viereckigen Kopf, der viel zu groß für seinen schmalen gelben Körper war.

„Wir hätten ihn damals gleich umbringen sollen."

„Hätten wir ja auch, wenn uns nicht diese Schnüfflerin von Eule in die Quere gekommen wäre."

„Eulen und Katzen, das ist doch nur Ungeziefer. Wir

er zusammenzuckte. „Sieh doch, Jamie! Da ist sie! Meine Mum!"

Jamie folgte ihrem Blick und entdeckte Mrs Briggs, Jinnys Mutter, die ausgelassen herumhüpfte, das Gesicht zu einem starren, dümmlichen Grinsen verzerrt, als hätte sie den Verstand verloren. Und als hätte sie ihre Tochter, um die sie doch gerade noch Todesängste ausgestanden hatte, völlig vergessen.

„Mum!", rief Jinny, aber falls ihre Mutter sie gehört hatte, ließ sie sich nichts anmerken, sondern packte den nächstbesten Mann am Hosenbund und wirbelte ihn wild herum.

Es war Mr Jellicoe, der Schuldirektor. Jinny wurde feuerrot vor Scham. „Was macht sie denn da?", flüsterte sie und wandte Jamie ihre glitzernde Elfenmaske zu. „Träumen wir oder was? Das ist ja grässlich!"

Jamie schüttelte langsam den Kopf. „Nein, wir träumen nicht, aber die vielleicht." Und dann sah er Cadence.

Seine Schwester tanzte wie besessen, den Kopf weit zurückgeworfen, sodass ihr die langen blonden Haare bis über die Hüften hingen. Ein großer, dünner Rotschopf hielt sie im Arm. Als die beiden einmal dicht am Feuer vorbeiwirbelten, sah Jamie, wer ihr Tanzpartner war: Klappe, der Schläger! Das war doch nicht möglich! Nie im Leben würde sich Cadence mit diesem Blödmann einlassen – in einer Million Jahren nicht. Er traute seinen Augen nicht.

„Cadence!“, brüllte er, und für einen Moment hob sie den Kopf und blickte in die Richtung, aus der sein Schrei gekommen war. Ihr Mund war zu einem irren Grinsen verzerrt, aber ihre Augen lachten nicht. Sie sah aus wie jemand, der in seinem eigenen Körper gefangen war und verzweifelt versuchte zu entkommen, aber nichts anderes tun konnte als tanzen, tanzen, tanzen.

Jamie drehte sich zu Jinny um. „Da ist was oberfaul“, sagte er.

„Und ob“, erwiderte Jinny. „Ich kann mir nicht vorstellen, dass meine Mum mit Mr Jellicoe tanzen würde. Sie kann ihn nicht ausstehen. Sie sagt doch immer, dass er ein aufgeblasener Esel ist.“

Jamie schoss ein merkwürdiges Bild durch den Kopf: der Direktor mit zwei langen, grauen Eselsohren. Er hätte sich nicht gewundert, wenn ihm nun tatsächlich zwei Eselsohren aus dem dicken Glatzkopf gesprossen wären. So langsam wunderte ihn gar nichts mehr.

Die Hunde hielten vor dem Feuer an, und als Jamie einen Schritt vortreten wollte, knurrte Turk böse: „He, hiergeblieben! Der Spion soll uns ankündigen. Niemand darf unangemeldet vor den König der Schatten treten.“

Der König der Schatten. Er war dort drin, zum Greifen nahe. Gleich würden sie ihn sehen. Es war schon verrückt genug, dass eine solche Gestalt überhaupt existierte. Aber erst recht, dass er und Jinny, zwei Schulkinder, die eigentlich im Unterricht sitzen und Mathe üben sollten, jetzt vor ihn treten würden – in das Reich der Legenden.

Plötzlich war Jamie angst und bange und er fasste verstohlen die Perle an. Sie pulsierte unter seinen Fingern wie etwas Lebendiges und jagte ihm warme Schauer durch die Arme, bis hinauf in die Schulterblätter und durch den ganzen Brustkorb, sodass er einen Augenblick ganz ruhig und zuversichtlich war. In diesem Moment – eine Bruchteilssekunde lang – wusste er, dass alles gut werden würde. Mehr als gut. Es würde so sein, wie es immer hätte sein müssen, bevor, bevor …

„Bringt jetzt den Jungen zu Seiner Majestät", bellte ein großer, grauer Windhund aus dem Eingang der Höhle heraus.

„Und was ist mit dem Mädchen?", fragte Turk.

„Das Mädchen ist wertlos; macht mit ihm, was ihr wollt."

Die Hundemeute knurrte gierig, aber Jamie trat entschlossen vor. „Ohne Jinny geh ich nirgends hin."

Der Windhund zuckte gleichmütig die Achseln. „Wie du meinst."

Dann traten sie zusammen in die Höhle. Und dort saß er, der König der Schatten, auf einem Thron aus Stalaktiten und Stalagmiten. Vor ihm kauerte die Weiße Frau, Miss Lambent, an eine Kalksteinsäule gefesselt, und ihre goldenen Augen funkelten kampflustig im Feuerschein. Zwei riesige Dobermänner saßen mit gespitzten Ohren rechts und links von ihr und ließen die Fänge blitzen. Und am Fuße des Throns lag eine zusammengesunkene Gestalt – Jamies Mutter.

„Mum!“, rief Jamie, aber sie hob nicht einmal den Kopf. Jamie war fassungslos. Was machte sie hier? Wie hatte sie herausgefunden, wo Cadence hingegangen war? Hatte sie seinen Vater auch gefunden? Suchend blickte er sich um.

„Ich glaube, du hast mir ein Geschenk gebracht“, sagte eine Stimme über ihm. Sie hallte schauerlich von den Wänden wider und rumpelte und grollte in der Höhle, dass es klang, als hätten hundert Schattenkönige gesprochen.

Jamie blinzelte ins Halbdunkel hinauf und hielt verblüfft inne: Der Herr der Dunkelheit trug eine zerrissene schwarze Jeans und einen dunklen Pulli. Eine seltsame Kleidung für einen Elfenkönig. Barfuß war er auch, sodass man seine breiten dunklen Füße sah, Füße, die aussahen wie die von …

Jamie spähte hoch, um das Gesicht des Königs zu erkennen. Aber der flackernde Feuerschein warf Schatten darüber und erleuchtete stattdessen einen Schwarm winziger Fledermäuse, die um den Kopf des Elfenkönigs flitzten und ihm eine glitzernde dunkle Aura verliehen.

„Ja, mein geschätzter Spion hier weiß zu berichten, dass du mir ein Geschenk bringst: ein magisches Geschenk, nichts weniger. Die Perle der Wahrheit und des ewigen Lebens!“

„Nein!“ Miss Lambents Kreischen hallte durch die Nacht. „Die Perle gehört mir! Der Junge hat sie für mich geholt!“

„Halt den Mund, du Hexe! Halt den Mund, oder du landest auf dem Scheiterhaufen so wie deine Hexenschwestern in der guten alten Zeit“, donnerte der Schattenkönig, und Miss Lambents Protestgeschrei ging im hundertfachen Echo seiner Stimme unter.

Jamie starrte den Kater entsetzt an. „Wie konntest du ihm das nur erzählen?“

„Ich hab dich gewarnt, Jamie. Vertraue niemandem“, sagte Jasper leise. „Leider gilt das auch für mich.“

Jamie wusste jetzt, warum ihm der Kater auf Anhieb unsympathisch gewesen war. Hätte er doch nur auf sein Bauchgefühl gehört! Stattdessen hatte er Jasper mit nach Hause genommen und auf seinem Bett schlafen lassen. Und zum Dank verriet er ihn. Es war zum Verzweifeln. Andererseits hatte der Kater ihn vor den Hunden auf dem Spielplatz gerettet und Nanuk den Zerstörer zu Hilfe geholt, als Jamie in den Klauen der Schamanin gezappelt hatte … „Warum?“, rief er anklagend.

Die orangefarbenen Augen des Katers funkelten ungerührt: „Ich muss herausfinden, wo meine Familie ist. Und mein Meister wird die Perle fragen.“

„Das hab ich doch schon gemacht!“

„Aber du kennst sie ja nicht. Ich bin mir sicher, dass die Perle sie nicht finden konnte, weil du kein inneres

Bild von ihnen hast. Mein Meister dagegen kennt sie gut."

„Elender kleiner Verräter", fauchte Miss Lambent von ihrem Tropfstein-Scheiterhaufen herunter. „Ich hab dir noch nie über den Weg getraut. Katzen taugen nicht als Diener, dazu sind sie einfach zu hinterhältig und egoistisch. Aber warte nur, du bekommst schon noch, was du verdienst, du und deine Familie." Dann kniff sie den Mund zu und funkelte die Katze böse an.

Der Schattenkönig, der über ihr auf dem Thron saß, stieß einen seltsamen, hohen Ton aus, und plötzlich schossen alle Fledermäuse, die bisher um seinen Kopf geschwirrt waren, auf Miss Lambent herunter. Sie schlugen ihr die ledrigen Flügel ins Gesicht und krallten sich mit den winzigen Klauen in ihre Haare, bis die ganze Höhle von den Schreien der Hexe widerhallte.

„Nun denn!", sagte der König. „Ich werde jetzt mein Geschenk in Empfang nehmen, und dann verbrennen wir die Hexe, damit Tag und Nacht wieder mir allein gehören!" Er erhob sich und trat ins Licht.

Jamie wollte etwas sagen, brachte aber keinen Ton heraus. Er fühlte sich wie ausgeweidet, von innen nach außen gestülpt, und sah sein Herz vor sich, wie es außerhalb seiner Rippen pochte. Alles, was er jemals gewesen war, schien aus ihm herausgeschabt worden zu sein und hing nun schutzlos in der kalten Luft, damit diese ... diese Kreatur es begutachten konnte.

Der Schattenkönig war sein Vater.

Thomas Wave.

Und zugleich war er ein völlig Fremder.

Eine Flut von Bildern schoss Jamie durch den Kopf – all seine kostbaren Erinnerungen, Sehnsüchte und Wünsche, die er in den zwölf Jahren seines Lebens gesammelt hatte, Bilder, die in diesem neuen, unfassbaren Zusammenhang keinen Sinn mehr ergaben. Sein Dad, wie er die Lichter am Weihnachtsbaum angebracht hatte; wie er nach einer langen Nachtschicht im Bergwerk tagsüber auf dem Sofa geschlafen hatte. Oder wie er an Silvester Böller in die Luft gejagt hatte. Oder auf dem Rummelplatz Autoscooter mit ihm gefahren war. Die Comedy-Sendungen im Fernsehen, über die er sich schiefgelacht hatte. Wie konnte sein Vater dieses schreckliche Wesen sein, das sich Schattenkönig nannte? Jamies Dad war aus Fleisch und Blut. Er saß vor dem Fernseher, aß Toast mit gebackenen Bohnen, ging aufs Klo und sang (grottenschlecht) unter der Dusche.

Aber schon hatte sich ein winziger Zweifel in Jamies Seele eingenistet. Er zerbrach sich den Kopf, ob er seinen Vater jemals bei hellem Tageslicht gesehen hatte, aber er konnte sich an kein einziges Mal erinnern. Sein Dad hatte tagsüber im Bergwerk gearbeitet und am Wochenende oft noch eine Sonderschicht gefahren, und nachts war er häufig verschwunden. Das war auch der Grund, warum seine Eltern so viel gestritten hatten. Noch jetzt hallten ihm die Worte seiner Mutter im Ohr, ihre ewige Leier im letzten Jahr: „Du hast dich so verändert, Tom! Du bist nicht mehr der Mann, den ich geheiratet habe." Sogar am Wochenende blieb sein Vater im Wohnzimmer, das kein Fenster zur Außenwelt hatte, hing auf dem Sofa herum, schlief oder sah fern. Alle Erinnerungen, die Jamie an seinen Dad im Freien hatte, begannen in der Dämmerung oder in voller Dunkelheit. Und plötzlich fiel ihm auch ein, dass seine Mum ihm einmal erzählt hatte, wie sie ihn kennengelernt hatte: in einem Nachtclub ...

Das war alles sehr seltsam. Aber nichts davon bewies, dass sein Dad der Schattenkönig war.

Er wusste nicht, was er tun sollte. Am liebsten wäre er nach Hause gerannt – in sein Schlafzimmer, in sein Bett, hätte sich die Decke über den Kopf gezogen und ein Stoßgebet zum Himmel geschickt, dass der ganze Spuk am nächsten Morgen vorbei sein möge. Doch stattdessen nahm er die venezianische Maske ab.

„Hallo, Dad", sagte er. „Ich hab mich schon gefragt, wo du die ganze Zeit warst."

Das schmale dunkle Gesicht des Schattenkönigs blieb unergründlich, nur seine schwarzen Augen glitzerten. Waren es Tränen, die Jamie darin sah, oder nur ein zufälliger Lichteffekt? Der König ließ seine Hand durch die winzigen, straffen Zöpfchen auf seinem Kopf gleiten. Sie sahen genauso aus wie die, die seine Mum ihm immer geflochten hatte, wenn er beim Fernsehen vor ihr am

Kraft ausgegangen. Irgendwie war die magische Kraft des Schattenkönigs schwächer geworden, wenn auch nur für einen Augenblick.

Und im selben Moment passierte noch etwas. Sei es, dass die Magie erlosch, die Miss Lambent an die Kalksteinsäule bannte, vielleicht waren auch ihre Fesseln einfach nicht fest genug gewesen – auf jeden Fall war sie plötzlich frei!

Kapitel 30

Die Weiße Frau

Miss Lambent starrte Jamie und den Schattenkönig abfällig an. „Ach, wie rührend", spottete sie. „Vater und Sohn, endlich wieder vereint. Es bricht mir das Herz, dass ich euer kleines Familientreffen stören muss, aber c'est la vie!" Und damit ging sie auf Jamie zu. Ihre rechte Hand streckte sie hoch in die Luft und zwischen ihren Fingern glühte ein überirdisches grünes Licht.

Es war der Seelenstein!

„Ich dachte, wir hätten dich gründlich durchsucht", stieß der Schattenkönig hervor.

Die Weiße Frau warf ihm einen vernichtenden Blick zu. „Ich bin eine Hexe, das sagst du doch selbst immer. Glaubst du, eine Hexe hat nicht auch ihre Trümpfe im Ärmel?" Sie funkelte Jamie an. „Ich wusste, dass du herkommen würdest. Es war klar, dass du in die Perle schauen und deinen verschwundenen Dad in der Höhle sehen würdest. Denkst du wirklich, ich bin so schwach, dass ich mich einfach gefangen nehmen lasse?" Sie lachte verächtlich. „Na ja, ich hab mir auch alle Mühe gegeben, diesen Eindruck bei dir zu erwecken."

„A-Aber, sie haben doch alles zerstört", sagte Jamie. „Die ganzen Masken … alles."

Miss Lambent schnippte verächtlich mit den Fingern. „Masken. Was sind schon Masken? Ich kann jederzeit neue machen. Aber sobald ich mit diesem kleinen … Problem hier fertig bin, werde ich es ohnehin nicht mehr nötig haben, mich zu verstecken! Und jetzt gib mir die Perle!"

Jamie schüttelte langsam den Kopf. „N-Nein, d-das tu ich n-nicht."

„Gib sie mir, oder …" Miss Lambent richtete das gespenstische grüne Licht auf das schöne dunkle Gesicht des Schattenkönigs. „Oder ich schicke meinen geliebten Bruder zur Hölle, samt allem, was noch von der Seele deines Vaters übrig ist."

Jamie hätte schwören können, dass er einen Anflug von Angst über das Gesicht des Schattenkönigs huschen sah, und plötzlich wusste er, was er zu tun hatte. „Was werden Sie machen, wenn ich Ihnen die Perle gebe?", fragte er vorsichtig.

„Was ich mit der Perle machen werde? Nun, ich nutze die Macht, die sie mir bietet. Ich werde ewig leben. Ich werde unsterblich sein!", schrie sie triumphierend.

„Und was fangen Sie mit dieser Unsterblichkeit an?"

Die Weiße Frau sah ihn listig an. „Ich werde dieses Geschenk für andere verwenden – zum Wohl der ganzen Stadt, das versteht sich doch von selbst, oder?"

Ganz langsam nahm Jamie die Perle der Wahrheit und des ewigen Lebens aus seiner Tasche. Sie wuchs in seinen Händen zu ihrer normalen Größe an. Er spürte die Blicke des Schattenkönigs und die seiner bleichen Zwillingsschwester auf sich: Ihre Augen klebten an der Perle wie Fliegen an einer Honigfalle.

„Perle“, sagte Jamie leise. „Wenn die Weiße Frau dich in ihre Hände bekommt, was wird sie dann tun?“

Blitzschnell brachte die Perle ein Bild hervor: eine gnadenlos grelle Landschaft. Lange Reihen von Sklaven, die unter einer glühenden Sonne schufteten. Auf einem Berg aus Gold und Elfenbein thronte die Weiße Frau, schön wie eine Fee, um den Fortschritt der Bauarbeiten zu überwachen, die in Gang waren. Schwitzende, blutende Sklaven, von Peitschen angetrieben, rissen die Wände der letzten Gebäude von Bramstock ein und machten die Stadt dem Erdboden gleich. Ganze Wohnviertel, die Schulen, das Krankenhaus, die Kirchen, alles wurde niedergewalzt, bis hin zum Fußballplatz.

Auch die Ortschaft Little Delving und die umliegenden Dörfer wurden abgerissen. Der Churnock-Wald wurde abgeholzt und stattdessen wurden Mauern und Türme und Wachposten hochgezogen, bis eine goldene Palastanlage das Land bedeckte, so weit das Auge reichte – von den Schwarzen Bergen im Westen bis zu der schimmernden See im Osten.

Jetzt fielen auch die alten Steinkreise, die seit Urgedenken die Hügel zierten: Sie wurden zertrümmert und als Baumaterial verwendet. An ihrer Stelle erhoben sich riesige Statuen der Weißen Frau, die die ganze Landschaft beherrschten. Unter ihnen tauchten weiß gewandete Frauen auf und stimmten Beschwörungsgesänge an, während Männer mit grausigen Masken hilflose Tiere abschlachteten, deren rotes Blut anklagend auf den Boden spritzte.

„Gib sie mir", zischte die Weiße Frau wieder. Sie trat einen Schritt vor, weit genug, um einen Blick auf die Szene zu erhaschen, die Jamie in der Perle gesehen hatte.

„Ah", hauchte sie hingerissen. „Aaahh! Wie schön! Oh ja!" Und dann stürzte sie sich auf Jamie.

Jamie sah den Seelenstein auf sich zukommen, und eine Sekunde lang war er wie gelähmt vor Entsetzen. Die Zeit schien stillzustehen, oder vielleicht stand sie ja auch wirklich still. Vielleicht war es die Abschiedsgeste des Schattenkönigs. Denn in diesem Moment kam Leben in ihn. Er stieß Jamie beiseite und riss die Perle der Wahrheit hoch, sodass die schimmernde Kugel gegen den Seelenstein krachte und seine volle magische Kraft abfing.

Ein lautes Brüllen erfüllte die Luft, ein Zischen und Beben. Die Schockwelle lief durch Jamie hindurch und erschütterte ihn bis ins Innerste. Es war, als würde er auseinandergerissen, von einer überragenden Intelligenz in seine Einzelteile zerlegt, die in alle Winde verstreut und dann wieder zusammengezogen wurden. Das Licht der Explosion durchzuckte ihn. Millionen blitzender Strahlen durchbohrten ihn, und als es vorüber war, konnte Jamie nichts mehr sehen. Er blinzelte verzweifelt und wankte auf der Stelle.

Da nahm ihn jemand an die Hand. „Jamie? Jamie Wave? Ist alles in Ordnung?"

Jamie blinzelte wieder, und jetzt zeichnete sich etwas – nein, jemand – vor ihm ab. Eine Gestalt, die etwas kleiner war als er und leuchtend rote Haare hatte. „Jinny?"

Jinny brachte vor Erleichterung kein Wort heraus. Sie strahlte über das ganze Gesicht.

Es dauerte eine Weile, bis sich Jamies Augen an das neue Licht gewöhnt hatten. Über dem Churnock-Wald brach jetzt die Dämmerung an, und die dunklen Bäume hoben sich deutlich vor dem rötlich gefärbten Horizont ab.

Jamie blickte sich um. Von der Weißen Frau, die er als Miss Lambent gekannt hatte, war nichts zu sehen. Der Schattenkönig – oder war es sein Vater? – lag reglos am Boden. Jamies Mutter stand über ihn gebeugt und ließ ihre Finger unendlich zärtlich durch seine zerzausten Zöpfchen gleiten.

„Thomas", sagte sie immer wieder. „Komm zurück, komm zurück zu uns."

Jamie sah, wie sein Dad sich regte und blinzelte, wie er endlich die Hand seiner Mum nahm und sie an seine Lippen führte. „Jemima", wisperte er. „Bist du's wirklich?"

Im selben Moment, als Jamies Dad zu sich kam, tauchte Cadence mit schläfrigen Augen im Eingang der Höhle auf. Ihre Haare waren wild zerzaust. Sie sah aus, als hätte sie ein ganzes Wochenende durchgefeiert. Und vielleicht hatte sie das auch.

Als sie Jamies Blick auffing, starrte sie ihn verwirrt an. Dann grinste sie. „Heiliger Strohsack!", rief sie. „Das war vielleicht ein Traum!" Sie schaute auf den Boden vor Jamies Füßen. „Was ist das denn?"

Jamie blickte hinunter. Etwas Blasses lag in der Asche vor ihm. Neugierig stocherte er in dem Aschehäufchen herum. Auf einmal kullerte das Ding zur Seite. „Aaah!", schrie er und sprang entsetzt zurück.

Jinny packte ihn am Arm. „Was ist?"

Aus den schwarzen, verkohlten Überresten ragte das Skelett von Miss Lambents Hand hervor, gespenstisch bleich, und die dünnen Fingerknochen umklammerten noch immer den Seelenstein. Aber das böse grüne Licht war daraus verschwunden. Er sah jetzt aus wie das Tigerauge, nachdem die Weiße Frau ihm die ganze Magie ausgesaugt hatte – leblos und ungefährlich.

„Wo ist der Rest von ihr?", fragte Jinny mit erstickter Stimme und sprach damit die Frage aus, die Jamie noch nicht zu stellen vermocht hatte.

Er schüttelte langsam den Kopf. „Ich glaub nicht, dass ich das wissen will", sagte er.

Neben der gruseligen Knochenhand ihrer einstigen

Kunstlehrerin lag die Perle der Wahrheit und des ewigen Lebens, offensichtlich unversehrt. Jamie kniete nieder, hob die Perle auf und ließ sie fast wieder fallen, weil sich etwas darin bewegte. Wie gebannt beobachtete er, wie dieses Etwas immer näher und näher kam. Etwas Dunkles, Glänzendes, ein wirbelndes Schwarz-Violett. Jamie konnte seinen Blick nicht davon losreißen, spürte, wie ihm immer schwindliger wurde, je angestrengter er hinstarrte. Er erinnerte sich vage an ein ähnliches Gefühl, das er einmal gehabt hatte …

Dann flossen die Farben zusammen, und eine lange senkrechte schwarze Linie spaltete die Perle von oben bis unten. Und dann … blinzelte sie. Das jedenfalls war das Wort, das Jamie als Erstes durch den Kopf schoss. Es war, als würde eine Jalousie auf- und zugehen, aber von links nach rechts und nicht von oben nach unten wie bei einem normalen Fenster. Eine kalte Hand griff nach seinem Herzen.

„Hallo, Jamie Wave", ertönte eine Stimme.

Unwillkürlich blickte sich Jamie um. Dabei wusste er schon, dass die Stimme nicht aus dem Dunkel der Höhle kam. Trotzdem suchte er weiter, denn er konnte es einfach nicht glauben.

Da war sein Dad. Er hatte sich inzwischen aufgesetzt und fasste sich vorsichtig an den Kopf, als hätte er ihn irgendwo angeschlagen und wüsste nicht mehr, wo und wie. Und dort war seine Mum, so glücklich und strahlend, wie er sie in den letzten zwei Jahren nicht gesehen hatte. Und Cadence, die nicht wusste, ob sie lachen oder weinen sollte, machte beides gleichzeitig. Aber keiner von ihnen blickte in Jamies Richtung, und es war auch nicht Jinny, die gerade gesprochen hatte. Er starrte die Perle an.

„Ja, ich hier bin."

Das Auge zog sich zurück und verblasste, dann änderte sich das Bild: zarte, goldgrüne Schuppen schimmerten auf, eine lange Schnauze, ein Horn, ein Ohr, ein Stück Schulter und ein Flügel. Dann kam das Auge wieder näher.

„Hallo, Himmelsdrache", sagte Jamie unsicher. „Das versteh ich nicht. Bist du wirklich in der Perle?"

„Ja, natürlich. Sie ein Teil von mir ist, so wie ich bin ein Teil von ihr. Untrennbar. Unteilbar."

„Und warum hast du sie mir dann gegeben?"

„Hab ich dir nicht gesagt, dass sie ist eine Leihgabe?"

Jamie hatte geglaubt, dass ihn nichts mehr aus der Fassung bringen könnte, aber jetzt starrte er ratlos auf das Auge in der Perle. „Ähm, wie soll ich sie dir denn jetzt zurückgeben? Ich meine, soll ich sie nach China bringen oder so?"

China war sehr weit weg, und selbst wenn er jemals das Geld für ein Flugticket aufbringen könnte, lebte der Drache doch gar nicht im heutigen China. Oder durch den Maskenladen? Die Löwenmaske war ja heil geblieben. Aber Jamie bezweifelte, dass der Spiegel und die

Maske noch funktionierten, nun, da die Maskenmacherin tot war …

„Nur keine Gedanken dir mache“, sagte der Himmelsdrache. „Bevor meine Perle ich zurücknehme, will ich dir sagen: gut gemacht. Du warst sehr tapfer!“

„Ich hab mich aber nicht so gefühlt.“

„Das ist das Tapferste von allem. Nur der mutig sein kann, der Angst hat und trotzdem standhält. Und du hast standgehalten, Jamie Wave. Dank dir die Magie sich totgelaufen hat. Beide Wesen um das Dunkel und das Licht gekämpft haben. Solche Kämpfe gibt es überall in der Welt, auf tausend verschiedene Arten, aber gut es ist, dass das Gleichgewicht wenigstens in diesem Winkel der Welt wurde wiederhergestellt. Du stolz auf dich sein kannst. Jetzt die Menschen deines Stammes wieder in Sicherheit leben werden und die Freiheit haben, selbst Entscheidungen zu treffen, ihre eigenen Fehler und ihr eigenes Glück zu machen. Ich jetzt gehen muss, und ich glaube nicht, dass wir uns wiedersehen werden, aber ich stolz bin, dass ich dich kennenlernen durfte.“ Der Drache hielt einen Augenblick inne. „Und dein Witz über den Magier und das Schiff mir gut gefallen hat.“

„Dann hast du zugehört?“

Das Auge sah ihn ernst an und blinzelte. Dann durchbrach etwas die Oberfläche der Perle, so wie der Himmelsdrache das stille Wasser des Himmelsees durchbrochen hatte. Es war eine einzelne schuppige Klaue, gefolgt von einer zweiten, dann noch einer und noch einer, bis es aussah, als würde die Perle der Wahrheit und des ewigen Lebens von einer großen Klauenhand gepackt, die an einem unsichtbaren Arm befestigt war.

„Miaaauuu!"

Als Jamie hinunterschaute, saß der schwarze Kater vor ihm und blickte mit seinen riesigen gelben Augen zu ihm herauf. In seinem Maul hielt er die weiße venezianische Halbmaske.

Jamie starrte sie an, unschlüssig, was er tun sollte. Der Kater hatte ihn verraten, er hatte sie alle verraten. Das konnte er nicht einfach so vergessen. Aber Jasper sah so verzweifelt und unglücklich aus. Mit einem Seufzer kauerte sich Jamie neben Jasper auf den Boden und setzte die Maske auf. „Ich weiß nicht, ob das noch funktioniert", sagte er leise zu dem schwarzen Kater, aber der ging gar nicht darauf ein.

„Bitte", flehte er, „ich muss wissen, was die Hexe mit meiner Frau und meinen Kindern gemacht hat."

Die Drachenklaue verschwand wieder in der Perle.

„Eine Pfote auf die Perle lege und deine Frage stelle", sang der Drache, und Jasper tapste mit seiner Vorderpfote auf die schimmernde Oberfläche. „Wo sind Cressida, Flo und Aurelio?"

Ein Lichtspalt erschien in der Kugel. Der Blickwinkel, den Jamie und Jasper nun hatten, war weit unten am Boden, wie die Sicht einer Katze. Eine riesige Monstermaschine ratterte langsam eine Straße hinunter. Sie hielt an, und eine Tür an der Seite ging auf. Eine Gestalt in einem neonfarbenen Overall kletterte heraus und ging zur Rückseite des Monstrums. Sie verschwand einen Augenblick aus dem Bild, dann tauchte sie mit zwei riesigen Müllcontainern wieder auf. Die Maschine hievte die Tonnen quietschend hoch und kippte sie um, sodass der Inhalt in ihren immer hungrigen Magen purzelte. Dann sauste ein Metallgitter herunter, und die Maschine stürzte sich auf die frische Beute und quetschte und quetschte.

„Das ist der Müllwagen", murmelte Jamie. „Die Müllmänner."

Die Perle zeigte jetzt einen schläfrigen Mann auf dem Fahrersitz, der verschiedene Knöpfe und Hebel bediente. Ganz langsam fuhr das Müllauto weiter, sodass der zweite Mann fluchend hinterherrannte und auf das Trittbrett am Fahrzeug sprang.

Wieder änderte sich die Sicht, und rasend schnell ging es nun durch die Straßen von Bramstock. Vor einem großen Gebäude kam das Bild zum Stehen. Die Perspektive verschob sich, und plötzlich wurde Jamie klar, dass er auf die Rückseite seiner Schule blickte, dorthin, wo die Mülltonnen hinter dem Küchentrakt standen. Ganz deutlich drang ein Miauen aus einer der Tonnen.

Jinny Briggs, die Jamie über die Schulter gespäht hatte, schnappte nach Luft. „Sie sind in der Mülltonne! Wir müssen was tun, sonst werden sie zerquetscht!"

Jasper nahm sofort seine Pfote von der Perle. Er starrte Jamie angstvoll an. „Wir müssen gehen!“, rief er. „Jetzt gleich!“

Jamie zögerte. Er schaute zu seiner Mum und seinem Dad und Cadence, dann wieder auf die Perle.

„Geh“, sagte der Drache. „Deine Familie zu Hause auf dich warten wird. Die Katze dich verraten hat; aber einen guten Grund sie dafür hatte, den besten. Und nur das zählt am Ende. Geh, Jamie! Noch einmal ein Held sei!“

Und dann … verschwand die Perle mit einem leisen Plopp! Einfach so. Als ob die Höhlenluft sie verschluckt hätte.

Jamie sah Jinny an.

„Wehe, du gehst ohne mich“, sagte Jinny grimmig.

Da nimmt Jamie ihre Hand, und sie folgen der schwarzen Katze durch den Wald und über die Hügel. Es ist ein weiter, anstrengender Weg zur Schule von Bramstock zurück, und trotzdem sind sie voller Energie und Zuversicht.

Epilog

Es ist Samstagmorgen, und die Sonne scheint auf die May Street herunter. Sie spiegelt sich in funkelndem Glas und frisch gestrichenen, glänzenden Fensterrahmen. Sie scheint auf die Fenstersimse, die von leuchtend roten und rosa Geranien überquellen. Sie strahlt auf das Pflaster, das jetzt frei von Müll und Unkraut ist, und funkelt auf den frisch gedeckten Dächern und in den blank geputzten Messingtürklopfern.

Wir kommen zu einem Antiquitätenladen, vor dem ein hübsches geblümtes Sofa steht. Ein Mädchen mit langen blonden Haaren sitzt darauf, schlürft Kaffee aus einem Styroporbecher und unterhält sich lachend mit einem Mann, der winzige, kunstvoll geflochtene Zöpfchen und blitzende dunkle Augen hat. Er wuschelt ihr liebevoll durchs Haar, sie stößt seine Hand weg und pikst ihn in den Bauch. Und daraus entsteht eine Balgerei, aber nicht zu wild, denn das Mädchen will ihren Kaffee nicht verschütten.

In dem Kostümladen gegenüber steht eine Frau im Schaufenster und rückt die steife weiße Halskrause einer

Schaufensterpuppe zurecht, die als Königin Elisabeth I. aufgemacht ist, mit einem ausladenden Reifrock und einer roten Lockenperücke. Neben ihr steht eine Piratenpuppe, die haargenau wie Captain Jack Sparrow aussieht, bis hin zu den geschminkten Augen und dem Schlapphut. „Sie sind auf einen Kostümball eingeladen und wissen nicht, was Sie anziehen sollen?", steht auf einem großen Schild im Fenster. „Wir haben alles, was Sie brauchen – vom Gorilla bis zum Astronauten!"

Der Kostümladen läuft gut. In Bramstock gibt es in letzter Zeit jede Menge Kostümfeste, denn die Leute haben viel zu feiern. Weihnachts- und Geburtstagsfeste, Betriebsfeiern und Hochzeiten und jede Menge Partys einfach so zum Spaß.

Es gibt wieder Arbeit in Bramstock, und die Leute sind mit Feuereifer dabei. Das Bergwerk ist wieder in Betrieb, die Fabriken ebenso, und es wurden auch neue Geschäfte eröffnet. Der Stadtrat hat Gelder bewilligt, um die heruntergekommenen Viertel zu sanieren, wie zum Beispiel die May Street. Es werden Kredite an Leute vergeben, die neue Läden und Cafés eröffnen und die Stadt attraktiver machen wollen. Dadurch kommt wieder Geld in Umlauf.

Selbst der Fußballverein ist in Siegerlaune, und die Schule von Bramstock steht so gut da wie noch nie: Im letzten Sommer wurden die besten Prüfungsergebnisse aller Zeiten erzielt, besonders im Kunstunterricht. Der neue Kunstlehrer versteht es, seine Schüler zu begeistern.

Seine Name ist Mr Long und er sagt, in China bedeutet „long“ etwas ganz Besonderes, aber was, das hat bisher noch niemand herausgefunden. Stattdessen erzählt Mr Long seinen Schülern eine Menge über die glücksbringenden Eigenschaften der Farbe Rot und viele unglaubliche Geschichten über den Kampf zwischen Göttern und Helden und magischen Drachen.

Die Frau im Schaufenster tritt jetzt einen Schritt zurück, um ihre Arbeit zu bewundern, dann dreht sie sich zu dem Mann und dem Mädchen auf der anderen Straßenseite um. Es ist Jemima Wave.

Cadence, ihre Tochter, schneidet eine Grimasse und winkt zurück. Mr Wave, ihr Mann, steht von dem geblümten Sofa auf und schlendert über die Straße in den Kostümladen, wo er seiner Frau um die Taille fasst und ihr schnell einen Kuss auf die Lippen drückt. Sie wehrt ihn lachend ab, und er klaut der armen alten Queen Elisabeth die Perücke vom Kopf, sodass die Puppe kahl und verletzlich aussieht. Er stülpt sich die Perücke auf seine Zöpfchen, und Mrs Wave schüttelt sich vor Lachen. Dann geht die Tür auf, eine Glocke bimmelt, und zwei Kunden kommen herein.

Über dem Laden nebenan prangt immer noch das alte Schild. „Der Maskenladen“ steht in einer altmodischen, fließenden Schrift darauf, die mit frischer Goldfarbe übermalt ist und sich funkelnd von dem glatten Holzgrund abhebt.

Wir stoßen die schwere, alte Tür auf und gehen hinein. Dort stellen wir fest, dass „Der Maskenladen" durch eine breite Flügeltür mit dem Kostümladen verbunden ist. Durch die Tür kann man Thomas und Jemima Wave sehen, die zwei Kunden in mittelalterlichen Ritterkostümen zu einem Fechtkampf mit ihren Plastikschwertern anfeuern.

In diesem Teil des Ladens aber gibt es, wie schon das Schild besagt, jede Menge Masken. Masken aller Art. Masken für Kostümpartys, Masken von berühmten Sängern und Fußballern, Schauspielern und Politikern. Monstermasken für Grusel- und Halloweenpartys. Elegante Augenmasken und venezianische Halbmasken für Mitternachtsbälle. Superhelden und Comic-Figuren. Masken aus alten Kulturen, indische, afrikanische, Maori- und Aztekenmasken. Der Kopf eines alten ägpytischen Pharao und ein Indianerhäuptling mit Federkopfschmuck. Neben einem Darth-Vader-Kopf liegt eine Wikingermaske. Es gibt Gandalf und Zorro. Und ein paar handgemachte Masken aus Gips und Pappmaschee von fantastischen Geschöpfen: glitzernde pinkfarbene mit Pailletten und Federn, Einhörner und Drachen und ein wunderschöner Tiger in Rostorange und Schwarz mit einer Mähne aus künstlichem Fell, einer mattrosa Nase und scharfen Zähnen, die zwischen seinen Lippen hervorblitzen.

Zwei Kinder sind schon im Laden: ein Mädchen mit langen roten Locken und ein hübscher dunkelhäutiger

Junge. Sie knien auf dem Boden und spielen mit einer Stoffmaus und zwei niedlichen Tigerkätzchen.

„Oh, Flo!", ruft das Mädchen, als das weibliche Kätzchen schon wieder die Maus an sich reißt. „Lass Aurelia doch auch mal!"

Auf der Theke über ihnen sitzt ein schwarzer Kater mit leuchtenden orangefarbenen Augen neben einer eleganten Tigerkatze. Beide blicken voller Stolz auf die Kätzchen, aber ihre Schwänze sind ineinandergeschlungen und bilden ein Unendlichkeitssymbol wie eine liegende Acht.

Als die Tür aufgeht, sehen alle hoch. Das Mädchen lächelt, aber sie lächelt nicht dich an, sondern jemanden hinter dir. „Hallo, Michael", sagt sie.

Einer der beiden Jungen, die gerade hereingekommen sind, sagt verlegen: „Ähm, hallo, Jinny." Er wird rot und schaut weg.

Der andere Junge ist nicht so schüchtern. Er hat ein Gesicht wie ein Wiesel, schmale schwarze Augen und Lippen wie Knackwürste.

Der Junge, der mit den Kätzchen gespielt hat, steht auf und tritt vor die Besucher. „Hallo, Klappe", sagt er herausfordernd.

„Sag doch lieber Freddy zu mir", bittet der Junge verlegen. „Wir … äh …" Er schaut seinen Freund hilfesuchend an. „Wir … ähm … Also wir haben gehört, dass ihr hier ‚Abenteuer' verkauft."

Jamie Wave grinst breit. „Ah, Abenteuer. Ja, das stimmt. Abenteuer sind in der modernen Welt nicht so leicht zu bekommen. Wirkliche Abenteuer, meine ich. Aber jeder hat ein Recht darauf." Er schwenkt die Hand über die unzähligen Masken, die in den Regalen stehen.

„Such dir eine aus."

Die Autorin, Lektorin und leidenschaftliche Kletterin Jane Johnson hat viele Jahre die Redaktion der Tolkien-Edition verantwortet und ist nun bei HarperCollins UK für Science-Fiction und Fantasy-Literatur zuständig.
Nach der Trilogie „Das verborgene Königreich" ist „Herr der Masken" ihr zweites Kinderbuch.
Jane Johnson pendelt zwischen Großbritannien und Marokko, teilt ihr Leben mit einer Katze namens Thorfinna Hairy-Trousers (Spitzname: Finn) und ist mit einem Berber verheiratet.
Ihre persönliche Homepage: www.janejohnson.eu

Leseprobe

aus »Der Prinz von Eidolon«

Erster Band der Trilogie
»Das verborgene Königreich«
von Jane Johnson

Ben Arnold sah wie ein ganz gewöhnlicher Junge aus, jedenfalls auf den ersten Blick. Er hatte widerspenstiges blondes Haar, dünne Beine und ziemlich große Füße. Aber seine Augen schauten verträumt in die Welt und von Nahem bemerkte man, dass eines ganz normal nussbraun, das andere dagegen leuchtend grün war. Ben erklärte sich diese Besonderheit damit, dass er als kleines Kind einen Unfall gehabt hatte. Seine Mutter hatte ihm erzählt, dass er sich einmal, als sie ihn im Kinderwagen die Hauptstraße entlangschob, plötzlich weit hinausgelehnt habe und mit dem Kopf an einen Laternenpfahl geknallt sei. Sie habe ihn sofort ins Krankenhaus gebracht und bei der Entlassung sei sein eines braunes Auge plötzlich grün gewesen. Das war alles. Ben konnte sich nicht recht an den Vorfall erinnern, hatte es aber längst aufgegeben, darüber nachzugrübeln. Und im Moment beschäftigte ihn sowieso etwas ganz anderes.

Deshalb marschierte er an diesem Samstagmorgen mit vor Aufregung klopfendem Herzen die Hauptstraße entlang. Er hatte wochenlang für diesen Tag gespart. Denn irgendwann hatte er sich auf dem Heimweg von der Schule die Nase am Schaufenster von Mr Dodds' Zoohandlung platt gedrückt und etwas so Erstaunliches erblickt, dass er seither an nichts anderes mehr denken konnte. Mitten im bunten Durcheinander der Zoohandlung schwammen sie in einem beleuchteten Aquarium: zwei *Seltene Mongolische Kampffische.* So stand es jedenfalls auf dem knallorangen Pappschild. Ob die beiden tatsächlich gegeneinander kämpften?, überlegte Ben. Und wenn ja, wie? Sie funkelten verführerisch wie Edelsteine und ihre wedelnden Flossen sahen aus wie die Wimpel an den Lanzenspitzen mittelalterlicher Ritter.

Er hatte sich ein Herz gefasst, den Laden betreten und gefragt, was die Fische kosteten. Bei Mr Dodds' Antwort wäre er beinahe in Ohnmacht gefallen. Aber als er seinen Heimweg fortgesetzt hatte, hatte er im Stillen wild entschlossen Pläne geschmiedet, wie er an so viel Geld kommen konnte.

Seitdem hatte er jeden Tag nachgesehen, ob die Fische noch da waren. Noch nie hatte er sich etwas so sehnsüchtig gewünscht.

Mongolische Kampffische!

Er musste sie haben. Er begehrte sie – ein Ausdruck, den er bis dahin nur höchst unbestimmt mit den Geschichten aus der Bibel in Zusammenhang gebracht hatte. Jeden Abend vor dem Einschlafen malte er sich aus, wie die beiden Fische in ihrem geheimnisvoll beleuchteten Aquarium zwischen den Tangwedeln umherschwammen, und wenn er schließlich einschlief, schwammen sie durch seine Träume.

Er sparte das Geld, das er zum Geburtstag geschenkt bekam (endlich zwölf!), sein ganzes Taschengeld und alles, was er sich mit kleinen Besorgungen und Gelegenheitsarbeiten dazuverdiente. Er wusch das Auto seines Vaters (sogar dreimal, obwohl es bloß ein klappriger Morris war, dessen Rostflecken nach dem Blankwienern umso mehr auffielen), er mähte bei den Nachbarn den Rasen (plus ein Blumenbeet, als sich der Rasenmäher einen Augenblick lang selbstständig machte, aber das schien zum Glück niemandem aufgefallen zu sein). Er schälte Kartoffeln und putzte Fenster, er saugte und wischte Staub, er bügelte und überwand sich sogar (obwohl ihm dabei ganz flau wurde), seiner kleinen Schwester die Windeln zu wechseln, worüber sich seine Mutter sehr freute.

Bald war ein nettes Sümmchen zusammengekommen, das er immer dabeihatte, damit sich seine große Schwester nicht daran vergriff.

„Wenn du es nicht bald ausgibst, brennt dir das Geld noch ein Loch in die Tasche!", hatte ihn seine Mutter geneckt.

Wenn sie nun Recht hatte? Würde das Geld, wenn es ihm ein Loch in die Tasche gebrannt hatte, an seinem Bein haltmachen? Oder würde es weiterbrennen, ihm erst ein Loch ins Bein sengen und sich dann durchs Straßenpflaster fressen, bis zum Mittelpunkt der Erde? Wer weiß, was alles passiert, wenn ich mir die Fische nicht bald kaufe, dachte er – womöglich bin ich schuld daran, dass die Welt untergeht!

Ben bog von der Hauptstraße in die Kruxgasse ein und da war sein Ziel, eingezwängt zwischen dem Supermarkt und der Apotheke: Mr Dodds' Zoohandlung, wie die großen verschnörkelten Goldbuchstaben über dem Schaufenster stolz verkündeten. „Ein Relikt aus der guten alten Zeit", pflegte sein Vater zu sagen, und Ben ahnte, was er damit meinte, auch wenn er es nicht hätte erklären können. Mr Dodds' Zoohandlung war ein mit Merkwürdigkeiten vollgepfropfter Laden, ein Laden voller Wunder und Verlockungen. Jedes Mal entdeckte man etwas Neues zwischen den blitzenden Metallkäfigen, den Halsbändern, Leinen und Quietschspielzeugen, Hundekörben und Kratzbäumen, der Streu und den Sonnenblumenkernen, den Goldhamstern und sprechenden Vögeln, Eidechsen und Hundewelpen. Man hatte das Gefühl, jederzeit auf ein Nest Taranteln stoßen zu können, einen Schwarm Skorpione, einen schlummernden Greifen oder ein Riesenfaultier (was Ben noch nie gelungen war, aber er gab die Hoffnung nicht auf).

Mit angehaltenem Atem spähte er durch die schmutzige Scheibe. Sie waren noch da, ganz hinten im Laden, seine Mongolischen Kampffische. Sie schwammen munter umher, ahnten nicht, dass der alles entscheidende Tag gekommen war, dass sie heute Mr Dodds' Zoohandlung verlassen und in der stabilsten Plastiktüte, die für Geld zu haben war, eine große Reise antreten würden. Nämlich die weite Reise in Bens Zimmer, die Treppe hoch, erste Tür rechts, im Grauen Winkel, Unterbergstraße Nummer 27, gleich hinter der Haltestelle vom Siebzehner-Bus.

Nachmittags wollte der grässliche Onkel Alister vorbeikommen und Ben ein ausrangiertes Aquarium bringen, für das er keine Verwendung mehr hatte. (Bei Ben hieß er nur „der grässliche Onkel Alister", was er unter anderem seinem wiehernden Gelächter, seiner polterigen Stimme und seiner taktlosen Art verdankte sowie dem Umstand, dass er und Tante Sybil Bens verhasste Cousine Cynthia in die Welt gesetzt hatten.)

Das Geld in Bens Hand wog schicksalhaft schwer, als er die messingbeschlagene Ladentür aufstieß. Augenblicklich war er von Zwitschern, Schnauben und Scharren, Geraschel, Gekrächz und Gebell umgeben, ein wahrer Höllenlärm. Wie gut, dass Fische stumm sind, schoss es ihm durch den Kopf, jedenfalls können selbst Mongolische Kampffische unmöglich viel Krach machen, oder? Ein schlecht erzogenes Haustier wäre zu viel für seine arme Mutter, hatte ihn Tante Sybil gewarnt, und zwar mehrfach. Sie wusste, wovon sie sprach. Cynthias Piranhas hatten sich seinerzeit nicht eben vorbildlich benommen, aber das war eine andere Geschichte.

Bens Mutter war schon eine ganze Weile nicht recht gesund. Sie klagte über Müdigkeit und Kopfschmerzen und hatte dunkle Ringe unter den Augen. Niemand wusste, was ihr fehlte, aber sie sah von Tag zu Tag elender aus. Sie war schon immer „anfällig" gewesen, wie sich Bens Vater ausdrückte, aber vor ein paar Wochen hatte sich ihr Zustand schlagartig verschlechtert. Sie hatte sich angewöhnt, einen Rollstuhl zu benutzen, weil Laufen sie zu sehr anstrengte. Ben war immer ganz beklommen zumute, wenn er sah, wie zärtlich sein Vater sie abends aus dem Stuhl hob und in ihr Zimmer trug.

Wenn Ben in die Küche kam, saß sein Vater manchmal am Tisch und vergrub das Gesicht in den Händen. „Es kommt mir vor, als sei sie gegen die ganze Welt allergisch!", hatte er einmal verzweifelt gesagt.

Gegen Tiere war sie nicht allergisch, die mochte sie gern. Sie hatte ein Händchen für Tiere, wie es so schön heißt. Streunende Katzen tauchten unversehens auf und strichen ihr um die Beine, unterwegs liefen ihr immer irgendwelche Hunde nach und legten ihr die Schnauzen in die Hände, Vögel ließen sich zu ihren Füßen nieder. Einmal hatte Ben sogar beobachtet, wie sich eine Taube auf ihre Schulter gesetzt hatte, als wollte sie ihr etwas ins Ohr flüstern. Seine Mutter hatte ihn ermutigt, für die Fische zu sparen. „Wer für ein Haustier sorgt, lernt, Verantwortung zu übernehmen“, hatte sie gesagt. „Es tut gut, wenn man sich nicht nur um sich selbst, sondern auch um andere kümmert.“

Ein Kunde drängte sich an Ben vorbei und Ben bekam auf einmal schreckliche Angst, dass der Mann schnurstracks zum Ladentisch marschieren und Mr Dodds' Angestellten bitten würde, ihm Bens Fische einzupacken. Aber der Mann griff sich nur einen großen Sack Hundefutter, warf einen Zehner auf den Tresen und stapfte wieder hinaus, ohne auf das Wechselgeld zu warten. Am Messinggeländer vor dem Laden war mit einer dicken Leine und vielen Knoten ein riesiger schwarzer Hund angebunden. Er ließ sein Herrchen nicht aus den Augen. Von seinen roten Lefzen tropfte Sabber auf den Bürgersteig.

Der eingeschüchterte Ben stieg über ein Häufchen verschüttetes Stroh, wich einem Ständer mit ulkigen schnallenbesetzten, karierten Hundejäckchen aus, zwängte sich durch den schmalen Gang zwischen den Käfigen, wovon einer einen plappernden schwarzen Vogel mit orangefarbenem Schnabel beherbergte, und …

Blieb stehen.

Er wollte weitergehen, aber irgendwas – irgendwer? – hielt ihn fest. Er drehte sich um, aber da war niemand.